치우

치우(癡友)

초판 1쇄 발행 2013년 9월 30일

지은이 이규정
펴낸이 강수걸
편집주간 전성욱
편집 윤은미 권경옥 양아름 손수경
디자인 권문경
펴낸곳 산지니
등록 2005년 2월 7일 제14-49호
주소 부산광역시 연제구 거제1동 1498-2 위너스빌딩 203호
전화 051-504-7070 | 팩스 051-507-7543
홈페이지 www.sanzinibook.com
전자우편 sanzini@sanzinibook.com
블로그 http://sanzinibook.tistory.com

ISBN 978-89-6545-227-0 03810

*본 도서는 2013년 부산문화재단 지역문화예술육성지원사업의
 일부지원으로 발간되었습니다.
*책값은 뒤표지에 있습니다.
*이 도서의 국립중앙도서관 출판시도서목록(CIP)은 e-CIP 홈페이지
 (http://www.nl.go.kr/ecip)에서 이용하실 수 있습니다.
 (CIP 제어번호: CIP 2013018719)

치우

이규정 소설집

산지니

차례

치우(癡友) • 007
죽음 앞에서 • 035
폭설(暴雪) • 067
희망의 땅 • 099
작은 촛불 하나 • 137
풀꽃 화분 • 161
아무렴, 그렇지 그렇고 말고 • 185

해설 : 매듭 많은 현실과 구원의 서사 - 오양호 • 217
작가의 말 • 237
작가 약력 • 240

치우 擬友

1.

　내가 B호텔 앞에 닿은 것은 약속 시각 5분 전이었다. 그런데도 임 상태는 호텔 문밖에서 기다리고 있다가 나를 발견하자 팔을 높이 치켜들었다. 그는 만면에 웃음을 띠고 나에게로 성큼성큼 다가왔다. 나는 악수를 하고 그의 어깨를 감싸 안았다. 내가 일본에 갔을 때가 2000년이었으니 10여 년 만의 해후였다. 자세히 보니 그는 눈자위가 좀 꺼진 듯하면서 다소 수척해진 모습이었다. 내가 물었다.
　"그래, 산소에는 잘 다녀왔나?"
　"응, 어제 저녁 늦게 부산으로 돌아왔어. 오늘 오전에는 백화점에 가서 일본에 가져갈 물건들을 좀 샀지."
　그는 말하면서 앞장서 승강기로 걸어가 문을 열더니 나부터 타게 하고는 자신이 묵고 있는 객실로 안내했다. 방에 들어서면서 내가 물었다.
　"딸은?"

"저쪽 방에서 자고 있을 끼다."

그가 먼저 침대 옆 소파에 앉으며 다른 소파를 가리켰다. 나는 요란하지 않은 방 내부를 잠시 둘러보다가 그가 가리킨 소파에 앉았다.

"에에또, 뭘 대접할까?"

"대접은 무슨? 곧 식사하러 나갈 건데."

"그래? 식전불식(食前不食)이라 이 말이지? 얼마나 맛있는 걸 사줄라고…."

"맛있는 거 사주고말고. 건 그렇고, 모처럼 딸까지 데리고 조국에 온 소감이 어때?"

"조국 방문 소감이라? 어째 좀 겁이 나는데? 그때도 처음에는 그런 것부터 묻더라고."

그가 말한 '그때'는 나에게도 악몽 같은 기억이다. 그가 잠시 말을 그쳤다가 이었다.

"어제 오후에 김해 비행장에 내리니 비가 오고 있더라고. 바로 택시를 타고 빗속을 달려 마산 산소로 직행했지. 공원묘지 근방의 가게에서 꽃이랑 소주랑 안주거리를 사서 아부지어무이 산소 앞에 펴놓고 비를 맞으며 절을 했지. 눈물인지 빗물인지 구별할 수 없는 물이 볼을 타고 흘러내리더라. 택시를 좀 기다리라고 했기 때문에 얼른 일어났지만…. 그라고는 바로 부산으로 돌아왔어."

"아니, 그럼 정태와 상준이는 안 만나보고?"

"줄 것도 없는데 만나면 뭐하노?"

나는 더 이상 말하지 않았지만 그가 좀 변했나 싶었다. 그렇게나 잊지 못해 하면서 도와주던 동생들을 마산까지 가서 만나지도 않고 오다니! 나는 잠시 그의 얼굴을 응시하다가 말했다.

"그래, 니는 일본에서 하던 일은 지금도 계속하고 있지?"

그러자 그는 말없이 명함 한 장을 꺼내 나에게 내밀었다. 명함에는 '東洋物産株式會社 取締役 社長 松山相泰'라고 찍혀 있었다.

"으응, 사장이 됐네?"

"명함만 그래. 아무것도 없는 빈껍데기 사장이야."

"그기 무슨 소리고?"

그는 일본으로 밀입국한 1963년부터 그의 이모 집 파친코 가게에서 일했다. 처음에는 가게 청소를 하다가, 그다음 파친코 기계를 관리하다가 또 좀 뒤에는 가게 영업을 책임지는 감독으로 승진했고, 더 나중에는 그의 이모 집에서 경영하는 모든 업체의 영업을 관리 감독하는 총감독이란 직함까지 얻었던 것이다. 밀항해 가서 2, 3년 만에 일본어를 다 익힌 그는, 파친코 가게 청소부에서 파친코 기계를 관리할 때쯤에는 당시 중학생이던 그의 이종 동생 가정교사 노릇까지 겸하고 있었다. 그러다 밀입국자 단속에 걸려 오무라 수용소에까지 끌려가 한국으로 강제송환 되기 직전에 조총련 거물인 이모부가 오무라 수용소에서 빼내 주었던 것이다. 그 뒤로는 불안하기는 했지만 비교적 순탄하게 일본 생활을 계속했다. 이모의 주선으로 한국인 처녀와 결혼하고 살림도 따로났다. 아이들도 2남 1녀를 낳아 길렀다. 그러다 부인이 심한 우울증으로 자살하는 바람에 그의 행복은 '일단정지'를 했다.

내가 일본에 갔을 때인 2000년에는 그의 부인이 자살한 지 오래였지만 그는 그런 불행을 딛고 현실에 충실한 직장인이 되어 있었다. 그때 그는 앞에서 말한 대로 그의 이모네가 경영하는 모든 업체를 관리 감독하는 총감독으로 일하고 있었다. 호텔, 식당, 파친코 가게, 담배 도매상 등이 그가 관리하는 업체들이었다. 이런 업체들을 묶은 회사가 동양물산주식회사였다. 그랬으니 지금쯤 사장이 될 만한데도 빈껍데기 사장이라니? 상태는 나의 질문에 한참만에야 답을 했다.

"이종 동생이 전과자가 되었지. 그러니 그놈 명의로는 사장이 될 수 없어 내 이름을 사장으로 해둔 기지."

"그렇더라도 법적으로 회사의 책임잔데 최소한의 예우는 해줘야 하는 거 아니가?"

"그건 우리 이모가 먼저 반대해. 빈손으로 불알 하나 달랑 차고 일본에 밀항해 온 것을 결혼까지 시켜 40년 넘게 뒤를 봐주었으면 그 은혜를 생각해서라도 니가 이랄 수는 없다고, 사장 이름 하나 빌려 주는 기 그리 어렵냐고 하는 우리 이모를 무슨 수로 당하겠노?"

나는 일본에 갔을 때 만난, 싹싹하고 예의 바른 그의 이종 동생을 떠올리며 물었다.

"이종 동생은 우짜다가 전과자가 됐다 말이고?"

"파친코 기계를 조작하다가 걸린 기지. 벌금은 벌금대로 물고 겨우 집행유예로 풀려났지만 전과자가 돼삐린 기라. 기계 조작은 파친코 하는 사람들 다 하는 짓인데, 그놈만 걸려든 거는 누가 찌른 탓이지. 일본도 파친코 사업은 오래전부터 사양산업이거든. 남편 직장 가고 아이들 학교에 가고 나면 혼자 남은 일본 주부들, 할 일이 없잖아? 그래서 일본에서 파친코 사업이 됐던 기지. 그러나 지금은, 한국도 그렇지만 즐길 수 있는 놀이가 얼매나 많노. 많은 파친코 가게가 문을 닫았지. 남아 있는 가게도 재미가 있어 문을 여는

기 아니라 우짤 수가 없어 열고 있을 뿐이야. 그러다 보니 기계를 조작해서라도 수지를 맞추려고 안 했겠나. 우리 이모, 할마시가 진작 손을 뗐으면 괜찮았을 낀데…. 모든 일에 간섭을 하고 설치다가 자식을 전과자 맨들었지. 우리 이모 주변에는 적이 많거든."

"참 이모님은 건강하셔?"

"할마시, 나이 90이 가까운데도 아직 팔팔하시지."

나는 일본에서 만났던 그 할머니를 떠올렸다. 그때 벌써 은퇴했을 나이인데도 세상 돌아가는 일에 지나치게 밝으면서 벌여 놓은 모든 사업에 관여하고 있다던 할머니였다. 상태가 시킨 대로 한국에서 자연산 더덕 한 상자를 선물로 가지고 간 나를 보자, 상태를 통해 말씀 많이 들었다면서, 총련계의 고급 식당에서 불고기에 술 대접을 해 주었고, 헤어질 때는 가족들 선물이라도 사 가라면서 미리 준비해 온 봉투를 주기도 한 노파였다.

나는 저녁을 먹으러 나가자면서 그의 딸도 함께 가면 안 되냐고 물었다. 그는 딸이 있는 방으로 전화를 해 "아부지 친구분 오셨으니 잠시 와 봐." 했다. 딸이 한참 만에 한복을 차려입고 들어오더니 웃으면서 안녕하세요? 했다. 그러나 그뿐, 그다음부터는 일본말이었다. 한사코 큰절을 하겠다며 자리에 앉으라고 손짓을 했다. 앉으니 절을 아주 얌전히 했다. 나는 그런 딸이 참 기특하면서도 측은해 보였다. 상태가 말했다.

"어때? 한복이 잘 어울리제? 그때 니가 일본 오면서 사 온 기다. 지 할아부지 할무이 산소에서 절할 때 입는다고 가져왔는데, 비가 와서 못 입더니 오늘 니 앞에서 입었네."

나는 2000년에 한복 한 벌을 사 간 건 기억났지만 그의 딸이 입고 있는 옷이 그 옷인 줄은 몰랐다. 그의 딸이 서툰 한국어와 일본어를 섞어 말했다.
"아저씨, 이 옷 감사하무니다…. 겡꼬니 미예떼 우레시데스."
내가 상태를 바라보자 그가 말했다.
"니가 건강해 보여서 기쁘단다."
내가 함께 저녁을 먹으러 나가자면서 상태를 보자, 그가 나의 뜻을 딸에게 전했다. 딸이 아버지와 나를 번갈아 보면서 일본어로 한 말을 상태가 또 통역했다.
"지금은 전혀 생각이 없으니 우리 둘만 나가서 잘 먹고 오란다."
상태가 호텔을 나오면서 말했다.
"지 엄마가 살아 있었으면 아이들이 한국어를 좀 잘할 낀데…. 민단계 학교는 그런 교육에는 영 관심이 없어, 쯧쯧쯧. 총련계 학교는 민족의식을 철저히 심어 주는데 말이다."
"그럼 너그 아이들도 총련계 학교에 보내지 그랬어?"
"허허, 진작 그 말 할 거 아니가. 인자 와서 그라면 뭐하노? 다 씰데없는 소리지만 니만 아니었으면…."
나는 입을 닫고 말았다. 찔리는 데가 있었기 때문이다.

2.

임상태가 5월 8일 어버이날 한국에 오겠다고 전화로 알려 온 것은 지난 5월 초였다. 그러나 그때 나는 독일 아들네 집에 가 있었다. 독일에서 집으로 돌아왔을 때는 5월 말이었다. 나는 돌아오자마자 일본으로 전화를 했다. 내가 장기간 집을 비워 너의 한국 방문을 너무 늦추게 해서 미안하다고. 그는 당찮은 소리라면서, 이제 니가 돌아왔으니 언제 가면 되겠노 했다. 언제든지 오라고 했더니 그날을 6월 5일로 정했다. 그는, 6월 5일에 한국으로 가지만 바로 산소에 다녀올 테니 만나기는 6월 6일 오후 6시에 B호텔에서 만나자고 했다. 호텔은 오래전에 예약해 놓았다면서.

나는 그를 데리고 자갈치로 가 횟집에서 소주를 마셨다.
"아따, 많이 주네. 일본에서는 생선회를 이리 못 먹어. 이리 먹다가는 큰일 나지."
"그래, 많이 먹어라. 자, 마시자."
나는 잔 가득히 채운 소주잔을 들어 올려 그의 잔에 부딪쳤다. 그가 말했다.
"나는 잘 때는 꼭 소주를 한 꼽부씩 마시고 잔다. 그것도 큰 꼽부로. 술을 안 마시면 잠이 안 와."
"깡술을 마시나?"
"……?"
그가 깡술이란 말을 못 알아들어 내가 다시 말했다.
"안주도 없이 술을 마시냐고?"
"그렇지 뭐. 잠잘라고 마시는 술에 안주가 필요하나? 안주 찾기도 귀찮고, 자는 아이 깨우기도 그렇고…."
"잠이 와 안 오노?"
"내가 아나? 니가 내 잠한테 한 번 물어봐라. 잠 니가 와 안 오고 이 임상태 애를 믹이냐고."
나는 그의 익살을 들으며 미소를 머금었다. 하기는 잠이 잘 오면 오히려 이상할 터였다. 나이 마흔이 넘은 딸은 약사로 일하고 있지만 결혼도 안 하고 있지, 아들 하나는 자폐증으로 학교도 못 다니고 집에만 박혀 있지, 결혼한 지 10년이 넘은 큰아들은 아직 아이가 없지, 자기는 여태 홀아비로 늙고 있지…. 그러나 그에게 잠이 오지 않는 근본 이유가 따로 있는 것을 나는 모르고 있었다. 내가 물었다.

"건강은 괜찮나?"

그가 소주잔을 입으로 가져가다가 말했다.

"괜찮아. 그리고 살 만큼 안 살았나. 지금 죽어도 괜찮지 뭐. 여한은 좀 있겠지만."

그러고는 잔을 단숨에 비우고 나에게로 건네며 말했다.

"자, 잔 한 번 바꿔 보자. 니는 건강이 어떻노?"

나는 그가 따르는 술을 받으며 말했다.

"나도 건강은 아직 괜찮다. 그렇지만 니 말은 틀렸다. 죽기는 벌써 와 죽는다 말고? 인생은 70부터란 말도 못 들어 봤어?"

"그래, 진세이와 나나주다이 가라다로(인생은 칠십부터지). 하하하."

그는 일본어를 하고는 큰 소리로 웃었지만 어딘지 공허한 느낌이 들었다. 그가 말했다.

"이 회 말고, 생낙지 같은 것도 한 번 먹어 보까?"

"그래, 그라자."

나는 생낙지 한 접시를 따로 시켰다. 그는 살아 꿈틀거리는 낙지를 맛있게 먹었다. 생마늘도 된장에 찍어 잘 먹었다. 나는 그를 가만히 보고 있다가 말했다.

"한국 음식 그리 잘 먹는데, 지금이라도 한국에 와서 살면 어떠꼬?"

그가 웃으며 말했다.

"얼매나 감시받을라고?"

내가 답했다.

"아이구, 지금은 그런 시대가 아니다."

"그래도 싫다. 뭐가 있어야 한국에 돌아와도 돌아오지, 지금 나는 아무것도 없어."

"동생들 밑에 쓰기도 많이 썼지만 그래도 저축해 놓은 기 좀 있을 것 아니가?"

"어무이 별세하신 뒤에도 정태 놈과 상준이 놈이 교대로 일본을 다녔지. 올 때마다 이모까지 괴롭혔으니 오죽했으면 이모가 다시는 오지 말라고 했겠나. 나한테서는 얼매나 뜯어 갔다고. 그때는 내가 수입도 괜찮았지만 이놈들 등쌀에 돈이 모일 수가 없는 기라. 내가 두 놈을 결혼시켰고, 크지 않은 아파트지만 집까지 사 주었으면 체면이 있어야 할 거 아니가. 그런데 내가 혼자되어 고생하는 걸 와서 보면서도 돈 얻어 갈 궁리만 하는 기라. 인자는 정말 줄 돈도 없고 정도 떨어져 삐릿어…. 그래서 어제 마산에 가서도 안 만나고 와 삐린 기다. 이놈들이 지금은 내카마 더 따시게 살 끼다 아마."

"그럼 니는… 지금 수입이 영 없다 말이가?"

"1963년부터 내가 일본에서 살았으니 그래도 연금이 쪼끔 나와. 그런데 그기 한국 돈으로 한 70만 원 정도밖이 안 돼. 그라고 내가 지금도 담배 배달을 하고 있어. 전에는 구역이 널러 수입이 좋았는데, 지금은 다 떨어지고 담배포 몇 군데에만 공급해 주고 있지. 거기에서 한국 돈으로 돈 백만 원 나온다. 그라고 은행에 저금해 놓은 기 쪼끔 있는데 그건 내 죽으면 쓸 장례비용이고…. 그래도 묵고사는 거는 괜찮다. 딸이 제약회사에서 받아 오는 월급은 내가 한 푼도 손 안 대지.

"기분 나쁘게 장례비용을 생각해 벌써?"

"사람 일이란 알 수 없는 기다. 니도 그런 건 미리미리 준비해 둬."

"니가 가정교사 해서 고등학교에서 대학까지 합격시킨 니 이종동생, 니한테 너무하는 거 아니가?"

"요즘은 이모 집도 옛날카마는 많이 못해. 이숙 별세 후 모든 사업이 곤두박질 상태야. 그러니 내가 이해해야지 우짜겠노."

내가 일본에 갔을 때였다. 상태는 자기 집에서 나에게 그의 작은 아들을 인사시켰다. 생기기도 잘생겼을 뿐더러 보기에도 멀쩡했다. 그 애가 나에게 인사를 하고는 내가 무슨 말을 꺼내기도 전에 2층 자기 방으로 쪼르르 올라가 버렸다. 상태가 말했다.

"내가 절마 때문에 걱정이다. 제 엄마 죽고 나서부터 저리됐어. 겉으로 봐서는 모르겠재?"

나는 아이에게서 뭔가 좀 이상한 느낌을 받긴 했지만 모른 척하고 되물었다.

"와? 아이가 어떤데?"

"학교를 안 갈라고 쿠고, 사람 만나기를 싫어해. 지한테 맞는 직장을 잡아 줘도 한 달을 못 견디고 나와 삐리."

그는 잠시 침묵을 지키다 어렵게 다시 말했다.

"전에 니한테 보낸 편지에서 집사람이 음독자살했다고 말했지만 사실은⋯. 분신자살했어."

"뭐라고? 부인이 분신자살을 했다고?"

"그래, 절마가 그걸 처음부터 옆에서 지켜본 기라. 그때 절마 나이 여섯 살 땐가 그랬지 아마. 지금은 스무 살이야."

나는 아무 말도 할 수 없어 입을 다물고 있었다.

"다 내 탓이지. 고향이 전라도 광주인 집사람은 일본에서 태어났지만 우리말과 우리 풍습이 내카마 언충 더 밝았지. 집사람 부모들이 그런 걸 잘 갤쳤으니까. 일본에서 대학까지 나온 인텔린데 한국에서 고등학교, 그것도 1년 만에 졸업하고, 군에서 제대하고 얼마 후 밀항해 온 나와 결혼한 것부터가 잘못된 일이라고 생각했을 거 아니야? 그런데도 나는 그때까지 집 한 칸이 없어 셋방을 살고 있었는데, 한국에서는 동생들이 교대로 와서 돈이나 뜯어가지. 나는 언제나 숨어 사느라고 인간 노릇도 못하지. 게다가 내 장인은 이모부와 죽이 맞는 총련계의 골수 투사인데, 나는 숨어 사는 주제에 끝까지 민단에 나가 장인의 눈에 났지. 또 이모부한테서 노골적인 핍박과 위협까지 받았어. 니 곁은 놈은 인자 죽든지 살든지 나는 관심 없으니 회사에서도 나가라고…. 중간에서 이모가 내 때문에 고생도 많이 했지. 이러다 보니 집사람이 우울증에 걸리더라고."

그가 잠시 말을 그치고 나를 유심히 바라봤다. 상태의 눈길을 받으면서 나는 심한 자책감에 몸 둘 바를 몰랐다. 그야말로 쥐구멍에라도 숨고 싶었다. 상태가 총련을 멀리하면서 민단에 발을 붙인 이유가 나의 공산주의 혐오에 기인했음을 잘 알고 있었기 때문이다. 내가 무슨 생각을 하고 있든 그가 이모부의 뜻대로, 장인의 뜻대로 살았다면…. 내가 뭔데? 내가 대관절 뭔데, 나의 생각을 그렇게 존중하면서 고생을 사서 했단 말인가. 바보 같은 친구…. 그가 하던 말을 다시 이었다.

"그래도 나는 집사람의 우울증을 호강과 사치 병을 극복 못한 결과라고 구박만 주었어. 장인이 나에게 좋지 못한 눈길을 보내면 보낼수록 나는 집사람을 구박했거든. 그런데 어느 날 오후, 그때 나는 저기 육갑산 밑의 변두리에서 작은 셋집을 얻어 살고 있던 때야. 집 밖의 정원에서 집사람이 몸에 기름을 뒤집어쓰고 불을 붙인 기라. 그러자면 사전에 치밀한 계획을 세우고 준비를 했을 낀데도 나는 그걸 몰랐던 기라. 소방서에서 소방차가 앵앵거리며 왔다가는 집이 불난 기 아니고 사람 몸에 불이 붙은 것을 알고는 구급차를 오게 하는 난리굿을 피웠다 말이다. 집사람은 물론 병원에 실려 갔지. 나는 병원으로부터 연락을 받고 파친코 가게에서 바로 병원으로 갔지만 집사람은 이미 숨을 거둔 뒤였어. 여섯 살짜리 저 머스마는 그때까지 집에 혼자 있은 기라. 제 엄마 몸이 불타는 것을 집 안에서 보고 밖으로 나오지는 못하고 자지러지게 울고. 집사람이 밖에서 문을 잠가 놓고 그랬거든. 소방차가 오는 것을 보고, 구급차가 와서 엄마를 실어가는 것을 보면서…. 그 뒤로 아이가 저렇게 돼 삐렀지. 백약이 무효더마는….”

나는 무슨 말이든 한마디 하고 싶었으나 떠오르는 말이 없었다. 그저 죽이고 싶도록 내가 미웠을 뿐이다. 나는 정말 겉똑똑이 바보였다. 나 같은 걸 친구라고 둔 그가 불행하다는 생각이 들었다. 거듭 그런 생각에 잠겨 있었다. 그러자 문득 내가 그를 처음 보던 때인 1953년 봄의 일이 떠올랐다.

다른 친구들은 이미 중학교 3학년이었는데, 상태와 나는 2년씩이나 학교를 못 다니고 있다가 겨우 야간 중학교에 입학했다. 나는 그를 학교에서도 만나고 직장에서도 만났다. 시청의 같은 사환이었기 때문이다. 나는 호병(호적병무)과 소속이었고, 그는 내무과 소속이었다. 한국전쟁이 한창이던 때였다.

호병과는 호적 등·초본 발급도 바쁜 데다 매일 징병업무와 장병 신체검사 업무 등으로 북새통을 이루고 있어, 어른이고 사환이고 눈코 뜰 새가 없었다. 나는 신입 사환이었지만 등사(謄寫) 하랴, 직원들 심부름 하랴, 정말 화장실 갈 틈도 없었다. 그러나 내무과의 상태는 아주 할랑했다. 게다가 상태는 나보다 훨씬 먼저 시청에 들어와 요령도 있었다.

상태는 호병과의 나를 도와 여러 가지 일을 거들어 주었다. 한문 글씨를 기차게 잘 쓰는 그가 호적초본이나 등본을 자기 손으로 써 내무과로 가서 직인을 찍어 오는 일도 도맡아 해 주었다.

점심시간이 되면 나는 집에서 싸 온 도시락을 시청 한구석에서 먹곤 했는데, 혼자 밥을 먹으려고 도시락 보자기만 풀면 상태가 나타났다. 처음 한두 번은 우연이라고 생각하고 도시락을 나누어 먹었지만 매일 그런 일을 당하자 나는 상태가 참 불행한 아이라고 생각했다. 그때 그를 불행하다고 생각한 것은, 지금 내가 일본 땅에서 그의 이야기를 들으면서, 나 같은 사람을 친구로 둔 그가 불행하다고 생각하는 그 '불행'과는 달랐다. 내가 훨씬 뒤에 대구에 있던 나의 자취방에서 그로부터 들은 이야기지만, 사환 시절 상태는 거의 굶고 시청으로 나왔다고 했다.

그는 일본에서 해방 직후에 한국으로 돌아온 이른바 귀환동포였는데, 귀국하고 얼마 뒤 아버지와 형과 누나가 한꺼번에 호열자로 죽었다고 했다. 상태와 남동생들과 여동생 5남매는 살았지만 집안의 기둥인 아버지와 형, 그리고 누나가 세상을 떠나 버렸다. 어머니는 남은 식구들을 데리고 거의 거지와 같은 모습으로 살아야 했다. 밥을 구걸해 와서 연명했으니까. 그래도 상태는 남매들 중 유일하게 초등학교를 졸업하고, 요행히 시청의 사환으로 취직이 되어, 나와 함께 같은 중학교의 야간부에 다니고 있었다. 하지만 상태가 받는 배급 쌀로는 여섯 식구가 제대로 밥을 먹을 수 없었다. 그래서 도시락은커녕 아침도 제대로 못 먹고 시청으로 나와야 했던 것이다.

나는 야간 중학교를 졸업하고 시청을 그만두었다. 그리고 주간부의 고등학교에 진학했지만 상태는 계속 시청에 다니면서 사환 노릇을 해야 했다. 나이로 보나 실력으로 보면 상태는 시청 서기가 되고도 남을 만했다. 하지만 서기는커녕 임시직원인 촉탁도 못 되었다. 시청에서는 임시직원 자리가 빌 때마다 시험을 쳐서 그 자리를 보충했다. 공부를 아주 잘한 상태는 번번이 자신 있게 답안을 작성해 내었지만 언제나 엉뚱한 사람이 촉탁 자리에 앉았다. 이름뿐인 공채였던 것이다. 글씨는 뒷날 필경사가 될 만큼의 명필이었고, 국어와 국사, 영어까지 모든 시험 과목에 거의 만점을 받을 만큼 자신이 있었는데도 채용은 언제나 엉뚱한 사람이 되곤 했다.

내가 고등학교를 졸업하고 대학에 갔을 때까지 그는 가장 나이 많은 사환으로 시청에서 온갖 궂은일을 하고 있었다. 그동안 그는 어느 사립고등학교 야간부에 입학해서 단 1년 만에 졸업장을 얻어냈다. 실력도 인정받은 데다 당시만 해도 학교는 그렇게 어두운 구석이 있었던 것이다. 그러다 입대했다. 내가 대구에서 대학을 다닐 때의 어느 해 겨울, 그는 군에서 휴가를 와서도 그냥 놀 수가 없어, 돈을 빌려 마산에서 해삼 한 상자를 떼어 대구로 왔다. 대구역에서 가까운 칠성시장으로 가서 팔아 봤지만 팔리지 않았다. 날이 저물자 나의 자취방을 찾아왔다. 나는 해삼이 먹고 싶었지만 그는 한 마리도 내놓지 않았다. 한 마리라도 팔아 돈을 만들어 가야 했기 때문이다. 그러나 그 해삼이 이미 녹고 있는 줄 몰랐다. 이튿날은 좀 큰 서문시장으로 가서 전을 폈지만 해삼은 팔 수 없을 정도로 흐물흐물해져 있었다. 이상 난동도 작용했지만 보관도 잘못한 탓이었다. 저녁이 되자 녹아 버려 상품가치를 상실한 해삼을 상태는 도로 나에게로 가져와 눈물을 흘렸다. 그가 내 앞에서 우는 것은 처음이었다.

  나는 그날 저녁 말없이 나가 소주 됫병을 받아 왔다. 그리고는 녹아 버린 해삼을 안주로 소주를 마셨다. 그가 소주를 마시면서 해 준 이야기가, 시청에서 나의 도시락을 얻어먹던 때의 집안 사정이었다. 그의 아버지와 형과 누나가 호열자로 죽은 것도 그때 알았다. 어머니가 매일 바가지를 들고 밥을 얻으러 다녔다는 이야기도 그때 들었다.

  그는 휴가 기간 내내 나의 자취방에서 함께 지냈다. 그가 떠날 때, 나는 아르바이트를 해서 모아 둔 다음 학기 등록금을 그에게 주었다. 그가 마산에서 해삼을 살 때 빌린 돈을 갚지 않고 어떻게 부대로 돌아가겠는가. 나와 상태는 그렇게 우정을 쌓아 왔다.

  1963년, 내가 대학을 졸업하고 고등학교 교사로 발령받아 다시 마산으로 왔을 때, 그는 제대하고 시청 앞에서 '달필 필경(筆耕)사'란 곳에서 필경사로 일하고 있었다. 하루 종일 오른손 가운뎃손가락에 멍이 들도록 글을 써 봤자 보수는 형편없었다. 나는 이때 그와 어울려 자주 술을 마시면서 그의 울분에 공감하고 있었다. 그러나 그의 울분에 공감하면서도 그의 진정한 고민, 생명 유지를 위한 인간의 원초적 갈망 같은 건 모르고 있었다.

어느 날 술자리에서였다.

"어이 동식아, 이리 살기 힘드니 무슨 꾀를 못 내겠노. 내 밀항이라도 해야겠다."

"밀항이라니? 어데 갈 데를 정해 놓고 하는 소리가?"

"일본에 우리 이모가 사는데, 잘산다."

"그럼 진작 일본으로 가지 와 인자사 그라노?"

"그런데 이모부가 북한 쪽 사람이라서…. 조총련 고베지부 지부장이다. 그기 마음에…."

"뭐라고?"

반공교육이 골수에 박힌 위에, 교사로서 그 반공교육에 앞장서고 있던 나는 상태를 한심하다는 듯이 바라봤다. 그런 나를 마주 바라보던 그가 다시 말했다. 마치 나에게 애걸이라도 하는 표정이었다.

"그래도 한국에서 굶어 죽는 것카마는 낫겠다 싶어서…. 내 하나 희생해서 우리 어무이하고 동생들 모두 배불리 밥 묵게 하는 기 여어서 곱다시 굶고 있는 것카마는…."

상태가 이런 말을 하는데도 나는 명쾌한 답을 해 주지 않았다. 아무리 그래도 그렇지. 까마귀 노는 곳에 백로는 가지 말아야지. 그런 곳으로 가려고 하다니! 생각하면, 나도 참 어렵게는 살았지만 상태처럼 굶기를 밥 먹듯이 해 보지는 않았다. 그래서 나는 상태의 실정, 굶는 사람들의 그 비극을 속속들이는 몰랐던 것이다. 아니, 삶의 원초적 욕구랄까, 갈망을 모르고 있었던 것이다. 내가 여태까지 명색이 교육자로 평생을 살아오면서 부끄럽고 후회스런 일도 많이 저질렀지만 가장 후회되는 일이 있다면 바로 이 일이다. 어쭙잖고 알량한 이데올로기를 사람의 생명 위에 놓고 있었던 일이다. 죽지 못해서 살고 있던 친구 임상태, 그런 그가 어렵사리 나에게 일본 밀항을 의논해 왔을 때, 나는 개뿔도 없으면서 그의 이모부가 조총련 고베 지부장이란 말 한 마디에 밀항을 찬성하지 않고 반대했던 일이다. 물론 무언의 반대였지만.

그는 온갖 노력 끝에 부산에서 배를 타기로 했으나 두 번이나 실패하고 도로 마산으로 돌아오곤 했다. 한 번은 사기를 당하고, 또 한 번은 출항 연기였다. 나는 그의 위험한 밀항이 솔직히 실패하기를 바라면서도 두 번이나 환송 술판을 벌여 주었다. 그런데 두 번이나 돌아오자 나는 속으로, 거 봐, 하늘이 너의 밀항을 말린다니까, 했다.

세 번째 떠날 때, 나는 그가 일본으로 가기는 틀렸다고 지레짐작하고 그냥 두었다. 그랬더니 정말 일본으로 가 버렸다. 나는, 어쩌면 홀가분하게 된 거 아닌가, 생각하면서 그가 나에게 맡기고 간 손목시계를 팔았다. 그 돈으로 보리쌀을 샀더니 5되였다. 그걸 들고 그의 어머니에게 갖다 드렸다.

나는 그 이듬해 부산으로 전근을 와서 오늘까지 살고 있다. 월급을 받으면 마산의 조부모님과 부모님과 많은 동생들의 생활비로 거의 다 보내야 했다. 그러니 겨울이 돼도 따뜻한 옷 한 벌 없었다. 아내와 아이들은 추워서 밤이나 낮이나 얼굴이 시퍼래져 있었다. 이때 상태가 일본에서 편지와 함께 식구 수대로 내복과 겉옷을 사 보냈다. 그 옷의 고마움이란. 표현이 안 된다. 나는 그제야 상태가 그래도 일본으로는 잘 간 셈이라고 생각했다.

3.

지금부터 30년도 넘은 이야기다. 어느 날 퇴근해서 집으로 돌아오니 아는 형사가 대문 앞에서 나를 기다리고 있었다. 나를 보자 수인사도 하지 않고 물었다.

"일본에 있는 그 친구 양반, 요즘은 한국에 안 옵니까?"

나는 가슴이 철렁해서 되물었다.

"혹시 온다고 합디까?"

"아니, 요즘 조총련 사람들 동향이 하도 수상쩍어서요. 그래서 혹시 그 양반 또 한국에 오지 않나 해서요."

"나는 모릅니다. 와도 나에게는 연락을 안 할 겁니다. 죄 없는 사람이 수갑까지 차이는 수모를 당했으면서 또 오고 싶겠어요? 무고한 나를 위해서라도 한국에 와도 나에게는 절대로 연락할 사람이 아닙니다. 그리고 그 사람은 총련 사람이 아니잖아요."

"그 양반이야 아무리 총련 사람이 아니라 해도 총련 사람들 속에서 살고 있으니 마음이 안 놓이고, 그런 양반을 친구로 둔 허 선생님도 늘 염려스럽지요."

"무슨 소립니까? 지금도 나랑 연락이 되고 있다는 투로 들리는데, 되게 불쾌하네요?"

"아 아니, 너무 민감하실 건 없고, 혹시 그 양반한테서 연락이라도 오면 꼭 저에게 먼저 알려 달라는 말씀입니다. 그럼 이만…."

그는 아무 일도 없었다는 듯이 비탈길을 성큼성큼 걸어 내려갔다. 그러나 나는 발이 땅에 딱 붙은 듯 움직일 수가 없었다. 가슴이 쿵쿵쿵 소리라도 낼 듯이 뛰고 있었다. 그 뱀 같은 형사의 인상이라니! 모골이 송연하다.

그로부터 꼭 6개월 전이었다. 꽤 오래 소식을 전하지 않던 상태가 한국에 왔다면서 전화를 해 왔다. 어디냐니까 부산 대청동의 ㅅ호텔이라고 했다. 나는 반가운 나머지 우리 집으로 오라고 했다. 물론 내가 가서 데리고 올 생각이었다. 그러나 그는 지금 호텔로 좀 나와 주었으면 좋겠다며 객실 번호를 알려 주었다. 나는 그러마고 집을 나섰다.

호텔에서 그를 만났더니 그는 신수가 많이 좋아져 있었다. 1963년에 헤어진 후 10여 년 만에 만나는 터였다. 나는 반가워서 한참 동안이나 그를 얼싸안고 있다가 팔을 풀며 말했다.

"어떻게 한국에 다 왔노?"

"한국 사람이 제 나라에 왔는데 뭐가 잘못됐단 말이가?"

이러면서 내 얼굴을 자세히 살피더니, 얼굴은 괜찮네, 했다. 그만큼 나를 생각하고 있다는 증거였다. 그리고 피차의 가족 안부, 피차의 직장 이야기 등을 순서 없이 묻고 답했다. 그러다 내가 우리 집으로 가자고 했더니, 그는 일본에서 온 일행들과 함께 지금 경주로 떠나기로 돼 있어 집으로는 갈 수 없다면서 말했다.

"동식아, 성공을 빈다. 지금 니는 반쯤 성공한 셈인데, 반드시 완전한 성공을 해서 더 큰 영광을 봐야 한다."

내가 고등학교 교사에서 대학교수로 발전하라는 뜻으로 한 말 같았다. 나는 웃음으로 답을 대신했다. 그가 다시 말했다.

"니는 야간 중학교 동기들 가운데서는 제일 출세한 사람이다. 그러니 계속 분투해라." 하면서 양복 안주머니에서 봉투 하나를 꺼내 나에게 내밀었다. 이게 뭔데? 내가 당황해하며 묻자 그가 말했다.

"필요한 데 적절히 쓰면 된다. 이만한 돈은 줄 만한 형편이니 받아 두어라."

 이러면서 봉투를 내 손에 쥐어 주었다. 바로 그 순간이었다. 노크도 없이 방문을 열고 성큼 들어온 건장한 장년 두 사람이 한꺼번에 달려들어 그와 나의 손에 수갑을 채워 버렸다. 그야말로 전광석화 같이 민첩한 행동이었다.

 이 일로 한동안 나는 된통 고생을 해야 했다. 현직 교사가 재일 조총련계 거물의 포섭에 의해 고정간첩이 되어 공작금을 받았다는 것이었다. 어처구니없고도 섬뜩한 소리였다. 나는 수업시간인데 수업도 하지 못한 채 몇 번이나 당국에 불려 가 추달을 받아야 했다. 언론 보도도 없었고, 나도 철저히 비밀로 했는데도 온 교무실 선생들은 나를 보면 슬금슬금 피하는 눈치였다. 그러나 사필귀정, 조사 결과 모든 것이 밝혀졌고 나는 풀려났다. 그러나 나를 조사하던 사람은 나에게 임상태는 절대로 만나지 말라면서, 추후 만약 임상태로부터 연락이라도 오면 반드시 알려 주어야 한다는 조건으로 나를 내보냈다. 한동안 정신이 얼얼했다. 까딱했으면 내 인생 망치는 건 물론, 멸문지화를 당할 뻔했던 게 아닌가. 그때는 그런 시절이었다.

 임상태가 조총련계 고베 지부장의 업소에서 일하고 있는 건 사실이었지만 그는 총련계와는 담을 쌓고 있었다. 그는 철저히 민단에서 일하고 있는 민단의 젊고 유능한 간부였다. 그의 이모부가 북한을 몇 번이나 다녀온 총련계의 거물이고, 게다가 상태와 주소가 같았으므로 한국에서는 이런 것을 파악하고 상태를 예의 주시하고 있었던 것이다. 그러다 그가 귀국하자 비행장에서부터 미행했고, 호텔 객실에는 도청장치까지 해 두고서 문밖에서 방 안의 동정을 엿보고 있었던 것이다. 그러다 돈 봉투를 건네는 순간 현장(?)을 덮친 것이다. 물론 이런 사정도 훨씬 뒤에 상태가 인편에 보낸 편지에서 이야기해 주어 알았다. 나는 처음에는 실제로 상태가 자기 이모부의 끄나풀이 아닐까, 하고 의심도 하고 원망도 했던 터였다. 상태에게 수갑을 채워 데려간 사람은, 상태에게 처음 조국방문의 소감부터 정중한 어투로 묻더라고 했다.

어쨌든 그런 일이 있은 후 상태는 한국에 오지 않았다. 죄 없는 사람에게 다짜고짜 수갑까지 채우는 무서운 조국은 그리워도 결코 그리워할 수 없는 곳이라고, 인편으로 나에게 보낸 편지에 썼던 것이다. 그의 어머니가 돌아가셨을 때 잠시 와서 장례를 치르고 가기는 했어도 나에게는 연락도 하지 않았다. 나도 그의 모친상 소식을 못 듣기도 했지만 설령 들었어도 아마 문상은 하지 못했을 것이다. 상태는 상태대로 자기 때문에 나에게 고통을 준 게 미안하다면서, 편지도 검열을 피해 인편으로만 보냈던 것이다.

그는 그의 이모부가 경영하는 호텔 관리도 겸하고 있었다. 그래서 한국에서 간 많은 사람들이 그 호텔에 묵었다. 자연히 그런 한국인들을 많이 만났는데, 그런 사람 중에는 상태가 마산의 부모님께 전해 달라고 맡긴 돈을 떼먹은 사람도 많다고 했다. 또 일본을 다녀오는 한국인 가운데는 나를 찾아오는 사람도 있었다. 상태가 부친 편지를 가져오는 사람이었다. 그런 사람은 편지만 가져오는 게 아니고, 옷이나 양주, 아내의 화장품 같은 것을 가져오기도 했다. 그러나 나는 그럴 때마다 조심스러웠고 두려웠다.

내가 정년퇴임을 앞둔 지난 2000년 1월이었다. 퇴직을 함께 하게 된 교수 7명이 일본 후쿠오카에서 2박 3일 동안 주로 온천욕을 즐기는 여행을 함께 했다. 후쿠오카에서 일정을 끝내고 나는 혼자 떨어져 신간선 열차를 타고 고베로 올라갔다. 임상태와 만나기로 사전에 약속해 두었기 때문이다. 3시간이나 걸린 열차여행 끝에 고베역에 도착하니 그가 마중을 나와 있었다.

나의 여행용 가방에는 여러 가지 물건이 들어 있어 아주 무거웠다. 상태가 좋아할 만한 먹을거리를 많이도 챙겨 넣고, 인삼 같은 약에다, 그의 이모에게 줄 더덕, 딸 한복도 한 벌 사 넣었던 것이다. 상태는 그런 가방을 덜렁 들어 그의 차 트렁크에 가볍게 실었다. 그때 속으로 아직도 장골이구나, 하고 놀란 기억이 새롭다. 그는 나를 태우고 그의 집으로 바로 갔다. 가서 보니, 나와 함께 먹을 저녁상을 손수 다 준비해 놓고 역으로 나온 것이었다. 집은 전형적인 일본식 2층 가옥인데, 세 식구가 살기에는 알맞은 집이었다. 거기에서 나는 홀아비인 그와 5일이나 한방에 자면서, 낮에는 하루도 안 빠지고 그의 안내로 관광을 다녔다. 고베는 물론, 그 주변 도시인 오사카, 교토, 나라 등지를 다니면서 많은 것을 보고, 먹고, 이야기했던 것이다. 그의 집에서 멀지 않은 육갑산(六甲山)이란 산에도 올라가 봤다.

4.

자갈치에서 우리는 회에다 소주를 세 병이나 마셨다. 그리고 밥과 매운탕도 먹었다. 나는 근래 들어 드물게 좀 많이 마신 셈이어서 꽤 취했다. 그런데 광어회와 생낙지가 많이 남았다. 그걸 상태가 가져가면 안 되느냐고 물었다. 나는 종업원에게 그걸 포장해 달라고 했다. 친절하게도 상추나 깻잎 같은 채소와 초간장까지 따로따로

넣어 주었다. 그가 소주 한 병도 넣게 했다. 그가 말했다.

"니는 호텔 방으로 같이 가자 캐도 안 갈 끼고, 그래서 딸과 함께 부녀가 모처럼 이 좋은 안주로 술을 더 마셔야겠다, 나는."

"그래라. 딸도 지금쯤은 출출할 테니 그거 가져가면 좋아할 끼다. 내가 같이 못 가서 미안하다. 그런데 니는 내일 오전에 꼭 돌아가야 하나?"

우리는 횟집 2층 계단을 조심조심, 난간을 잡고 내려왔다. 길로 나서자 바닷바람이 시원하게 불어왔다. 그가 그때야 말했다.

"내일 가야 한다. 왕복 항공권이 내일로 고정돼 있다. 오늘 과비했재?"

"과비는 무슨? 또 언제 올래? 인자 좀 자주 온나."

"글쎄, 마음 내키면 또 오지 뭐. 그런데…."

"그런데 뭐?"

"내 사실은…."

"사실은 뭐?"

"아, 아니다. 그냥…."

그는 뭔가 말하려다 말고 또 말하려다 말고 했지만 나는 다그치지 않았다. 그러더니 잠시 뒤 다시 말했다.

"내 시 하나 외아 보까? 시가 마음에 들어서 심심하면 한 번씩 읽었더니 외아지데."

"무슨 신데?"

"「귀천」이란 제목의 시다. 돌아갈 귀, 하늘 천. 니가 좀 유식했다면 마산에서 고등학교를 다닌 이 시인을 알 낀데 니는 모를 끼라…. 수학만 잘한 답답한 친구, 지나 내나 인정만 있어가지고… 바보 같은 친구…. 니는 인자 나가리다. 친구도 나가리다."
"그래, 나는 바보다. 그런데 니도 바보다."
"시나 들어 봐라, 친구 나가리 된 허동식, 자아 시작한다 요오이똥!"
나는 '친구도 나가리'란 말의 뜻을 알아듣지 못했다.

    나 하늘로 돌아가리라.
    새벽빛 와 닿으면 스러지는
    이슬 더불어 손에 손을 잡고,

    나 하늘로 돌아가리라.
    노을빛 함께 단둘이서
    기슭에서 놀다가 구름 손짓하며는,

    나 하늘로 돌아가리라
    아름다운 이 세상 소풍 끝내는 날
    가서, 아름다웠더라고 말하리라……

  행인들이 흘끔흘끔 우리를 보면서 지나갔지만 그는 개의치 않고 천천히 시를 외웠고, 외우면서 슬그머니 내 손을 잡았다. 손에 힘을 주면서 점점 세게 잡았다. 나는 손을 잡힌 채 걸었는데, 그가 시를 다 외웠을 때 우리는 어느새 호텔 앞에 와 있었다. 나는 취한 그를 데리고 안으로 들어가 승강기 앞에 서서 버튼을 눌렀다. 문이 열리자 내가 그의 등을 두드리며 말했다.
"임상태, 잘 자라. 아니 한 잔 더 하고 자라. 그라고 하늘로 돌아갈 때 가더라도 건강하게 잘 살아야 한다이."
 그는 뒤를 한 번 돌아보고, 우는 건지 웃는 건지 애매한 표정을 짓고는 승강기에 올라탔다. 그것이 그와의 마지막이었다.

 상태의 딸이 나에게 직접 전화하는 일은 한 번도 없었는데 오늘 전화를 해 왔다. 상태의 부음이었다. 그가 한국을 다녀간 지 두 달 만이었다.
 "아저씨, 아부지가…. 아부지가 돌아가셨어요."
 "아니, 뭐라고? 언제? 왜?"
 "5이리 됐어요. 저도 몰랐는데 치, 치장암이었대요."
 나는 전화를 끊고 한참이나 말없이 앉아 있었다. 딸에게도 병을 숨겼다는 말인가. 딸이 말한 치장암은 췌장암이었을 터다. 췌장암은 아직 수술도 안 된다고 했던가.
 두 달 전 그날 저녁에 만났을 때, 그가 말하려다 말고 또 말하려다 말고 한 것이 무엇인지 나는 그때야 알았다. 동식아, 내, 췌장암에 걸렸어. 오래 살면 두 달이란다. 이런 말을 하려다 만 것이리라. 그리고 잠이 안 오는 이유도 알 수 있었고, 왜 하필 그런 시를 읊었는지, '친구도 나가리'란 말의 뜻을 알 수 있었다. 눈앞이 뿌옇게 흐려지고 있었다.

죽음 앞에서

1.

　하늘은 구름으로 낮게 내려앉아 있었고, 기온은 한겨울처럼 차가웠다. 봄 날씨, 그것도 늦봄치고는 희한한 날씨였다.
　화장장은 언제 봐도 사람들로 붐볐고, 어수선한 가운데 통곡과 날카로운 비명 소리가 간헐적으로 사람의 귀청을 때렸다. 한 마디로 야단스럽고 스산했다. 시신이 든 관이 화로 앞으로 옮겨져 화로 안으로 들어가려는 때가 특히 더 그러했다. 유족들은 이때 갑자기 관을 붙들고 통곡하며 관 위에 얼굴을 대고 오열하다가 지쳐 제물에 땅바닥에 주저앉기도 했다. 6, 7개나 되어 보이는 화로 안으로 관이 들어갈 때마다 예외 없이 그런 소동이 공식처럼 벌어졌다.
　나는 울산에서 온 남상국 회장과 함께 아까부터 그런 광경을 말없이 지켜보고 있었다. 나도 곧 저 화로 속으로 들어가게 되리라. 우리 두 사람은 아무 말도 하지 않았다. 할 말도 없었고, 설령 할 말이 있다 해도 나는 몸이 아파 무슨 말도 할 수 없었다. 약 기운이 떨어지자 다시 으슬으슬 추워졌고 온몸이 죄여 왔던 것이다. 추워지면서 몸이 죄여 오는 것은 대장암 때문은 아니고 알레르기성 감기 때문이었다.

관이 화로 안으로 들어갈 때마다 그렇게 우는 사람들로 온 실내가 떠나갈 듯했지만 최병준 이냐시오 씨가 든 관이 화로로 들어갈 때는 우는 사람이 없었다. 울 사람이 없었기 때문이다. 망자의 누이동생은 멍한 표정으로 입을 닫고 있었고, 그녀의 남편은 아예 현장에 보이지도 않았다. ○○성당에서 온 남녀 연도(煉禱)꾼들 6, 7명도 망자를 본 일조차 없으니 울 까닭이 없었다. 열일곱 살 된 최병준 이냐시오 씨의 외동딸의 표정은 부친이 돌아가셨다는 사실 자체를 모르는 사람같이 덤덤하기만 했다.

나는 더 이상 화장장에 있어야 할 필요가 없었고, 화장장에 있을 수도 없었다. 그래서 최병준 이냐시오 씨의 누이동생과 ○○성당에서 연도를 바치러 온 교우들에게 먼저 간다는 인사를 했다. 남상국 회장에게도 먼저 가겠노라고 인사를 하니, 그도 나와 함께 그 자리를 떠나겠다고 했다.

대자(代子) 이냐시오 씨가 서울 ○○병원에서 수술을 받았다는 사실을 안 것은 2009년 연말이 가까워서였는데, 그와의 연락이 끊긴 지 보름도 더 지난 뒤였다. 보름이 넘는 그동안 이냐시오 씨는 서울로 가서 수술을 받았던 모양이다. 그는 큰 키에 몸이 너무 약해서 바람만 세게 불어도 넘어질 것 같았다. 내가 보기로 그는 병이 있어도 무거운 병이 몇 가지는 되어 보였다. 몸이 수척하고 언제 봐도 혈색이 안 좋은 것을 보면 틀림없이 위장도 좋지 않아 보였다. 하지만 우선 눈에 띄는 것은 턱밑의 목이 손가락 두어 개 크기만 하게 부풀어 올라 있는 모습이었다. 아무래도 갑상선에 이상이 생긴 것 같았다. 본래는 그렇지 않았는데 날이 갈수록 그 부위가 두드러져 이제 누가 봐도 목이 아픈 사람으로 보였다.

그때만 해도 나는 나의 병을 알기 전이었으므로 만날 때마다 그에게 목의 이상이 갑상선암일지 모른다며 얼른 병원에 가 보라고 했으나 그는 얼버무리기만 했다. 나는 그의 그런 얼버무림을 자신의 병에 대한 무관심으로 받아들였다. 그러나 후에 알았지만 그는 병원에 가 볼 형편이 안 되었던 것이다. 하기는 그 자신이 큰일이라고 엄살에 호들갑을 떨어 봤자 아무 소용도 없었을 터였다. 그런 그에게 나는 내 병도 모른 채 깨춤 춘 꼴이었고, 그에게 괜한 겁만 준 셈이었다. 왜냐면 나 자신이 그 뒤의 건강검진에서 대장암에 걸린 것을 알았으니까. 그러나 나는 이 사실을 아무에게도 알리지 않고 있었다. 굳이 알릴 만한 지인도 없었다.

그가 서울로 수술을 받으러 가기 전 마지막으로 만난 나는 그와 함께 보신탕을 먹었다. 수육백반 같은 것도 아닌 개장국에다 밥을 만 '탕'이었다. 그런데도 그는 고기 건더기를 모두 건져 내는 것이었다. 왜 그러냐니까 목에 걸려 잘 넘어가지 않는다고 했다. 이런!

그는 기어코 음식을 제대로 삼키지 못할 지경이 되어서야 서울로 가서 진찰을 받고 바로 목 수술에 들어갔고, 그 길로 말을 못하게 된 것이 숨을 거둘 때까지 그랬다. 서울 ○○병원에서 갑상선암 수술을 받았는데, 마침 서울에 사는 누이동생이 있어 병실을 지켰다. 이런 사실을 안 것은, 내가 이틀을 두고 이냐시오 씨의 손전화로 전화를 몇 번이나 했을 때, 전화를 받는 이가 엉뚱하게도 여성이어서 누구냐고 물었더니 누이동생이라며, 오빠는 말을 못하기 때문에 전화기를 저에게 맡겼어요, 라고 했기 때문이다. 그러면서 그 여성은 그동안의 이야기를 대강대강 했는데, 서울에서는 치료비가 너무 비싸 부산의 ○○병원으로 옮길 거라고 했다.

며칠 뒤 나는 부산의 ○○병원의 중환자실로(면회시간이 정해져 있어 오후 5시부터 6시까지였다.) 가서 이나시오 씨를 만났다. 그는 그 사이에 완전히 해골처럼 변해 있었다. 수술한 목에서 가래가 너무 끓어 서울에서 이미 목에 구멍을 뚫어 호스를 넣어 가래를 제거하고 있었고, 그때쯤은 목에 구멍을 뚫지 않고, 갑상선암 수술을 받지 않았다 해도 이미 기력이 너무 떨어져 말은 못할 것같이 보였다. 눈동자는 풀어져 있었고 종이에 볼펜을 가지고 글을 써 의사를 표시했는데, 병상에 가만히 누워서 눈은 천장에 둔 채 손만 움직여 책받침 위의 종이에 글을 쓰다 보니 그 글자를 잘 알아볼 수도 없었다. 글자 위에 글자가 겹쳐지기도 했다. 나를 처음 보자 그는 순간적으로 미소를 짓는 것 같더니 이내 슬프고 부끄럽고 딱한 감정이 뒤섞인 애매한 표정을 지었다.

"최 화백, 고생 많이 하셨습니다. 이제 어서 정신을 차리시고 기운만 돌아오면 정상으로 회복될 겁니다."

내가 말하고 봐도 전혀 씨도 안 먹힐 헛소리였다. 할 말이 없어 그렇게 되는 대로 나불거렸다고나 할까. 그의 모습이 거짓말 하나도 안 보태고 해골같이 변한 데다 곡기를 넘길 수가 없어 숨도 겨우 쉬고 있는데 정신을 잃지 않고 있는 것만도 대단한 의지력이었다. 그런 상태에서는 영양이 풍부한 음식을 제대로 먹어 보신을 잘하고 쉴 새 없이 링거를 주사해도, 말을 할 수 있을 만큼 기운을 차리려면 몇 달은 걸려야 할 것 같았다. 그때만 해도 나는 그렇게 생각했었다.

나는 육성으로 말하고 그는 필담으로 답했는데, 우리들의 대화 내용을 대강 간추리면 이러하다.

"최 화백, 반드시 살겠다는 굳은 의지와 희망을 가지고 하느님께 기도하십시오. 나도 최 화백을 위해 기도하고 있습니다."

이 말은 사실이었다. 나는 나의 일상의 기도 속에 자주 그를 떠올리며 그의 쾌유를 기도 속에 생각했고, 그러면서 가능하면 하느님께서 저의 생명도 좀 연장해 주시면 좋겠습니다, 하고 빌었다. 그는 나의 말을 듣고 눈을 힘없이 껌벅거리다가 배 위의 종이와 볼펜을 더듬어 잡고 썼다.

"대부님께 걱정을 끼쳐 죄송합니다."

"천만에요. 걱정이라니 무슨 걱정요! 그런 생각 마시고 치료만 잘 받으세요."

"서울에서는 갑상선 수술을 했는데, 지금 간과 폐에도 암세포가 전이되었다고 합니다."

나는 이미 알고 있었지만 말했다.

"그래요? 그래도 우선 목 수술한 게 아물고 나면 다른 부위의 병은 그때 가서 또 치료하면 될 것입니다."

말은 이렇게 했지만 나도 그의 몰골이 상상 외로 심각한 데 대해서 달리 할 말이 없기도 했다.

곁에는 서울에서 따라 내려온, 누이동생 되는, 50대 말이나 60대 초쯤 돼 보이는 부인이 있었다. 그녀는 어느 정도 지성과 교양을 갖춘 사람으로 보였다. 내가 이냐시오 씨의 휴대전화 번호로 전화를 했을 때 이 부인이 전화를 받아, '오빠가 지금 말도 못하는 상태'라는 것과 '지금 서울에 있지만 내일 부산 ○○병원으로 내려갈 거'라는 말을 하면서 '부산에서는 면회가 가능할 거라'고 알려 주었다. 그때 내가 그녀에게 전화로 몇 가지 더 궁금한 걸 급하게 묻자 답한 것이 간과 폐에도 암세포가 전이되어 있다는 것, 환자 본인도 그런 사실을 안다는 것이었다.

환자는 기진맥진해 있었다. 필담으로 대화를 더 하고 싶어도 더 해서는 안 될 것 같았다. 나는 그 병원의 중환자실에 더 있을 이유가 없었다. 그래서 설을 쇠고 다시 오마고 작별인사를 나누고 뼈뿐인 그의 앙상한 손을 잡고 두어 번 흔들었다. 그런데 그가 나의 손아귀에서 힘겹게 손을 빼내 다시 배 위의 종이에다 얼른 써서 나에게 보라는 눈짓을 했다.

"대부님, 저는 어떻게든 더 살아야 합니다. 어린 딸도 있고, 그러니 부디 잘 부탁드립니다."

그의 눈에는 눈물이 흥건히 고여 있었다. 나는 다시 그의 손을 잡고 똑똑한 소리로 말했다.

"안심하시고 기도나 열심히 하십시오. 명색이 대부인 내가 대자를 안 돕고 어쩌겠습니까?"

그는 희망도 아니고 절망도 아닌 눈길로 힘없이 눈을 껌벅거렸다. 말이 눈이지 사람의 눈이라 할 수 없을 정도로 퀭해서 바라보기가 겁이 나는 눈이었다. 나는 그의 앞을 떠나 병실 입구로 걸어오면서 '부디 잘 부탁드립니다.'란 글귀가 그의 음성이 되어 내 귀 안에서 왕왕 울려 오는 이명증에 잠시 시달려야 했다. 이때 나는 평소의 어지럼증이 갑자기 심하게 느껴지기도 했다. 중환자실 입구에서 면

회객이 입는 가운을 벗고, 신발도 갈아 신고 밖으로 나왔다. 이냐시오 씨의 누이동생인 그녀가 따라 나왔다. 내가 먼저 물었다. 환자에게 링거 주사도 하지 않고 있었기 때문이다. 나는 이 중환자가 링거도 못 맞는 이유가 치료비 때문일 거라고 생각하며 가슴이 몹시 아팠던 것이다.

"환자가 저렇게 쇠약한데 왜 링거도 주사하지 않습니까?"

나는 링거 몇 병 값은 보태 줄 수도 있다는 듯이 그렇게 묻고는 아차, 괜한 소리를 했구나 하고 후회하고 있는데 그녀가 말했다.

"서울에서는 그런 혜택도 못 받았는데, 여기에서는 오빠가 극빈자로 분류되어 국가로부터 모든 치료비를 보조받고 있는 형편입니다. 여기서 치료비 문제는 크게 걱정 안 해도 됩니다. 다만 간호사의 이야기가, 지금 오빠의 기력이 너무 떨어져 주사액도 받아들이지 못할 형편이라고 합니다. 식도와 기도가 완전히 쪼그라져 붙어버려 가래 제거를 위해 뚫어 놓은 목의 구멍이 아물어도 식사를 제대로 할 수 있을지, 말을 할지 어떨지 모르겠다고 하더군요."

나는, 치료비 걱정은 안 해도 된다는 말에 안심하는 한편, 그의 병세에 낭패하는 복잡한 심경에 사로잡히는 비감에 휩싸였다. 나도 벌써 몇 년째 겨울만 되면 알레르기성 감기로 약을 달고 있는 데다 지난 연말에는 대장암 말기 판정을 받았지만 수술도 포기한 상태가 아닌가. 대장암은 아직 아무런 통증이 없다. 그런데 의사는 왜 말기라고 했을까. 그것보다는 감기가 더 고통스러웠다. 약을 아무리 먹어도 소용없이 기침을 달고 살면서 밖으로만 나오면 마스크를 하고 다니는 형편이다. 하지만 이냐시오 씨에 비하면 그래도 훨씬 덜 위급하지 않은가.

나는 집으로 와서 울산의 남상국 회장에게 처음으로 전화를 했다. 최병준 이냐시오 씨가 이만저만하게 되어 지금 부산 ○○병원 중환자실에 입원해 있다고. 그는 놀라며 말했다.
"아이구, 그런 일이 있었네요? 저 때문에 괜히 이 회장님이 고생을 많이 하십니다. 제가 얼른 한 번 병원으로 가 보겠습니다."
그의 '저 때문에 고생한다는 말'에 나는 그래도 어떤 위로를 느꼈지만 남상국 회장이나 나 그에게 물질적 도움을 줄 형편은 못 되었다. 그 점이 마음 아팠다.

2.

최병준 이냐시오, 내가 그의 대부가 된 것은 남상국 회장의 부탁에 의해서였다. 몇 년 전 어느 날, 울산의 남상국 회장으로부터 전화가 왔다. 부산에 거주하는 자기 친구 한 사람이 늦게야 세례를 받게 되었는데 부득불 부산에 있는 내가 대부를 좀 서 줘야겠다는 것이다. 대부 서기, 사실 나는 이것을 대단히 어렵고 힘들게 생각한다. 내가 대부를 선 많은 사람들이 지금 성당을 쉬고 있기 때문이다. 대자가 교회에 안 나가는 것은 1차적으로 대부에게 책임이 있는 게 아닐까. 물론 대부를 설 때는 타인의 부탁으로 서기도 했고, 나 스스로 당신(자네)의 영세 때는 내가 대부를 서겠다고 자청하기도 했지만 지금 생각하면 그건 모두 하나의 허영, 허세였다는 것을 뼈저리게 느끼고 있다.
특히 대자 될 사람의 사회적 지위나 학력이 높을수록, 좀 잘사는 사람일수록 나는 그런 이의 대부를 즐겨 섰는데 그게 오산이었던 것이다. 그런 대자는 항상 대부의 손아귀 밖에 있었고, 매사 대부와 맞먹으려고 들면서 대부를 내려다보려고 했다. 그러니 여간해서는 대부의 말을 듣지 않았다. 주일미사를 게을리한다는 걸 알고 충고해도 알았다고 답은 하면서도 계속 주일미사를 궐했다. 심지어 '내일은 내가 알아서 할 테니 간섭 좀 하지 말라'는 눈치를 노골적으로 보이는 사람도 있었다. 이래서 나의 대자 중 냉담 교우가 된 사람이 숱하게 많다. 그런 터에 내가 지금 어찌 대부를 함부로 덜렁덜렁 서 줄 것인가. 그래서 나는 최근에 와서는 대부 서기를 대단히 조심하면서 여간해서는 대부를 서지 않는다. 그러나 내가 최병준 씨의 대부를 안 설 수 없었던 것은, 부탁하는 남상국 회장과의 관계를 봐서이기도 했지만 당자인 최병준 씨가, 내가 꺼리는 사회적 지위나 학력이 높고 재산이 많은 부류의 사람이 아니었기 때문이다.

  이리하여, 최병준 씨는 당시 수영에 살았으므로 내가 나가는 ○○성당에서 교리 교육을 받고 세례를 받았다. 키가 훌쩍 크고 깡마른 체구에 도수 높은 안경을 낀 그는 보통 사람과는 여러 모로 많이 달라 보였다. 우선 말수가 너무 적어 여간해서는 남과 잘 어울릴 수 없었다. 외모도 일견 서양사람 같았고, 그 표정이 어딘지 차갑고 근엄해서 쉽게 접근하기가 어려웠다. 그런데 알고 보니 그는 가족도 없이 혈혈단신 혼자 살고 있었다. 그러나 그런 연유를 캐물을 수도 없었다. 어쨌든 그는 무사히 영세를 하고 이냐시오란 세례명으로 새로 태어났다. 나는 그에게 바로 내가 속한 레지오 마리애(천주교 신심단체의 하나)에 입단시켜 주회활동을 함께했다. 그리고 초심 신자가 알아야 할 여러 가지 일을 깨우쳐 주고 지도하기를 게을리하지 않았다.

레지오 마리애의 같은 단원들끼리는 가끔 회식을 하는 수도 있어, 그런 자리에서 함께 술을 마셔 봤는데 술은 잘하지 않았다. 소주 한 잔을 마셨는데도 온 얼굴이 홍당무처럼 되었다. 이건 참으로 잘된 일이라 생각하기도 했다. 다 그런 건 아니지만 아무래도 술을 좋아하는 사람은 술을 잘하지 않는 사람보다는 신앙에 몰두하기가 어렵기 때문이다. 나는 술 때문에 신앙생활을 잘 못하는 사람을 많이 봤다. 그리고 나는, 주제넘게도 이름은 신앙인으로서 교적에 올려놓고는 성당에는 나오는 둥 마는 둥 하는 신자가 갈수록 많아지고 있는 현실을 늘 걱정스럽게 바라보고 있는 축이기도 했다.
　나는 그의 영세 초기에는 교중 미사 후 종종 점심을 함께 먹곤 했는데 그때만 해도 그는 뭐든지 아주 잘 먹었다. 중국집에서 자장면을 사 주어도 대단히 맛있게, 그릇에 붙은 채소나 국물까지 깨끗이 닦아 먹곤 했다. 아하, 집에서 하는 식사가 영 신통찮고 부실하구나. 하기는 혼자 끓여 먹는 밥이 제대로 된 밥 같기나 할까 싶었다. 더 자주 밥이라도 함께 먹어야겠다는 생각을 하면서도 그게 뜻대로 되지 않았다. 내가 점심을 한 번 사고 나면 그도 꼭 답례를 하려고 했다. 그러나 나는 그의 형편이 아주 어려운 줄을 알고부터는 그의 자존심이 상하지 않게 조심하면서 점심 답례를 피하곤 했다. 그래서 밥을 먹어도 항상 내가 계산을 하곤 했다. 세상에는 항상 얻어먹기만 하는 사람이 있는데, 그런 사람에 비하면 이냐시오 씨는 얼마나 체면이 있는 사람인가. 뒤에 안 일이지만 그는 사글세 단칸 셋방에서 혼자 아주 어렵게 살고 있었던 것이다.
　그런 그가 수영에서 해운대로 이사를 해서 교적도 ○○성당에서 해운대 ○○성당으로 옮겨 갔다. 자연히 주회활동도 할 수가 없었고, 나와 만나는 횟수도 줄어들었다. 언젠가 다시 만나 점심을 같이 먹으면서, 해운대의 ○○성당에서도 레지오 마리애 주회활동을 계속하라(사실 이 말을 하려고 만났다)고 했더니 바빠서 못하고 있다고 했다. 직장도 없는 걸 알고 있는 나지만 그렇다고 백수가 뭐가 그리 바빠 1주일에 한 번 나가는 주회에도 못 나간단 말이냐고 할 수는 없었다.

그런데 알고 보니 그는 그림을 좋아해서 그림 솜씨가 아마추어를 넘어 프로의 경지에 이르러 있었다. 이미 개인전도 몇 번 열었던 터였다. 그 형편에 개인전을 어떻게 열었을까. 부산이 아닌 마산이나 울산에서 개인전을 연 적이 있지만 나는 여러 가지 일로 바빠 전시회에는 가 보지 못했다. 그게 항상 미안하고 죄스러웠다. 그러나 그때부터 나는 그를 '최 화백'이라 불렀다. 개인전을 열 정도면 그래도 사는 게 괜찮은 게 아닌가 하는 게 나의 생각이었는데, 그 개인전도 모두 친구들의 도움으로 열게 되었다는 걸 뒤늦게 알았다.

나이는 나보다 한 살 아래였는데 그의 과거가 어떠했는지 캐물을 수도 없었고, 왜 혼자 사는지도 물어보기가 힘들었다. 그런데 알고 보니 대전엔가 어딘가에서 혼자 살고 있던 그의 젊은 부인이 세상을 떠났다는 말이 들렸고, 또 들으니 그와 그 부인 사이에는 미성년 딸이 하나 있었는데, 그때까지 어머니랑 함께 살다가 어머니가 돌아가시자 그 딸을 최병준 이냐시오 씨가 최근에 데리고 왔다고 했다. 그런데 이번에 별세한 부인은 첫째 부인이 아니라고 했다. 하기는 젊은 부인이 첫째 부인일 수는 없을 것이었다. 그러면 이번에 별세한 부인은 몇 번째 부인이며 왜 그런 부인과도 헤어져 살았던가. 그를 만날 때마다 나는 그의 얼굴에 수없는 물음표만 그리고 있었다.

작년 추석에는 나에게 배가 두어 상자 선물로 들어와 그 배를 그에게 한 상자 주기도 했다. 딸과 함께 먹으라고. 그런데 그 무렵 그의 턱 밑 목에 예의 손가락 두어 개 크기만 한 살이 도드라져 있었던 것이고, 날이 갈수록 그 크기가 커지고 있었다. 딸아이는 시내의 어느 여고에 농구 선수로 다니고 있다고 했다. 아무리 생각해도 보통 일이 아닌 것 같았다.

3.

그가 입원해서 수술을 받았다는 말을 듣고 나는 무엇을 어떻게 도울까 생각하다가 천주교 부산교구청의 사회사목국에 전화를 했다. 국장 신부를 찾아, 사정이 이러저러해서 전화를 한다고 하니 그 업무는 어느 수녀가 맡고 있다고 했다. 다시 그 수녀를 찾아, 내가 전화를 한 목적을 말했다. 부산교구 주보(週報)인 〈가톨릭 부산〉에는 가끔씩 사정이 아주 딱한 교우의 사연을 소개하여 신자 독자로부터 성금을 모아 그 딱한 이에게 전달하곤 하기 때문에 거기에라도 한 번 기대 볼 생각이었다. 나도 여러 번 그런 사연을 읽고 적은 액수나마 모금에 동참한 바가 있었기 때문이다.

나의 설명을 들은 수녀는 당사자의 인적 사항과 형편을 자세히 물었다. 세속명과 세례명, 나이, 소속 본당, 사는 형편 등을 다 듣고 나더니 소속 본당의 사회복지분과장과 의논하겠다고 했다. 수녀로부터 이내 전화가 왔다. 수녀가 내 말을 듣고 그 사이에 해운대의 그 성당에 전화를 해서 알아본 모양이었다. 수녀는, 회장님 말씀이 모두 맞더라고 하면서, 최병준 이냐시오 씨는 이미 국가로부터 도움을 받고 있는 형편이란 것과, 본당에서도 매월 얼마간의 도움을 주고 있더라고 했다. 그래도 이런 사연을 글로 써서 주보에 게재하겠다고 했다. 나는 우선 한시름 놓을 수 있었다. 그런 사연이 실리면 한 달쯤 지난 뒤, 모금 결과를 알리면서 얼마를 어떻게 전달했다는 내용이 실리곤 하는데, 대개 천만 원 안팎의 모금이 되었다. 수녀가 말했다. 12월 21일에 기사가 나갈 거라고.

드디어 12월 21일 주보를 받아 펼쳐 봤으나 아무리 봐도 기사가 없었다. 보통 그런 기사의 고정 제목이 '한마음 한몸'인데 그런 게 없었던 것이다. 알고 보니 '한마음 한몸'이란 제목이 '함께 달리기'란 제목으로 바뀌어 있었다. 그런데 기사 내용도 내 마음에 들지 않았다. 차라리 나에게 부탁을 했으면 비참한 생활상을 더 절절하게 표현해 써 주었을 텐데 이번 글은 너무 평범해서 독자의 관심을 끌 수가 없을 것 같았다. 그러나 그런 불만을 함부로 표현할 수는 없었다. 나는 어떻게 하면 모금이 좀 많이 될까 고민했으나 내가 속한 레지오 마리애 단원들에게 하소연하는 수밖에 없었다. 또 회식하는 날이 있어, 나를 포함 총 7명의 단원들에게 과거에 같은 단원이었던 최병준 이냐시오 씨의 사정을 말하면서 가져간 주보를 모든 단원들에게 나누어 주었다. 단원 중에는 벌써 그를 모르는 단원도 있었다. 그가 해운대로 이사한 뒤에 입단한 단원이었기 때문이다. 한 단원이 물었다.

"대개 얼마씩 내면 됩니까?"

나는 지체 없이 말했다. 질문에 대한 답을 미리 준비하고 있었으므로.

"다다익선 아닙니까? 다만 참고로 말씀드리면 저는 오늘 10만 원을 내려고 가져왔습니다."

이러니 모두 그 자리에서 성의껏 돈을 내었는데 모두 48만 원이 모였다. 한 단원은 다소 볼멘소리로 말했다.

"아픈 사람의 사정도 딱하지만 이런 일을 하면서 하소연하고 있는 회장님이 더 딱해 보여 돈을 냅니다."

그러나 끝내 한 푼도 안 내는 사람도 있었다. 나는 어쨌든 고맙고, 또 한편으로는 미안해서 연신 감사합니다는 말만 되풀이했다.

이튿날 당장 신협(신용협동조합)으로 가서 이 돈을 주보에 쓰인 계좌로 송금하고, 그 영수증을 받아 일곱 장 복사해서 다음 주 주회에 모든 단원들에게 나누어 주었다.

그런 일이 있은 이틀 뒤 나는 건강검진을 받았고, 내가 못된 병에 걸린 것을 알았다. 50대 중반의 의사가 심각한 얼굴로 나를 한참 바라보다가 말했다.

"가족은 아무도 안 오셨습니까?"

"같이 올 가족이 없습니다."

독일에 있는 둘째에게, 내가 건강검진을 받으러 가니 네가 귀국해서 병원에 같아 가자고 하겠는가? 아니면 비록 국내에 있지만 사제(司祭)로 있는 큰아들에게 그런 말을 하겠는가? 사제는 사사로운 가족의 이야기에 귀를 기울일 수 없을 만큼 하느님 사업에 몰두해야 할 신분 아닌가. 아내는 몇 년 전에 심장병으로 먼저 갔다. 그래서 혼자 산 지도 6, 7년이나 된 내가 아닌가. 의사가 딱한 눈빛으로 다시 말했다.

"그럼 선생님 주변에는 아무도 없습니까?"

"그래요. 무슨 말씀이든지 나에게 바로 하세요. 괜찮습니다."

"아 참, 딱하시군요. 그럼 바로 말씀드리겠습니다만 놀라지는 마십시오. 선생님께서는 대장암이신데 수술을 못할 정도로 병이 진전돼 있습니다. 지금 상태에서 수술을 받으시면 목숨을 더 단축하는 일밖에 되지 않습니다. 그게 저의 소견입니다."

나는 담담한 심정으로 그러는 의사를 가만히 바라봤다. 의사가 다시 말했다

"평소에 무슨 통증 같은 걸 못 느끼셨습니까? 왜 여태까지 계셨는지 참…."

"가끔 배가 아프고 더러 설사도 했지만 이런 증세는 제가 평생 동안 앓아 온 고질인 위장병 탓이라고 생각했지요. 젊은 시절부터 늘 그랬거든요. 그리고 3년 전에 위내시경과 장내시경 검사를 받기도 했고요."

의사는 아무 말도 하지 않고 잠시 나를 물끄러미 바라봤다. 그러더니 작은 소리로 말했다.

"3년 전에요? 2개월 전에 아무 이상 없던 분도 중환자로 바뀝니다."

이상하게 나는 크게 낙담이 되거나 절망감이 오지도 않고 오히려 홀가분한 생각이 들었다. 75세, 이만큼 살았으면 되었다…. 나는 집으로 돌아와 평소대로 혼자 조용히 지내기로 결심했다. 의사는 그래도 항암 치료를 권유했지만 나는 그것도 사양했다. 그냥 두고 지내는 게 고생도 덜하고 더 오래 살 수 있다는 확신이 들었기 때문이다.

부산교구 주보에 최병준 이냐시오 씨의 기사가 나오고 한 달이 지난 뒤 모인 돈은 563만 5천 원밖에 안 됐다. 생각보다 많이 적었지만 적다는 말을 누구한테 할 것인가.

나는 그 사이에도 몇 번이나 병원으로 이냐시오 씨를 찾았지만 찾을 때마다 빈손이었다. 아무것도 먹을 수가 없으니 빈손으로 가는 수밖에 없었다. 대신 큰 선물이기나 한 듯 나는 그때야 그에게 이러이러한 경로를 거쳐 우리 주보에 최 화백의 사연을 소개했다는 말을 했다. 그러면서 주보 1부를 주었다. 그는 말은 못하고 정말 고맙고 미안하다는 말을 표정과 입술로만 했다. 그리고 뼈뿐인 손으로 나의 손을 꼭 잡고 흔들다가 또 예의 글을 써 보여주었다. 단돈 천 원도 아쉬운 그였다.

"대부님, 뭐라고 인사해야 할지 모르겠습니다. 죽는 날까지 잊지 않겠습니다."

내가 말했다.

"이렇게라도 해서 최 화백을 돕고 싶었을 뿐입니다."

그러던 중 ○○병원에서도 더 못 있고 그는 해운대의 어느 요양병원으로 옮기게 되었다. 볼 때마다 더 힘을 잃어 가고 있었다. 내가 봐도 그는 도무지 소생의 가망이 없어 보였다. 그도 나처럼 차라리 수술을 하지 않았다면 조금은 더 편히, 그리고 좀 더 오래 살 수 있었을 텐데 괜히 수술을 해서 이렇게 지레 죽게 되었구나… 하고 생각했다. 나는 그때까지 고등학교 1학년인 농구선수 딸은 한 번도 못 보고 있었다. 만약 이냐시오 씨가 눈을 감아 버리면 혼자 남게 되는 이 딸아이는 어떻게 되는가. 지금 살고 있는 셋방의 집세도 몇 달이나 밀려 있다는데.

그날 나는 집으로 돌아와 울산의 남상국 회장에게 처음으로 그간의 소식을 전했다. 그 사이 진작 전화로 이 소식을 알려 주고 싶었으나 나는 망설이고 있었다.

　내 전화를 받으면서 남 회장은 소식을 알려 주어 정말 고맙다고 했다. 그러면서 오늘 당장 해운대 그 요양병원으로 가 보겠다고 했고, 그날 저녁 늦게 남상국 회장으로부터 병원에 가서 환자를 보고 왔다는 전화가 왔었다. 아무 할 말도 없고 해서 그냥 한 시간쯤 환자 옆에 앉아 있다가 돌아왔다고 했다. 그럴 수밖에 없었을 것이다. 무슨 거짓말로 희망을 심어 주며, 무슨 말로 위로를 할 수 있었겠는가. 나도 언제나 그랬지 않은가.

　그러던 어느 날 교구청의 그 수녀로부터 전화가 왔다. 내일쯤 걷힌 돈을 전달하고 싶으니 나도 함께 참석했으면 좋겠다는 것이었다. 그러면서 딸에게도 연락을 해서 이 일을 전달해 주고 본당에도 이 사실을 알려 달라고 했다. 날씨는 춥고, 나는 겨울 내내 알레르기성 감기로 죽을 고생을 하고 있은 데다 또 몹쓸 병의 선고를 받지 않았는가. 그러니 밖에 한 번 나가기가 죽어라고 싫었다. 언제나 마스크를 하고 옷을 아주 두껍게 입고 나가도 한 번 나갔다 오면 온몸이 죄어 오는 고통에, 기침이 얼마나 더 심해지는지, 또 맑은 콧물을 얼마나 많이 흘리는지 몰랐다. 잔기침이 여러 번 계속되다가 결국 재채기를 하게 되는데, 집 안에서야 괜찮지만 성당에서 미사 중이나, 전철 안에서 이러면 보통 일이 아니었다. 전철에서는 이러한 나의 몰골 때문에 내 옆의 승객이 나를 피해 슬그머니 자리를 피해 가는 걸 여러 번 보았다. 이럴 땐 참 많은 비애를 느끼곤 한다. 약을 달아 놓고 먹는데 약 기운 있을 때는 조금 덜하지만 약 기운만 떨어지면 귀신같이 알레르기가 도지곤 했다.

　교구청에서 모금한 돈을 전달하는 날은 비가 엄청나게 오면서 바람도 심하게 불었다. 옷을 따뜻하게 입고 요양병원으로 갔다. 먼저 병원에 도착한 나는 이냐시오 씨에게 오늘 있을 일을 설명했다. 병원에는 갈 때마다 심한 역겨움을 피할 수 없었다. 이냐시오 씨가 누운 침대 양옆은 물론, 온 실내의 병상에는 모두 다 죽어 가는 중환자들로만 차 있어, 여기저기서 기침을 콜록거리며 가래 끓는 소리를 내고 있었고, 어떤 침대에서는 간병인이 환자의 아랫도리를 벗겨 대소변 처리를 하고 있으니 그 냄새며 광경을 어찌 역겨움 없이 견디겠는가. 내가 이냐시오 씨에게 오늘 이러이러한 일로 몇몇 분이 오실 거라고 말했다. 얼마 뒤에 교구청 사회사목국 신부와 수녀가 왔고, 또 좀 뒤에 딸 미지 양과 해운대 그 성당에서도 본당 부회장과 사회복지분과장 등이 왔다. 그때 수녀가 나를 좀 보자면서 한쪽 옆으로 가서 내 귀에 대고 작은 소리로 말했다.

"돈이 얼마 안 되어 교구청에서 보관하고 있던 다른 돈에서 300만 원을 더 보태 863만 5천 원을 가져왔습니다. 그러나 이런 사정은 회장님만 알고 계시고 환자나 가족에게는 구태여 알릴 필요가 없겠습니다."

수녀의 마음 씀씀이가 참으로 고마웠다.

침대 등받이를 일으켜 이냐시오 씨를 반쯤 앉은 상태로 만들었다. 그리고 나서 환자가 보는 앞에서 신부님이 모금한 성금이 입금된 통장을 딸의 손에 쥐어 주었다. 우리는 모두 손뼉을 쳤다. 나는 이 딸애가 이 귀하고 무서운 돈을 어찌 쓸지, 혹시라도 어린 나이에 아무렇게나 낭비하지 않을까 염려가 되어 일렀다.

"미지야, 이 돈은 하느님께서 주시는 무서운 돈이다. 보통 돈이 아니다. 그러니 단단히 꼭 쓸 일에만 써야 한다. 그리고 지금은 네가

운동에, 공부에 바빠 성당에 못 나오겠지만 장차 꼭 성당에 나오겠다는 생각을 해라."

미지라는 애는 키도 농구선수답게 훌쩍 컸고, 인상이 착하게 생긴 소녀였다. 미지가 답했다.

"알겠습니다. 감사합니다."

나는 부디 이 학생에게 하느님의 특별한 가호가 있기를 몇 번이고 속으로 기도했다. 과연 험한 세상을 어떻게 살아갈까.

4.

그런 지 며칠 뒤였다. 그날도 비가 오면서 바람이 심하게 불어 아주 추웠다. 이날 낮 나는 수영의 어느 식당에서 모임이 있어 참석했다. 몸 상태로는 도무지 참석할 수 없었지만 몇 달 전, 중병이 걸렸다는 것을 몰랐을 때 내가 제안한 모임이어서 나는 이날 모임의 주최자격이었다. 그러니 참석하지 않을 수 없었다. 그 식당에서 점심을 먹고 있는데 손전화가 울렸다. 받으니 해운대 ○○요양병원이라면서 최병준 씨의 대부 되느냐고 물었다. 그렇다고 답하면서도 어쩐지 예감이 좋지 않았다.

"최병준 씨가 지금 위독합니다. 달리 알려 드릴 데도 없고 해서 대부 되시는 분께 우선 알려 드립니다."

나는 얼마나 위독하냐고 물었다. 지금 당장 숨이 넘어가고 있는 상태인지, 오늘내일 하는 위독을 보이는 상태인지를 물었다. 그랬더니 아마 한두 시간 안에 운명할 것 같습니다, 란 답이 돌아왔다.

내 몸 하나 가누기가 이렇게 힘든 데다 그날따라 어지럼증도 아주 심했다. 게다가 비바람이 불어 날씨까지 찬데…. 나는 속으로 한숨을 한 번 몰래 쉬고는 알았다면서 전화를 끊었다. 알았다란 말도 사실은 매우 애매한 말이었다.

　회의 안건이야 별거 아니었지만 모임이 덜 끝난 상태에서 모임의 주최자인 내가 식사 중에 먼저 일어서서 나온다는 게 여간 미안하지 않았다. 그래서 먹던 음식을 대강 다 먹고, 사실대로 말하면서 양해를 구했다. 신자가 아닌 대부분의 사람들은 내가 말하는 '대부'며 '대자'란 말의 뜻을 깊이 이해하기 힘들었을 텐데도 모두 얼른 병원으로 가 보라고 했다. 물론 그들도 나의 병은 모르고 있었다. 나는 계산을 하고 식당을 나와 전철을 타고, 또 한참이나 걸어서 집으로 왔다.

　집으로 와서 최병준 씨의 현재의 위급을 알아야 할 사람들에게 소식을 전했다. 맨 먼저 딸 미지 양에게, 그리고 병준 씨의 누이동생과 ○○성당의 사회복지분과장, 또 이냐시오 씨의 친구인 울산의 남상국 회장에게. 이들에게 전화를 하면서 나는 내키지 않았지만 거짓말을 했다. 그러면서 나는 심한 갈등에 사로잡히기도 했다. 내가 시방 감기를 앓고 있기도 하지만 사실은 대장암 말기 환자란 걸 말하기는 싫었다. 그냥 감기라고도 하기 싫었다. 대개는 감기라면 아주 가볍게 여겨 아무 병도 아니라고 생각하기 때문이었다. 나의 거짓말은, 방금 병원으로 가려고 집을 나가 비탈길을 내려가다가 비바람에 미끄러져 허리를 다쳐 도로 집으로 들어왔다는 것이었다. 사실은 10년 전, 아내가 살아 있을 때 허리를 심하게 다쳐 지금도 비만 오면 통증이 되살아나기도 했는데, 내가 대장암 말기란 사실을 안 그날부터 엉뚱하게 허리 통증이 재발되는 것이었다. 전화를 거는 순간에도 마치 실제로 방금 다친 듯이 허리가 욱신거리고 결렸다.

그리고 혼자 드러누워 나는 또 몹시 앓았다. 한기와 전신이 죄여 오는 듯한 통증, 재채기와 기침으로 몸을 움직이기가 힘들었다. 그렇게 한 사흘을 집에서 쉬었다. 날씨는 비가 오다가 금세 햇빛이 났다가 했고, 아침저녁과 낮의 기온 차가 엄청나게 커서 연일 감기환자가 병원을 찾는다는 보도가 나오고 있었다.

그런데 한두 시간 뒤에 운명할 거라던 사람은 그러고도 사흘 뒤에야 운명했다는 연락이 왔다. 나에게 처음으로 최병준 씨의 위급을 알려 준 여성이 전화를 했다. 간호사인지 옆 환자의 간병인인지 확실치 않았다. 나는 그녀에게 똑똑하게 말했다. 내가 지금 허리를 다쳐 꼼짝 못하고 누워 있고 사실은 나도 중병을 앓고 있는 사람이니 이제 이런 전화 나에게는 하지 말라고.

사실 내가 이냐시오 씨에게로 간들 무슨 일을 한단 말인가. 이제 장례에 따르는 일은 최병준 씨의 성당에서 알아서 처리해 줄 문제가 아닌가. 이런 생각을 하면서 누워 있으니 최병준 씨가 눈을 부릅뜨고 고함치는 소리가 선연히 들려오는 것 같았다. 대부님, 이럴 수 있습니까? 제 곁에 대부님 말고 누가 있다고 이제 와서 이렇게 냉정하게 저를 뿌리치는 겁니까? 나는 혼자 중얼거렸다. 그래도 할 수 없어요. 이냐시오 씨, 당신 곧 선종할 텐데 나도 곧 당신 뒤를 따라갈 거요. 그러니 오늘은 서운해도 좀 참아요. 그러는 나의 눈꼬리에 처음으로 눈물이 맺혀 흘렀다.

그러고도 다시 사흘 뒤에 영락공원에서 화장을 한다는 연락이 요양병원으로부터 왔다. 이번에는 그렇게 알려 주는 여성이 고마웠다. 아무리 아파도 장례에는 참석해야 하겠기 때문이었다. 다행히 이냐시오 씨는 노자(路資)성사는 못 봤지만 병자성사는 이미 본 바 있었다. 그러나 신자로서 누구나 할 수 있는 장례미사는 끝내 치를 수 없었다. 이런 일을 주선하고 앞장서는 사람이 없었기 때문이다. 내가 응당 앞장서서 해야 할 일인데도 몸도 마음도 너무 아파 도무지 어떻게 할 수 없었다.

그러다 나는 울산의 남상국 회장에게 그가 기어코 선종했고, 아무 날 영락공원에서 화장을 한다는 것을 알려 주었다.

"아하, 그렇게 되었네요?"

그도 모든 것을 짐작하고 피할 수 없는 일임을 각오하고 있었던 터여선지 놀라거나 하지도 않고 담담하게 받았다. 내가 물었다.

"그날 차를 가지고 오실랍니까?"

그가 차를 가지고 온다면 나는 지하철 범어사역에서 그를 만나 그의 차로 영락공원으로 들어갈 생각에서 물었다. 그러나 그는

"아니, 버스로 내려가겠습니다."

라고 했다. 내가 다시 말했다.

"그러면 범어사역에서 만나 같이 영락공원으로 가십시다."

"그렇게 하시지요."

나는 약속 시간에 범어사역으로 가서 그를 기다리다 그에게 전화를 했다.

"아, 지금, 노포동에 막 도착했습니다."

노포동역은 범어사역 다음 역이므로 곧 도착하겠거니 했는데 그러고도 20여 분을 기다린 끝에야 그가 나타났다. 왜 늦었느냐고 묻

지도 않았는데 그가 말했다. 노포동에서 버스를 내려 배가 너무 고파 우동 한 그릇 먹고 오느라고 좀 늦었다고. 아침을 그제야 먹었다는 것이다. 우리는 마침 기다리고 있는 마을버스를 타고 영락공원으로 갔다. 그래도 빈소가 마련되어 있었고, 빈소에는 ○○성당 신자들이 몇 와서 연도(煉禱)를 바치고 있어, 나는 남상국 회장과 함께 그의 영정 앞에서 절 두 번을 하고, 준비해 간 봉투를 부의함에 넣었다. 그리고 연도를 함께 바쳤다. 나는 연도를 바치면서도 그의 영정 사진을 자꾸 쳐다봤다. 언제 찍은 사진인지 영정 사진으로는 전혀 어울리지 않는 사진이었다. 어디 등산이라도 가서 찍은 듯한 스냅 사진이었는데, 챙이 넓은 모자를 눌러 쓰고 얼굴을 약간 옆으로 해서 찍은 것이었다. 그는 씨익 웃고 있었다. 일견 아무 걱정도 없는 팔자 좋은 사람의 웃음 같았다. 아무리 잘나갈 때의 사진이지만 그도 저렇게 웃을 때가 있었을까 싶었다. 그는 언제 봐도 침통한 얼굴을 하고 있었고, 무슨 큰 죄를 참회하는 듯한 심각한 표정을 짓고 있었다. 그런 얼굴에는 깊은 그늘이 덮여 있었다. 그런 그늘을 지워 보려고 늦게나마 성당에 발을 들여 놓았을 테고, 내가 대부를 섰는데, 나는 그의 얼굴의 그늘을 조금도 지워 주지 못했던 것이리라. 어찌하든 좀 더 살아야 한다는 그의 절박한 필담이 자꾸 음성이 되어 나의 귀 안에서 소리치고 있었다. 말할 수 없는 죄책감이 엄습했다.

연도를 끝내자 연도를 한 사람들 중 남자 한 사람이 인사를 해 왔고, 여성 두 사람도 인사를 했다. 모두 꾸르실료에서 나를 알게 되었다고 했다. 딸 미지 양도 천연덕스런 표정으로 인사를 했다. 아버지를 여읜 슬픔이나, 막막한 앞일에 대한 걱정으로 힘 빠지고 절망한 그런 얼굴이 아니었다. 담담하기 그지없었고, 남의 상가에 온 사람 이상으로 무덤덤한 표정이었다. 나는 미지 양의 그런 모습이 오히려 더 딱했다. 소견이 덜 든 것인지, 아니면 아이가 좀 모자라는 것인지. 밖으로 나오니 이냐시오 씨의 누이동생과 그녀의 부군 되는 사람도 와 있었다. 그들은 신자가 아니어서 빈소의 연도에는 참석하지 않고 있었다. 화제는 자연스럽게 천애의 고아로 혼자 남게 된 미지 양의 장래 문제가 되었다. 먼저 이냐시오 씨의 누이동생이 진심에서 우러나오는 인사를 나에게 했다.

"선생님, 정말 고맙습니다. 오빠가 아무것도 안 남기고 가시는 바람에 땡전 한 푼 없는 마당에 선생님의 덕분으로 그래도 그런 큰돈이 생겼으니 정말 마음이 좀 놓입니다."

그만한 돈이 무슨 큰돈일까만 나는 당장 궁금한 걸 물었다.

"이 장례비용은 어떻게 됩니까?"

"이건 모두 국가에서 나온답니다."

다행이란 생각을 하면서 말했다.

"천주교 부산교구 사회사목국에서 모금해 준 성금은 모두 863만 5천 원이었지요."

"네 알고 있습니다. 그중에서 우선 급한 대로 방세 밀린 것 300만 원을 떼어 주고, 지금 563만 5천 원이 미지가 가지고 있는 통장에 있습니다."

내가 물었다.

"방세 계산은 누가 했습니까?"

"어제 제가 했습니다. 그런데 남은 돈을 어찌하든지 아껴 써야 하는데…."

내가 말했다.

"성당에서도 매월 조금씩 나올 겁니다. 그리고 동사무소에서도 매월 얼마간 나올 겁니다. 그걸 가지고 알뜰하게 살아 가야지요."

"그럼요. 그래야지요. 제가 알아봤는데 오빠가 살아계실 때에도 동사무소에서 돈이 좀 나왔는데 오빠가 별세하셨기 때문에 그 돈도 더 줄어든다고 합니다. 저의 걱정은…."

"걱정이 무엇입니까?"

"미지가 그럴 아이는 아니지만…. 혹시 아이들이라 압니까? 누구의 꾐에라도 빠져 그 귀한 돈을 헤프게 써 버릴까 싶어서…."

"무슨 말씀인지 알겠습니다. 통장과 도장을 미지 양 고모님이 맡아 두겠다는 뜻인가요?"

"네, 미지가 어떻게 생각할지 몰라 차마 그 말이 입에서 나오지 않아요. 선생님 생각은 어떠신지요?"

"당연히 하실 수 있는 걱정입니다."

"그래서 도장은 미지 본인이 가지고 있고, 통장만이라도 제가 가지고 있다가 필요할 때 잠시 주고 하면 어떨까 싶군요. 저는 앞으로 미지한테로 자주 내려와야 합니다. 김치도 담가 가져다주고…."

"전에 살던 집에서 그동안 밀린 방세를 지불하고 나왔다면 미지 양이 앞으로 지내야 할 집은 어디에 구하시기나 했습니까?"

"네. 먼젓번 집은 오빠가 화실로 쓴다고 큰 집을 얻어서 세가 비쌌어요. 이번에 얻은 방은 아주 싼 겁니다. 보증금 없이 월세만 15만 원입니다. 오빠 화실을 정리하니까 그림들이 몇 점 있었어요. 모두들 줄 만한 사람들한테 갈라 주고, 선생님께 드릴 만한 것 하나를 남겨 두었는데 다음에 부산 내려와서 드리겠어요."

나는 아무 말도 하지 않았다. 나는 평소에 그림 같은 걸 보면서 즐길 만큼 여유 있는 사람이 못 되었고, 좁은 집 안에는 그림을 걸어 둘 만한 벽면도 없었다. 모든 벽은 책들이 다 차지하고 있었다. 그리고 무엇보다 나도 곧 이 세상을 떠날 사람이 아닌가.

이윽고 화장 시간이 되어 그의 관이 화구(火口)로 들어가는 걸 보고 나는 그곳을 떠났다. 약 기운이 떨어지자 다시 콧물이 흐르면서 온몸이 무거워지고 죄여 왔기 때문이다. 그래서 또 거짓말을 했다.

"다친 허리가 영 안 좋네요. 저는 이만 가 보겠습니다."

남상국 회장도 나와 함께 그곳을 떠나려고 했다. 나는 그와 함께 영락공원을 빠져나왔다. 택시도 안 들어왔고, 마을버스도 안 보였다. 마을버스는 20분 간격이라 했다. 우리는 범어사역까지 걷기로 하고 걸었다. 바람이 좀 찼으나 어쩔 수 없었다. 남 회장이 말했다.

"이번에 이 회장님 고생 많이 하셨습니다."

나는 할 말이 좀 있었지만 엉뚱한 말을 했다

"고생은 무슨…. 당연히 할 일을 했을 뿐이지요."

그러고는 서로 입을 닫고 걷기만 했다. 그러다 남 회장이 한 마디 했다.

"병준이 그 친구, 젊은 시절에는 참 호방했지요. 오늘 저렇게 허무하게 가도 그에게는 큰 원도 한도 없을 겁니다."

나는 말없이 그의 얼굴만 바라봤다. 그가 알 듯 말 듯한 묘한 미소를 짓고 있다가 천천히 말했다. 그는 어쩌면 내가 무슨 말이냐고 물어 오기를 기다렸는지 모른다.

"여성 편력도 많았고, 본인은 술을 잘 못해도 남에게는 술도 참 잘 샀지요. 물론 그 시절에는 사업도 크게 하고 있었지만 어쨌든 쩨

쩨한 사람은 아니었어요….”

내가 한 마디 안 할 수 없어 관심을 보였다.

"아, 이냐시오 씨에게 그런 면이 있었군요.”

"그럼요. 그뿐만이 아니었어요. 팔도강산 곳곳마다 여자 안 둔 곳이 없었다니까요. 도시마다 여자 하나씩을 두고 어느 도시로 가든 외롭게 여관에서 혼자 자는 일이 없었어요.”

나는 몸이 아픈 가운데서도 놀라움을 표했다. 그것은 그런 그가 잠시 우러러보여서였다. 그래서 이렇게 말했다.

"와아! 그랬군요.”

그러나 나는 이내 내 생각을 수정했다. 얼른 다시 생각하니 그런 그가 결코 우러러보이지 않았을 뿐만 아니라 심한 실망감 아니, 배신감으로 부르르 몸이 떨렸던 것이다. 아무리 남자라고 여자를 그렇게 한꺼번에 많이 거느릴 수 있을까. 동물적 본능에만 충실한 남자도 좋은 남자일까. 여성들은 그런 남자를 좋아할까…. 이냐시오 씨의 어디에 그런 남성미가 있었을까. 남 회장이 다시 말했다.

"마지막에 만난 여자가 미지 엄만데, 이 여자와도 이내 헤어져 살았지요. 그 부인은 혼자 미지를 키웠고요.”

"쯧쯧…. 혈육은 미지 양 하나뿐인 모양이지요?”

"어디요. 내가 모르는 혈육들이 어디에서 어떻게 살고 있는지는 모를 일이지만….”

날씨가 차서 그도 잠시 말을 멈추고는 손수건으로 코를 훔쳤다. 나에게도 쉴 새 없이 콧물이 흐르고 있었다. 그가 이었다.

"초혼의 부인한테 아들 하나가 있었어요. 그 아들 나이가 지금 아마 마흔이 넘었을 겁니다. 그런데 이 조강지처를 쫓아내면서 그 아들도 부인에게 딸려 보냈고, 그 뒤로는 수십 년 동안 한 번도 이 아들을 찾지 않은 겁니다. 아마 틀림없이 그 아들이 아버지를 몇 번은 찾아오지 않았겠어요. 엄마가 보내도 보냈을 것이고…. 그러나 병준이는 끝내 그 아들을 돌아보지 않은 겁니다. 그래서 오늘 병준이는 그렇게 외롭게 간 겁니다. 다 인과응보지요."

나는 아무 말도 할 수가 없었다. 남 회장이 말했다.

"좋은 시절에는 그렇게 돈도 헤프게 쓰면서 가는 곳마다 여자를 하나씩 정해 두고 수십 년을 그렇게 살았는데 말년이 이렇게 허무할 수가 있습니까? 하긴 그게 인생이긴 하지만…. 오늘 병준이 그 친구의 말로가 너무 허무해서 여러 가지를 참 많이 생각하게 하는군요."

나는 계속 입을 다물고 있었다. 하지만 무엇인가 이나시오 씨에게 해야 할 말이 가슴 안에서 꿈틀거리고 있었다. 그러나 나는 꼭 무슨 말을 해야 한다는 것도 떠오르지 않았다. 그래서 입을 꾹 다물고 있었다. 그가 다시 말했다.

"그러다 몸에 힘 떨어지고 하던 사업 다 말아먹고, 마지막으로 기댄 것이 그림 그리기였고, 종교에 대한 관심이었습니다. 어떤 종교를 믿을까, 하고 고민하는 것을 안 제가 가톨릭을 권했고, 특히 이 회장님이 부산에 계시어서 더욱 자신 있게 성당에 나가라고 했던 것입니다."

우리는 범어사 지하철역에까지 걸어와서 헤어졌다. 나는 끝내 나의 중병을 그에게도 밝히지 않았다. 지금 생각해도 잘했다는 생각이다. 나는 헤어질 때 그의 손을 힘 있게 잡고 한동안 그를 응시했다. 마지막이다 싶으니 마음이 아팠다. 내가 부산의 어떤 문인 단체 회장을 할 때 그는 나를 도와 부회장을 했고, 내가 임기를 끝내자 그가 내 뒤를 이어 회장을 맡았다. 문인 단체가 결성된 지 15주년이 되던 해인 지난 1996년에는 연길로 가서 그곳 문인들과도 어울려 놀았는데, 남 회장은 언제나 사회를 도맡아 보던 재치꾼이기도 했다. 그도 술이면 술, 춤이면 춤, 팔방미인이었는데 벌써 머리가 허옇게 세어 버렸다. 그가 나의 손아귀에서 손을 빼내며 말했다.
"이 회장님, 요새 안색이 좀 안 좋습니다. 어디 편찮으신 데가 있는 건 아니겠지요?"
"예, 알레르기성 감기가 좀⋯."
"어쨌든, 건강 조심하십시오."
이러고 우리는 헤어졌다.

며칠 뒤 미지 양 고모한테서 전화가 왔다. 내일 부산 미지한테로 갔다가 오후에 서울로 올라올 거라면서, 해운대에서 부산역으로 가려면 지하철 2호선을 타고 오다가 서면에서 1호선으로 바꿔 타야 하는데, 서면 지하철역에서 잠시 만나자고 했다. 약속한 그림을 주겠다는 것이다. 나는 그림이고 뭐고 만사가 귀찮았지만 그 성의를 무시할 수 없었다.
약속한 날 역으로 나갔더니 그녀는 장례식 날 영락공원에서 본 남편과 함께 먼저 와 있었다. 나는 수인사를 끝내고, 포장이 잘된 그림을 받아 바로 헤어져 집으로 돌아왔다. 그러나 오늘까지 그 그림을 싼 포장을 뜯지 않고 있다. 언젠가 내가 숨을 거두기 전에는 그림을 뜯어 볼 생각이지만, 최병준 이냐시오 씨에 대한 나의 복잡한 감정, 인간적 배신감이랄까 실망감이 어느 정도 정리가 되고 나면 그 그림을 풀어 볼 생각이다.

폭설 暴雪

1.

광주행 고속버스를 탈 때까지만 해도 하늘은 맑았다. 그냥 맑은 정도가 아니고 쾌청한 가을 하늘처럼 투명했다. 그런데 버스가 오른쪽으로 진주를 끼고 지날 무렵부터 검은 구름이 한 겹 두 겹 내려앉기 시작하더니 하동을 지나면서 기어코 굵은 눈발이 날리기 시작했다. 눈발은 갓 탄 솜을 뭉텅이 뭉텅이로 뚝뚝 떼어서 날리는 게 흰 들국화 송이만큼 컸다. 눈은 갈수록 심해져, 이제 운전석 앞 유리창을 닦아내는 와이퍼의 속도를 아무리 빨리해도 눈을 다 닦아내기가 힘들 정도였다.

고속도로 바닥은 눈이 내리는 족족 녹아 차가 달리기에 그리 문제가 되어 보이지 않았지만 날벌레처럼 차 앞 유리창에 수도 없이 달라붙는 눈송이 때문에 차는 속도를 줄여야 했다. 앞에서 달리는 차들도 모두 속도를 줄이고 있었다. 앞 유리창에는 와이퍼가 지나는 두 개의 반원을 경계로 그 위쪽 유리에 붙은 눈의 두께가 10센티는 되어 보였다. 마치 차가 이마에 눈 모자를 쓰고 있는 것 같았다.

순천이 가까워지자 산과 들에 빈틈없이 하얗게 덮인 눈은 이날 내린 눈만이 아닌, 이미 며칠 전부터 내려 쌓인 눈에 지금의 눈이 덧쌓여지고 있음을 알 수 있었다. 불과 두 시간 반 만에 온 산과 들판이 그렇게 눈 천지로 극지대처럼 백색으로만 보일 수는 없을 터였다.

버스 차창 밖은 온통 흩날리는 눈뿐이어서 사람이 그 가운데로 들어서면 당장 질식할 것만 같았다. 눈은 그렇게 숨통이 막힐 것같이 고밀도로 내리고 있었다. 공중에서 춤추듯 내리는 눈송이 하나만을 주시하며 시선을 따라가 보면 눈은 잠시도 그냥 내리지 않았다. 곡선에 곡선을 그리면서 뱅뱅 돌다가 어떤 때는 수평으로 총알처럼 움직이기도 했다. 그런데도 눈송이들은 어느 하나도 서로 부딪치거나 엉기지 않고 따로따로 땅 위까지 하강하여 사뿐사뿐 내려앉았다.

병석은 어릴 때부터 눈 오는 광경은 지겹게 봐 왔지만 이런 폭설은 처음이었다. 아니, 어렸을 때, 6·25 직전인 1949년 겨울, 그때 병석은 여덟 살이었다. 밤중에 고모 일가가 모두 갈밭골을 떠나 아랫마을을 향해 산길을 내려올 때에도 눈은 이렇게 폭설로 내리기는 했다. 고모부는 일호를 업고, 고모는 병석의 손을 잡고 조심조심 눈이 내린 산길을 엉금엉금 기듯이 걸어 내려왔던 것이다.

다행히 고속도로는 아직 막히지 않아서 차들이 엉금엉금 거북이처럼 기고 있었다. 창밖의 순백의 색깔과는 달리 버스 안의 승객들은 대부분 어두운 표정으로 입을 굳게 다문 채 멍하니 창밖만 주시하고 있었다. 모두들 뜻밖의 엄청난 폭설에 할 말을 잃었거나 너무

기가 차서였을 것이다. 그렇지 않겠는가. 모두들 부산에서 탄 손님들인데, 차를 탈 때만 해도 날씨는 맑다 못해 잘 닦은 유리알처럼 명징해서 눈이 이렇게 오리라고는 아무도 예상하지 못했을 테니까.

 차가 광주시내로 들어갔을 때 눈은 잠시 그쳤으나 이미 어두워진 바깥은 온 천지가 눈으로 뒤덮여 있었다. 띄엄띄엄 서 있는 가로수나 길가의 집들이 없다면 어디서부터가 차도이고 어디서부터가 인도인지도 분간할 수가 없었다. 그때도 그랬다. 고모는 병석의 손을 꽉 잡고 걸었고, 병석은 벌써 몇 번이나 헛발을 디뎌 길가로 나뒹굴어지곤 했다. 그러면 고모도 덩달아 자빠지곤 했다. 고모부는 일호를 업고, 나뒹구는 병석을 보면서 아이구 아이구, 잘 보고 걸으라캐도 그라네, 하며 병석을 나무라곤 했다. 폭설로 뒤덮인 캄캄한 산길. 어디가 길인지, 어디가 산인지 도무지 분간이 안 되었다. 병석은 무릎까지 푹푹 빠지는 산길을 고모의 손길을 잡고 걷기만 했다.

 광주시내의 간선도로 바닥은 전혀 녹지 않은 눈으로 온통 뒤덮여 있었다. 차가 그렇게 지나 다녀도 눈은 녹지 않았다. 병석은 아까부터 연신 시계를 들여다보며 고속버스 터미널에서 멀지 않다는 ○○병원만 생각하고 있었다. 운전석 바로 뒤에 앉은 병석과 그의 아내는, 운전사가 혀를 툴툴 차며 가벼운 한숨과 함께 내뱉는 소리를 듣고 있었다. 허어 참, 폭설 폭설, 말만 들었더니 이런 눈은 정말 오늘 처음이네. 하늘에 있는 눈이 씨알 하나 안 남기고 몽땅 내려와 삐리도 그렇지….

 아무도 맞장구를 치지 않자 운전사는 반사경으로 병석을 응시하며 다시 한 번 혼잣말을 했다. 버스 기사 생활 30여 년에 이런 눈은 처음이네. 그러다 그는 숫제 반사경으로 병석과 눈을 맞추며 말했다. 어쩌면 그는 창밖의 눈도 눈이지만, 오히려 너무 심심했는지도 모른다. 그래서 운전사는 다시 말했다. 병석을 아주 자기의 대화 속으로 끌어들일 생각인 것 같았다. 손님, 오늘 여행 날짜를 영 잘못 잡으셨네요? 눈이 이렇게 많이 내려서야 터미널에 닿아서 지척인들 어떻게 분간하고 이동하시겠습니까? 안 그래요?

병석은 엷은 미소만 알 듯 말 듯 짓고 있었다. 운전사가 다시 말했다. 누가 마중이라도 나오기로 돼 있습니까? 병석이 억지 미소를 띠고 있다가 말했다. 마중 나올 사람 아무도 없지요. 날은 우리가 잡아 떠난 여행이 아니고, 오늘 이 시간에 오지 않으면 안 될 특별한 일이 있어서 왔는데…. 그러고는 아예 등받이에 등을 붙이고 눈을 감아 버렸다.

병석이 고모님의 부음을 받은 것은 어제 오후였다. 고모님이라고 했지만 그에게는 단순한 고모, 아버지의 누이라는 그런 혈연관계의 고모가 아니라 어머니와 같은 분이었다. 안방 머리맡의 작은 문갑 위의 전화벨이 울려 수화기를 들었더니 탁하고 갈라진 음성이 전화선을 타고 와 고막을 때렸다. 거기 부산 나병석 씨 댁입니까? 그런데요. 제가 나병석입니다만. 아, 형님, 광주 일흡니다. 박일호…. 순간, 그는 밤길을 걷다가 허방에 빠진 것 같은 낭패감에 사로잡히며 잠시 말문이 막혔다. 그날 밤도 병석은 얼마나 자주 눈 속에서 허방에 빠지며 나뒹굴었던가.

일호가 그런 일을 저지르고 고향을 떠난 게 70년대 후반이니 벌써 30년이 넘었다. 하도 오랜만에 듣는 그의 음성이었기 때문에 말문이 막힐 만도 했다. 물론 광주인가 어딘가로 가서 살고 있다는 소리는 오래전에 들었지만 서로 소식을 주고받을 처지는 아니었다.

병석이 일호의 소식을 알고 싶은 생각도 없었고, 또 알고 싶다 해도 쉽게 물을 처지도 못 되었다.

그래서 병석은 전화를 받으면서 더듬거렸다. 어? 일호? 일호가 웬일고? 고모님은 잘 계시나? 라고 묻자, 어무이가 조금 전에 별세하셨습니다. 그래서…. 그래서 전화를 한다는 뜻이었다. 뭐? 고모님이 돌아가셨다고? 그동안 많이 편찮으셨던가? 노환 아닙니까? 그는 마치 연습이라도 해 두었던 듯이 노환이란 말에 방점을 찍고 있었다. 노환에는 약이 없고, 누가 무슨 방법을 써도 도리 없이 가는 것이 아니냐, 하는 뜻이 숨어 있는 음성이었다. 하기는 일호도 늦게나마 고모님을 모셔 가서 그동안 고생은 했으리라.

병석은 속으로 고모님의 연세를 헤아려 봤다. 금년에 아흔이었다. 끝 나이가 병석과 같았고 스무 살 위였다. 참 오래도 사신 셈이었다. 그런데 병석은 모레 아침 7시에 또 하나의 장례식에 참석해야 했다. 그 소식은 오전에 들었다. 결코 병석이 빠져서는 안 될 자리였다. 병석이 정년 전 동직이었던 오 교수의 부친이기도 하지만, 그 이전에 오 교수의 부친 오세광 옹은 나병석이 절대로 잊을 수 없는 은인이었기 때문이다. 절대로 빠질 수 없는 부음을 한꺼번에 두 군데서 받다니! 병석은 잠시 생각하다 말했다. 알았다. 내일 그리로 가끄마. 도리 없이 당일로 부산에 돌아올 생각을 하고 말했다. 광주 어느 병원이고? 일호가 말했다. 고속버스 터미널에서 택시를 타시면 기본요금밖에 안 나오는 거린데, ○○병원 장례식장입니다.

이럴 줄 알았으면 마산의 오세광 옹 빈소에는 어제저녁이라도 다녀왔어야 하는데 어제저녁에는 또 절친한 지인의 출판기념회가 있었다.

2.

 병석은 신발에 묻은 눈을 툭툭 털고 아내와 함께 병원 장례식장 안으로 들어갔다. 고속버스에서 내려 택시를 타면 병원까지 기본요금이라고 했지만 택시가 아예 없어 물어물어 걸어서 병원에 도착했다. 가까운 거린데도 무릎이 안 좋은 아내 때문에 더군다나 시간이 많이 걸렸다. 병석은 그런 눈길을 걸으면서 마침 어둠이 깔린 길이어선지 또 옛날 그때가 떠올랐다. 폭설 속에 고모의 손을 잡고, 고모부와 함께 갈밭골을 떠나 산길을 걸어 내려오던 일….
 이른 점심을 먹고 일찍 부산을 떠났건만 장례식장에 도착한 시간은 저녁 여덟시가 넘어서였다. 빈소는 을씨년스럽기 그시없었다. 어느 장례식장에서나 너무 흔해서 탈인 조화는 하나도 없었고, 빈소를 지키는 사람도 일호 한 사람뿐이었다. 아하, 일호는 광주에 와서도 수십 년을 이렇게 외롭게 살았나, 병석은 혼자 생각했다. 안 상주도 안 보였다. 그 누가 다녀간 사람도 없어 보였다. 제상 밑의 퇴주잔이 바짝 마른 상태로 있었기 때문이다. 물론 모든 문상객이 잔에다 술을 따라 올리지는 않는다 해도 빈소의 분위기가 그때까지 아무도 다녀간 사람이 없어 보였다.
 병석은 한심스러움과 밀려드는 연민의 정으로 한숨이 나왔다. 먼저 향을 하나 집어 들고 촛불에 댕겨 향로에 꽂았다. 그리고 빈 잔을 들고 상주인 일호더러 술을 따르게 해서 제상 위에 올려놓고, 얼른 고모님의 영정에 시선을 던졌다가 아내와 함께 절 두 번을 천천히, 아주 천천히 했다. 아내의 두 무릎 때문에 절을 하기가 몹시 불편해서였다. 절을 하고 몸을 일으켜 일호와 맞절을 했다. 일호는 친형 같은 외사촌 형에게 절을 아주 공손히 했다. 병석이 고개를 들고 한참을 기다려서야 일호는 몸을 일으켰다. 그런 그의 눈에는 애통한 빛과 함께 눈물이 어른거리고 있었다. 병석은 어떤 안도를 느끼며 생각했다. 몹쓸 짓을 해서 노모의 속을 썩인 셈 치고는 그래도 영 쇠쌍놈은 아니구나.

자리를 잡고 바로 앉아서야 병석은 고모님의 영정을 멀거니 올려다보았다. 영정의 사진은 적어도 10여 년 전에 찍은 것이었고, 그것도 병석이 카메라로 직접 찍어 현상해 드린 그 사진이었다. 병석이 일호를 보고 물었다. 장지는 어데로 할 끼고? 일호가 답했다. 광주 공원묘지에 모시기로 했습니다. 그래, 잘했다. 매장을 할 끼가? 화장을 하기로 했습니다. 그래, 그것도 잘 결정했다.

어느새 들어왔는지 사종 숙모였던 금촌 아지매가 고종 제수가 되어 일호 옆에 고개를 숙인 채 앉아 있었다. 얼굴을 마주 대하기도 어려웠고, 그렇다고 피할 수도 없는 것이 피차의 입장이었다. 그녀도 벌써 많이 늙어 있었다. 나이를 따지면 병석과 동갑이고 일호보다 세 살 위인 일흔. 늙지 않을 수 없을 터였다. 어색한 분위기를 피하기 위해서라도 이 무거운 침묵을 깨뜨려야 했다. 그러나 쉽게 떠오르는 말이 없었다. 마침 방금 일호와 고모님의 장례 문제를 이야기하던 중이었으므로 장례 이야기를 계속했다. 병석이 말했다. 다시 말하지만 광주 공원묘지에 모시기로 한 것, 화장을 하기로 한 것은 참 잘했다.

눈이 오지 않았어도 광주에서 경남 함안의 선산까지 고모님의 시신을 운구해 가기는 여간 힘든 일이 아닐 터였다. 그러자 일호의 아내가 말했다. 지가 들어서 장지를 광주 공원묘지로 정했다 아입니꺼? 그녀는 계속했다. 이 양반은 화장도 안 하고 어무이를 고향의 선산에 모실라 캤는데, 그기 오데 말이나 될 소립니꺼? 물론 어제까지만 해도 눈이사 오기 전이었지마는 요새 세상에 누가 그런 장사를 칩니꺼? 그랄 필요가 없다 아입니꺼? 괜히 돈 많이 들고 사람 고생하는 그런 장사를 와 합니꺼? 그러고는 병석을 한 번 힐끗 바라보면서 다시 이었다. 지는 아주버님께서 오시면 큰 꾸지럼을 하실 끼라고 꾸지럼 들을 각오를 하고 있었는데, 잘했다 쿠시니 지가 먼저 마음이 놓이네예.

처음 듣는 아주버님 소리! 그 옛날 병석은 이 동갑내기 부인에게 놀림 반, 어리광 반으로 애도 많이 먹었다. 명절 때 고향에 가면, 고모집 이웃인 그 아지매 집으로 가서 화투놀이도 하곤 했다. 당시 병석은 야간 고교에 다녔었고, 총각으로서 한창 물이 오른 때였다고나 할까.

그때 일호의 아들 둘이 빈소로 들어왔다. 장례식 준비 차 밖에 나가서 일을 보고 오는 것 같았다. 눈이 오기 전 오전 일찍 부산에서 광주에 도착했다고 한다. 일호의 본처는 보이지 않았다. 하기는 그녀까지 부산에서 여기에 오면 상갓집 분위기가 더욱 엉망이 되리라. 일호의 딸도 보였다. 아주 세련된 아가씨였는데 대학을 졸업하고 지금 중학교 교사로 있다고 한다. 일호의 본처가 낳은 아들들의 불우한 처지가 병석의 가슴을 아리게 했다.

고모님은 함안에서 사시다 결국 함안을 떠나 부산으로 이사를 오셨다. 그동안 혼자 끓여 자시다 당신께서 이제 힘이 부치게 되니 장성한 손자들을 찾아오신 것인데, 오시고 보니 일호의 본처가 살고 있는 집이 아닐 수 없었다. 일호의 본처는 남편을 이웃 아지매뻘 되는 여자에게 뺏기자 진작 어린아이들을 데리고 부산으로 나와 혼자 온갖 고생을 해 가면서 살고 있었다. 물론 그 사이 고모님은 삯꾼을 들여 농사를 지어 가을에 추수를 하면 양식을 부산 며느리한테로 보내곤 했다.

고모님이 부산으로 와서 며느리와 합가를 했을 때, 일호 본처는 말했다. 그 잘난 아들한테로 가지 우짠다꼬 내한테로 와서 붙십니꺼? 그때 고모님은 입을 닫고 아무 말씀도 없으셨다고 한다. 생각하면 일호 본처의 말도 영 틀린 말은 아니었고, 그렇다고 병석마저 고모님을 일호에게로 가시라고 할 수는 없었다. 고모님은 수시로 병석의 집으로 오시어 그런 푸념과 하소연을 했고, 병석은 그런 고모님을 위로하고 달래는 수밖에 없었다. 그렇게 부산에서 사신 지 한 10년쯤 됐을까.

일호는 그 사이에 광주에서 부산으로 어머니를 뵈러 한 번씩 오는 모양이었지만 병석에게는 일절 연락하지 않았다. 일호가 부산으로 오면 본처에게는 어떤 표정으로 대할까. 아니 일호 본처는 일호를 어떻게 대할까. 지금도 남편이라 생각하고 무던하게 맞이하기는 할까. 병석이 가끔 그런 궁금증을 아내에게 비치면, 아내는 펄쩍 뛰면서 그걸 서방이라고 맞이할 소갈머리 없는 년이 세상에 어디 있을까 보냐고 했다. 일호가 가끔 다녀간다 해도 본처에게 경제적으로 도움을 주지는 않은 것 같았다.

일호의 현재 처는 식당을 해서 얻는 수입 전부를 몽땅 움켜쥐고는 일호에게는 한 푼도 안 준다고 했다. 그래서 고모님은 가끔 말씀하셨다. 그리 들온 년은 오데가 달라도 다르다 쿠디이, 그 여시 겉은 년이 그렇단다···. 그런 말을 들으몬 일호 그 자슥이 내 속으

폭설 77

로 빠진 놈이지마는 참 밉다 쿠이…. 못난 사나 아이가?

　게다가 현재 여자와의 사이에서 딸이 둘인데, 그 딸들은 모두 호강스럽게 키우면서 공부도 대학까지 시킨다는 것이었다. 이러니 지금 본처 아이들 둘이 모두 지 아비를 원수처럼 생각한다고 했다. 이런 일은 모두 고모님이 병석에게 오시어 하신 말씀이다. 고모님은 병석에게는 비밀이 없었다.

　일호의 아이들은 모두 중학교만 겨우 마치고는 공장에 다녔다. 일호의 본처가 낳은 아들은 본래 셋이었다. 그중의 막내는 생기기도 아주 잘생긴 아이였는데, 신평의 공장에 다니다 공장 화재사고로 불에 타 죽기까지 했다. 이때 병석이 당한 수고도 보통이 아니었다. 고모집에 장성한 남자라고는 아무도 없었으니 병석이 공장으로, 관공서로 뛰어다니며 아이가 죽은 후의 모든 치다꺼리를 해야만 했기 때문이다. 그런데도 일호란 놈은 얼굴도 내비치지 않았다.

　그러다 드디어 고모님이 몸져눕게 되시자 일호의 본처는 이제는 죽었으면 죽었지 더는 시어머니를 모시지 않겠다고 했고, 이런 사실을 아이들이 광주로 가서 아버지인 일호에게 알렸다. 결국 고모님은 병이 들어서야 평생을 두고 애지중지하던 아들네로 가셨던 것이다.

　고모님이 부산을 떠나 광주 일호에게로 가시기 전까지 사셨던 아파트는 병석이 사는 망미동의 대단지 아파트 밑 작은 아파트 단지에 있었다. 그래서 고모님은 자주 병석의 집에 오시곤 했다. 그가 사진을 찍어 드렸던 날은 추석날이었다.

　고모님은 병석에게로 오시면 병석의 눈을 한참이나 들여다보시면서 그의 손을 감싸 쥐고 당신의 볼에 대고 비비기도 했는데, 그날도 고모님은 오전에 손자들과 함께 영감님의 차례를 모시고 오후에 병석의 집으로 오셨다. 설이나 추석이 되면 그가 고모님을 찾아뵙기 전에 고모님이 먼저 손자들을 데리고 오시곤 했다. 언제나 너무 바쁜 병석에게 수고를 끼치지 않겠다는 배려에서였다.

그날도 그랬다. 병석은 해마다 설 추석 차례를 모실 때면 아내와 단 둘이서 모시곤 했는데 제상 위의 푸짐한 제물들과 할아버지 할머니 영정을 제상 위에 모셔 놓고 차례를 지냈다. 그다음, 아버지 어머니는 모두 병석이 어릴 때 돌아가셨으므로 영정이 없어 지방(紙榜)만 써 붙이고 차례를 모시곤 했다. 병석은 차례상에 진설된 제수(祭需)들을 사진으로 찍어 보관하곤 했다. 세월이 더 지나 병석 부부가 이렇게 차례를 모시지 못할 때, 그의 자식들이 차례를 지내게 되면, 자 봐라, 이렇게 제수를 장만해서 차례를 모셨으니 너희들도 이렇게 해서 설 추석 차례상을 차려야 한다는 것을 보여 주기 위해서였다. 그러나 그 당시 외국에 나가 있던 자식들은 아직도 외국에서 그대로 살고 있고, 지금도 병석은 아내와 단 둘이서 차례를 모시고 있다.

차례 후 그는 차례상을 찍은 카메라를 치우지 않고 있다가 마침 집으로 오신 고모님을 소파에 앉으시게 하고는 사진을 찍었다. 고모님의 손자들은 할머니를 모시고 와서 잠시 앉아 있다가 이내 자리를 뜬 후였다. 병석은 혹시 이 사진이 영정 사진이 될지도 모른다는 생각에서 정성을 들여 고모님의 표정과 자세를 몇 번이고 고치게 하면서 사진을 찍었다. 그런데 그 예상이 적중해서, 한복을 단정히 입으신 위에 만면에 미소를 머금은, 인자해 뵈는 그날의 고모님 사진이 영정이 되어 놓여 있다니. 영정 사진을 찍는 그날 고모님은 그에게 말씀하셨다.

"야아야, 오데라 캤노? 저기 불란서와 미국에 가 있는 아아들 소식은 오나? 지금 잘 있는강? 운제쯤 들어온다 쿠더노? 명절에 혼자 제사 지내기가 인자 많이 외롭재? 그럴 나이가 안 됐나. 와 안 그렇겄노? 쯧쯧, 조카도 벌써 머리가 허옇다쿠이."

고모님은 언제나 그가 답할 사이도 없이 혼자 말하고 혼자 답하시곤 했다. 그날 그런 말씀 끝에 그가 무슨 말씀을 드렸는지는 잘 기억나지 않는다. 며칠 뒤 사진을 현상해서 고모님께로 가서도 끝내 일호 이야기는 꺼내지 못했다. 처자식과 노모까지 팽개치고 외가쪽 집안 아지매를 꿰차고' 집을 나간 지 벌써 이십 년도 넘은 일호에 대한 소식이 왜 병석인들 궁금하지 않았겠는가. 그러나 일호에 대하여 물었다가는 고모님께서 또 어떤 서운한 말씀을 하실지 몰랐다.

병석이 언젠가 한 번, 일호가 나쁘다고, 조강지처와 아들 셋에다, 청춘에 혼자되어 오직 지놈 잘되기만을 바라면서 온갖 고생을 마다치 않으신 노모마저 팽개치고 외가 집안 아지매를 데리고 야반도주한 놈을 자식이라고 생각하시느냐고, 고모님께 말했다가 일호는 혼이 난 적이 있었기 때문이다. 고모님은 입에 게거품을 물고 독자인 당신 아드님을 편들고 나섰는데, 그 눈길이 절대로 평소의 고모님 같지 않게 무서웠다. 병석을 그렇게 당신 아들처럼 애지중지하셨건만, 역시 친정 조카인 병석은 당신의 아들 앞에서는 지푸라기와 같은 존재였을까. 그래서 그 후로는 지금까지도 고모님 앞에서 일호 말은 입에도 벙긋하지 않고 있었다. 그때 고모님은 눈물까지 글썽이며, 일호 그놈이 나도 밉기야 하지마는 그래도 자식이라곤 달랑 혼자뿐인 그놈을 내꺼정 미워하몬 그놈은 오데 가서 하늘을 이고 숨을 쉬고 살 끼고? 안 할 말로 나는 지금이라도 일호 저놈이 세상에서 없어지몬 나도 당장 그놈 따라 세상을 하직할 끼라 쿠이. 행실이사 좋거나 나쁘거나, 사램이사 잘났거나 못났거나 자슥이라고는 그놈뿐인데, 다른 사람들은 다 그놈을 쥑일 놈 살릴 놈 하고 욕을 해도 조카 니꺼정 그러 쿨 줄은 몰랐다. 그라고 그놈이 그런 몹쓸 짓은 했지만 이 에미 생각하는 사람은 그놈뿐이니라."

아, 그는 이 말씀에 그만 말문이 닫히고 말았다. 그랬다. 그 지경이 된 고모님께 병석이 해 드린 게 뭐가 있다고 고모님 앞에서 일호 험담을 하고 욕을 할 것인가. 입이 열 개라도 할 말이 없었다. 병석은 병석대로 고학에 고학을 거쳐 일찌감치 교수가 되느라고, 그야말로 죽을 판 살 판 앞만 보고 살아오면서 단 한 분뿐인 고모님을 언제 한번 제대로 모셔 봤던가. 그러다 몇 년 전에 정년퇴임을 했지만 그래도 병석은 여러 가지 사회 일로 하루도 편할 날이 없지 않은가. 아무리 그렇기로서니 생각하면 병석은 고모님께 그동안 너무 무심했던 걸 그때야 가슴이 저미도록 자책했던 것이다. 사실 부모를 일찍 여읜 병석에게 고모님은 하늘 같은 보호자요 유일한 피붙이였고, 바로 어머니 같은 분이 아니었던가.

그는 고모님 영정 앞에서 기어코 눈물을 떨어뜨리고 말았다. 솟구치는 감정을 주체할 수 없었기 때문이다.

3.

 병석의 아버지 원국은 해방을 1년 앞두고 일본에서 가족들을 데리고 고향 함안으로 돌아왔다. 가족이라야 아내와 누이동생 옥점, 네 살 된 병석이 가족의 전부였다. 아무래도 일본이 패전하고 말 것 같은 생각에서 미리 귀국했던 것이다. 그러나 떠난 지가 15년이나 된 고향은 이름만의 고향일 뿐 그에게는 논밭도 집도 없었다. 못사는 대소가가 있었지만 모두 남과 같았다. 원국은 고향마을을 떠나, 같은 함안이지만 진양군과의 경계지역인 군(郡)의 남쪽 끝 갈밭골이란 곳으로 들어갔다. 마침 일본에서 가져온 돈이 좀 있어 그 돈을 모두 갈밭골에서 논을 사는 데 썼다. 그러나 원국은 농사를 지어보지 않았다. 그런데 갈밭골로 들어온 지 얼마 안 돼 해방이 되었다.

 원국은 기왕 장만한 농토로 농사를 지어야겠기에 농사를 지을 만한 총각을 찾아 누이 옥점과 결혼시켰다. 그러고는 매제에게 처가살이를 시키면서 농사를 짓게 했다. 원국은 농사보다는 세상 돌아가는 일에 관심이 더 많았다. 해방이 된 세상에서 비록 깊은 산골에 살지만 원국은 하고 싶은 일이 많았다. 이렇게 일본이 빨리 패망할 줄 알았다면 이런 깊은 골짜기 갈밭골까지 들어오지 않았을 것이란 생각도 여러 번 했다.

 그 무렵 남한 일대에 호열자가 창궐했고, 불행히도 병석은 이 호열자로 어머니를 여의었다. 원국이 상처를 하고 혼자가 된 것도 그가 집을 자주 비우고 밖으로 나돈 원인이 되었지만, 당시 남한에서는 좀 똑똑한 젊은이들의 상당수가 사회주의에 물들어 있었는데 원국도 그런 젊은이 중의 하나였다. 원국은 일찍이 일본에서 살 때부터 독서를 통해 관심을 갖고 있던 사회주의 사상에 경도되어 있었던 것이다. 그러나 그에게 서울로 가서 본격적인 정치 활동을 하자고 하는 어른도 친구도 없었다. 그러니 자연히 자주 만나는 사람들은 함안의 이웃고을인 의령, 진양군의 좌익 사상가들이었다.

그러다 1948년 8월 15일 대한민국 정부가 수립되면서 이제 공산주의 활동은 법적으로 금지되었다. 집에는 어린 아들 병석이 있었지만 병석은 누이 옥점이 생모 못지않은 관심과 사랑으로 돌보고 있었다. 그때 이미 옥점도 아들 일호를 낳은 뒤였지만 옥점은 일호와 병석을 똑같이 돌보며 키웠다. 그래서 그는 마음 놓고 동지들과 함께 지리산으로 들어갔다. 지리산으로 들어간 뒤의 원국의 활동은 알려진 바가 별로 없다.

이때는 1948년 말경이었는데, 그때쯤 갈밭골 병석의 집으로는 거의 밤마다 빨치산이 찾아와 고모 부부를 공포에 떨게 했다. 그러나 이 빨치산들은 과연 빨치산이 맞느냐고 의심이 갈 정도로 고모와 고모부에게 싹싹하고도 친절하게 대했다. 밥을 해 달래서 해 먹이고, 양식과 된장 간장 고추장을 달래서 주고도 별로 억울하다는 생각이 들지 않을 정도로 인간적이었다. 물론 고모부와 고모는 원국이 지리산에 가 있다는 사실을 아직 모르고 있을 때였다.

병석은 빨치산들이 집으로 내려오던 일을 지금도 어제 일처럼 기억하고 있다. 나이 일곱 살 때였으니까. 빨치산은 집으로 올 때마다 사람이 바뀌었지만 언제나 그 수는 6명에서 7명이었다. 그런데 지휘를 하는 우두머리는 늘 같은 사람이었다. 이들은 내려오면 번번이 밥을 해 달래서 먹었다. 그때마다 집에서 키우던 닭도 잡아먹었다. 떠날 때는 반드시 쌀과 보리쌀 등 양식과 고추장이나 간장 된장을 퍼 갔다.

빨치산은 사람을 해치기는커녕, 아주 어질고 착한 아저씨처럼 보였고, 고모부에게 세상 돌아가는 소식을 물었으며 주로 경찰들의 움직임에 관심이 아주 많았다. 고모님이 밥을 짓는 동안 우두머리는 일호를 무릎에 앉히고 볼을 비비기도 했지만 일호는 낯을 가린다고 자지러지게 울면서 방의 구석으로 도망을 쳤는데, 그러면 우두머리는 병석을 끌어당겨 무릎에 앉히곤 했다. 고모부는 고모가 밥을 짓고 있는 부엌에서 아궁이에 불을 때 주기도 하면서 방에서 피해 있었다. 되도록이면 빨치산들과 얼굴을 맞대지 않기 위해서였다.

한번은 우두머리 아저씨가 병석을 끌어안고 다른 일행들을 돌아보며 이런 말을 했다. 원국이 그 사람, 아들 하나는 잘 두었어. 아이가 얼마나 똘똘하게 생겼나. 이놈은 장차 큰 인물이 될 거야. 병석은 참 이상하다고 생각했다. 이 아저씨들이 아버지를 어떻게 알아 이런 말을 할까. 병석은 아버지의 이름을 알고 있었던 것이다. 이 밖에도 아버지 원국에 대해 많은 말을 했지만 병석은 잘 알아들을 수 없었다. 빨치산 우두머리 아저씨는 말을 하면서 중간중간에 시커먼 수염의 볼을 병석의 볼에다 마구 비비곤 했다. 병석은 그때마다 찡그리며 무릎에서 벗어나려 했다. 아저씨의 입과 몸에서는 아주 고약한 냄새가 났기 때문이다.

이러다 밥상이 차려지면 일시에 엄숙하게 자세를 고쳐 앉으며 우두머리의 지시에 따라 밥을 먹었다. 우두머리가 숟가라악 들엇! 하면 일제히 숟가락을 들었다. 식사아 시작! 해야만 밥을 먹기 시작했다. 밥을 먹는 속도가 얼마나 빠르던지! 된장찌개 뚝배기에는 여러 개의 숟가락이 한꺼번에 들어와 숟가락끼리 부딪치면서 요란한 소리를 내곤 했다. 닭을 잡아 양념을 넣고 끓인 그릇에는 우두머리를 생각해선지 숟가락의 출입이 좀 덜했지만 그렇다고 닭고기 탕을 우두머리가 혼자 다 먹는 건 아니었다. 밥을 다 먹고 나서도 우두머리가 숟가락 놓앗! 해야 일제히 숟가락을 놓곤 했다. 우두머리는 점잖게 생긴 남자였다.

밥을 먹고 떠날 때는 고모부와 고모님께 깍듯이 인사를 했는데, 언제나 같은 말을 했다. 좋은 세상 오면 오늘 신세 진 것 몇 배로 갚을 겁니다…. 이런 일이 있고 나면 고모부는 반드시 십 리가 넘는 아랫동네 면소재지의 지서에 신고를 해야 했고, 그러면 경찰들 2십여 명이 떼를 지어 갈밭골로 올라와 온 산을 샅샅이 뒤졌지만 빨치산의 흔적을 찾을 수는 없었다. 경찰들은 산을 뒤지다 다시 병석의 집으로 몰려와 고모님이 애지중지 모아 두었던 귀한 계란을 날것으로 한 사람이 몇 개씩이나 먹어치워 결국은 계란바구니가 순식간에 거덜 나 버리곤 했다.

그러던 1949년 가을 어느 날, 고모부가 읍내 경찰서로 다녀왔다. 경찰서에서 고모부를 불렀던 것이다. 고모부는 뜻밖에 경찰서에서 병석의 아버지 원국을 만났다. 그리고 처남 앞에서 어떤 서류에 이름을 쓰고 서명을 했는데, 그게 보도연맹에 가입하는 서류였다.

원국은 그 얼마 전, 지리산 피아골 전투에서 토벌작전차 지리산으로 들어온 경찰군에게 생포되어 고향 경찰서로 압송되어 와 전향서를 쓰고, 보도연맹에 가입하였던 것이다. 그리고 얼마 후 매제인 일호의 아버지도 보도연맹에 가입하게 했던 것이다. 그러나 원국은 그때부터 집에는 오지 않았고, 함안의 경찰서 동네에서 지낸다고 했다. 빨치산들의 보복이 두려워서였던 것이다.

1949년 겨울 어느 날 오후, 눈이 내리고 있는데 고모부가 지서로 불려 내려갔다. 해가 다 저물어서야 돌아온 고모부는 급히 집을 떠나야 한다고 했다. 눈이 엄청나게 내리고 있었다. 고모와 고모부는 서둘러 옷가지 몇 점과 이불만 챙겨, 밤중에 집을 떠났다. 가재도구 일체를 버려 둔 채 가족들만 데리고 지서가 있는 동네로 이사를 했다. 물론 경찰과 처남 원국의 권고에 의해서였다. 캄캄한 밤중, 폭설은 펑펑 하염없이 내리는데, 고모부는 등에 진 옷과 이불 보통이 위에 일호를 태우고, 고모는 한 손에 그릇 보통이를 들고 다른 손으로는 병석의 손을 잡고 밤길을 걸어 아랫마을로 내려왔다, 고모의 손에 잡혀 산길을 내려오면서 병석은 길을 잘못 찾아 산에서 허방을 딛고 얼마나 자주 나뒹굴었던지. 그러면 병석의 손을 삽고 있던 고모도 함께 나뒹굴었다. 길과 산의 구별이 안 되는 폭설, 병석의 기억 속 폭설은 이것이 처음이었다.

　지서 곁의 새집으로 이사를 온 다음 해인 1950년 봄, 병석은 국민학교에 입학했다. 그리고 병석은 그 무렵 집으로 온 아버지와 함께 지낼 수 있었다. 그즈음 고모와 고모부는 아버지의 재혼을 위해 백방으로 애쓰고 있었다. 그러나 지서 옆의 집으로 이사를 온 지 반 년이 조금 넘자 6·25가 터졌다.

　전쟁이 나고도 병석과 고모님 집은 그런대로 잘 지내고 있었다. 한창 농번기여서 고모부와 고모는 먼 갈밭골까지 농사를 지으러 올라갔고, 원국은 조기 방학을 하고 집에서 놀고 있는 아들 병석과 생질 일호를 데리고 집에서 책만 읽고 있었다. 그러는 원국의 주변에는 항상 경찰이 살피고 있었다. 문제는 국군과 유엔군이 자꾸 후퇴만 한다는 흉흉한 소식이 들려오는 것이었지만 그렇다고 원국에게 무슨 방법이 있는 건 아니었다.

그러던 1950년 7월 하순 어느 날 저녁 어둠이 깔리는 때였다. 마당의 한 귀퉁이에 모깃불을 피워 놓고 평상에서 막 저녁을 먹고 있는데 바로 이웃의 지서에서 보도연맹원들을 불러 모으는 확성기 소리가 온 동네를 쩌렁쩌렁 울렸다. 전에도 걸핏하면 무슨 교육이다, 연락이다 하면서 자주 불렀으므로 이날도 아무 의심 없이 병석의 아버지와 고모부는 지서로 갔다. 그런데 이날은 밤이 늦어도 아니, 날이 새어도 아버지와 고모부는 돌아오지 않았다. 밤새도록 고모부와 아버지를 기다리며 한숨도 못 잔 고모가 새벽에 지서로 가 봤으나 동네의 보도연맹원들은 아무도 없었다. 그 전날 밤 함안경찰서에서 나온 트럭에 실려 이미 모두 본서로 이송된 후였던 것이다.

  그리고 본서에 집결된 사람들, 함안군의 다른 면에서 그렇게 이송되어 온 보도연맹원은 모두 이튿날 해거름에 굴비 엮이듯 손목을 묶여 또 다른 여러 대의 트럭에 실린 채 깊은 산속으로 갔고, 산 밑의 신작로가 끝나는 지점에서 내려졌다. 이들은 한쪽 손은 손목이 묶인 채, 또 다른 손에는 곡괭이나 삽을 들고 더 깊은 산속으로 걸어가 자기 손으로 구덩이를 파고 수십 명의 경찰들이 쏜 총에 맞아 죽었던 것이다. 그러나 이런 일은 동네 사람은 물론, 그 가족들도 까마득히 모르고 있었다.

  지서로 불려가 사라진 보도연맹원들은 모두 전쟁터로 끌려가 총탄을 나르거나, 다친 국군들을 들것에 실어 나르거나 한다는 소문도 들렸고, 더러는 급히 훈련을 받고 군인이 되어 전장으로 가서 싸우고 있을 거라는 사람도 있었다. 그러나 죽었을 거라는 사람은 아무도 없었다. 죽어야 할 아무 이유가 없었기 때문이다.

1950년 7월 말쯤 인민군 선발대는 진양군을 넘어 병석이 살던 갈밭골 일대의 산에 진지를 구축했다. 그러나 그때까지만 해도 낮에는 국군과 유엔군의 세상이었고, 밤에만 인민군들이 동네에까지 몰래 내려와 밥을 해 달래서 동네 남자들에게 지우고 산으로 가져가곤 했다.

그러다 전쟁이 일어난 지 50여 일 만인 8월 14일, 유엔군의 탱크 부대가 갈밭골의 아랫마을을 향해 줄지어 올라왔다. 탱크는 기다란 포신을 앞으로 쑥 내밀고 있었는데, 더 무서운 건 탱크가 내는 엄청난 굉음이었다. 고무바퀴가 아닌 큰 쇠사슬 같은 게 움직이면서 내는 큰 소리는 사람들로 하여금 절로 사지를 떨게 만들었다. 차 한 대가 겨우 다니는 신작로는 수십 대의 탱크가 지나가자 대번에 큰길로 변해 버렸고, 길 주변의 논밭이나 수목들은 모두 형체를 알아볼 수 없는 쑥대밭으로 변해 버렸다.

그다음 날인 8월 15일 한낮, 병석은 일호와 함께 고모님을 따라 마을을 쫓겨나 피란을 떠났다. 세상에 태어나서 처음 보는 새까만 피부의 사람들이 군복을 입고 눈에 불을 켜고 허공에다 대고 마구 총을 쏘며 동네 사람들을 쫓아냈다. 총질을 해 대는 미군들에게 쫓겨, 입은 옷 그대로 동네사람들과 같이 동네를 떠났던 것이다. 아비규환(阿鼻叫喚)이란 말이 있지만 그렇게 처참하고 갈피를 잡지 못하게 허둥거리던 사람들이 또 있을까 싶었다. 병석 자신이나 일호와 같은 아이들의 비명에 가까운 날카로운 울음소리, 가족을 찾고 부르는 어른들의 고함 고리, 미군이 허공에다 대고 쏘는 총소리. 총소리에 놀라 우리에서 빠져나와 이리 뛰고 저리 뛰며 설쳐 대는 소와 돼지들의 광분…. 특히 소는 코뚜레를 끊을 때 코를 다쳐 피를 철철

흘리며 그 와중에도 사람들을 따라 다녔다.

　고모님과 일호와 병석은 이런 참상을 뒤로한 채 집을 떠나, 다른 피란민들과 함께 걷고 걸어서 오후 늦게야 중리의 곤천내에 도착했다. 거기에서 중리 기차역까지는 멀지 않았다. 병석이네는 다른 사람들과 함께 그날 밤 곤천내의 하천 바닥에서 노숙을 했는데, 떠나온 함안 쪽의 밤하늘은 쿵쿵대는 대포소리와 함께 벌건 화광에 물들어 있었다. 동네가 불타는 것이라 했다. 다른 사람들은 가지고 온 솥에다 밥을 지어 먹었건만 병석이네는 아무것도 가지고 나오지 못해 그냥 굶어야 했다.

　김해로 가는 마지막 피란열차에는 기차의 화차 굴뚝 옆이며, 열차 칸의 지붕에까지 사람들이 빼꼭하게 올라타 있었다. 병석은 고모님과 일호와 함께 천신만고 끝에 열차 안으로 들어가 끼여 섰지만 옴짝달싹할 수가 없었다. 열차 안은 더위로 푹푹 쪘다. 게다가 심한 땀 냄새며, 벌써 노약자나 환자들이 배설한 오물 냄새가 온 차 안에 진동하고 있었지만 그런 게 싫다고 열차에서 내리면 바로 죽을 판이었다. 하늘에서는 낮게 뜬 쌕쌕이가 몇 대씩 편대를 지어 무서운 소리를 내며 열차 위를 날아 사람들의 혼을 빼고 있었고, 폭탄인지, 대포의 포탄 터지는 소리는 멀지 않은 곳에서 계속 간헐적으로 들려오고 있었다. 그러니 차 안의 악취가 문제겠는가.

　피란을 갔다 오자 병석은 하루아침에 고아가 된 자신을 발견했다. 끝내 아버지가 고모부와 함께 돌아오지 못했기 때문이다. 이때부터 병석의 삶은 그야말로 눈물겨운 것이었다. 4년 동안 고모 밑에서 초등학교를 다니면서 고모가 짓는 갈밭골의 농사를 거들었다.

그러나 그는 4년 동안 두 번이나 월반을 해서 6학년을 4년 만에 졸업했다. 졸업을 하고도 집에서 또 2년 동안 농사를 거들었다. 그리하여 1954년 열네 살이 되었다. 이때 그는 당돌하게도 집을 떠나 무작정 마산으로 나왔다. 함안에서 마산은 그리 멀지 않은 거리였지만 열네 살밖에 안 된 어린 병석이 혼자 마산으로 나오는 건 어려운 일이었다. 그런데도 그는 누가 시키듯이 집을 나왔다.

집을 나오기는 했지만 무슨 계획이란 게 있을 수 없었다. 휴전 직후의 마산 시내는 그때까지 돌아가지 못한 피란민들로 온 시내가 어수선했다. 고아들은 여기저기 떼를 지어 다녔다. 병석이 그런 가운데서 구두닦이를 하게 되면 썩 잘 풀리는 것이고, 잘못되면 소매치기패의 꾐에 빠질 상황인데도 요행히 한 선량한 공무원의 눈에 띄었다. 병석의 운명이 결정되는 순간이었다. 고모님보다 더 큰, 평생 도움을 받은 은인과의 만남이었다.

당시 마산 우체국장 오세광 씨가 병석을 발견했던 것이다. 병석이 시골에서 무작정 마산으로 나와 신마산역에서 내려 역전의 우체국 앞에서 볕 바라기를 하며 오들오들 떨고 있는데 오세광 씨의 눈에 들어왔다. 첫눈에 봐도 소년은 눈빛이 초롱초롱한 게 똑똑하게 생겼다. 오세광 씨에게는 그때 막 초등학교에 들어간 외아들이 있었고, 이 아이는 유달리 몸이 약한 데다 선천적으로 시력도 아주 안 좋았다. 그래서 누군가 이 아이를 돌봐 줄 사람이 필요해서 그런 사람을 찾고 있던 중이었다.

오세광 씨는 병석의 앞으로 다가가 병석의 현재 상황을 차근차근 물었다. 오 씨는 제발 이 아이가 올 데도 갈 데도 없는 아이이기를 바랐는데 병석이 바로 그런 아이였다. 오 씨는 이 아이를 월영동의 자기 집으로 데리고 갔다. 당시 우체국에는 모두 2명의 사환이 있었지만 마침 국장실에 또 한 사람의 사환이 필요했다. 오 씨는 병석을 국장실의 사환으로 일하게 했다. 그리고 마침 입학 철을 놓치지 않고 병석을 어느 야간 중학교에 입학시켰다.

병석은 하늘에라도 오른 기분이었다. 그는 우체국의 사환 일이나 오 씨 집의 외아들을 돌보는 일에도 정성을 다했지만 자기 공부에도 최선을 다했다. 병석은 야간 중학교에서도 이내 두각을 드러내었고, 1학년 말에는 바로 3학년으로 월반했다. 그리고 졸업하고 다시 야간 고등학교에 진학했다. 고등학교 2학년 때 부산의 ○○대학으로 진학했다. 1958년이었다. 그 무렵 병석은 사환에서 촉탁으로 발령받아 마산우체국에서는 누구나 그의 재능을 인정, 서로 자기 부서로 데려가려고 하던 때였다. 나이가 차서 신체검사를 했지만 그는 본태성 고혈압이었다. 3년 동안 신체검사를 해마다 했고, 결국 군에도 가지 않게 되었다.

대학에 입학하자 마산에서 부산으로 온 병석은 오세광 씨의 힘으로 부산의 어느 무역회사에서 입사했다. 오래 몸담았던 오 씨의 집을 떠난 것이다. 부산의 회사에서도 재능을 인정받았다. 그는 대학에서 영문학을 전공하고 있었고, 무역회사에서 병석의 영어 실력은 대단히 유효하게 쓰였다. 1962년에 야간대학을 졸업하고 바로 주간의 대학원에 진학, 석사과정에 다니면서 열심히 공부해서 1964년에 석사학위를 받았다.

그 무렵 각 대학에서는 거의 모든 학과에서 신임 교수 요원이 크게 늘어났다. 특히 병석이 공부한 영문학은 그 수요가 더했다. 그리고 당시만 해도 박사 학위 소지자가 귀해 석사 학위만 가지고도 교수가 될 수 있는 시절이기도 했다. 그도 당연히 대학으로 가려고 했으나 뜻밖의 장애에 부딪쳤다.

그것은 그의 아버지 문제였다. 병석은 보도연맹에 희생된 아버지 때문에 연좌제에 걸려 있었다는 사실을 그때야 알았다. 아, 이런 일도 있구나! 그는 자신의 모든 일을 앞장서서 해결해 주는 아버지 같은 은인 오세광 씨를 찾아 마산으로 가서 터놓고 의논했다. 그 무렵 오세광 씨는 우체국장에서 창원군수로 자리를 옮겨 왔다가 관직을 물러난 상태였지만 마당발인 그는 각계에 인맥을 형성해 두고 있었다. 그러나 다른 건 몰라도 연좌제 문제는 그도 속수무책이라며 한숨만 쉬었다. 그는 터덜터덜 도로 부산으로 돌아왔다. 그런데 며칠 후 새로운 낭보가 오세광 씨로부터 날아왔다. 오세광 씨는 시외전화로 말했다. 좋은 소식이네. 급히 마산으로 오게.

병석은 즉시 오세광 씨를 다시 찾아갔다. 그가 잘 아는 어느 젊은이가 사법고시에 합격했으나 병석과 똑같은 사정으로 법관 발령을 못 받고 있었는데 천우신조로 이번에 통영 지원의 판사로 발령을 받게 되었다는 것이었다. 그 행운의 주인공은 부친이 6·25때 월북을 해서 연좌제에 관련된 사람이라 했다. 오세광 씨가 음성을 낮추어 사방을 버릇처럼 한번 돌아보면서 말했다. 박정희 씨가 군복을 벗고 민간인 신분으로 대통령이 되려고 해서 작년에 되지 않았는가. 무슨 말인지 알아듣겠나? 그러나 병석은 그때까지도 오 씨의 말이 무슨 뜻인지 알아들을 수 없었다. 오 씨의 입만 뚫어지게 바라보았다.

오 씨가 계속했다. 그러나 박정희 씨의 과거도 그리 밝지 못했고, 더군다나 그의 형도 어두운 전력이 있거든. 대통령이 되려는 박정희 씨에게 이 불미스러운 과거는 대단한 지장을 주었지. 그래서 연좌제를 철폐함으로써 박정희 씨는 스스로의 올가미에서 벗어날 수 있었던 것이네. 그게 바로 작년이야. 그러나 체면상 한 해만 연좌제를 철폐하게 되면 세상이 웃을 것 아닌가. 그래서 금년에도 연좌제는 아직 힘을 잃고 있는 모양이야. 하지만 내년에는 틀림없이 이 괴물이 다시 살아날 거라고 보고 있어. 금년이 마지막 기회가 될 거야. 여기까지만 내가 일러 주겠네. 남은 일은 자네가 알아서 해결하게. 그리고 만약 자네가 대학으로 가게 되면 우리 저놈도 장차 자네가 좀 끌어 주게나. 병석이 오랫동안 한집에서 기거하며 가르친 그의 외아들을 두고 하는 말이었다.

이런 말을 듣고 부산으로 돌아온 그는 있는 힘을 다한 결과 그해 1964년 후학기에 교수로 임용될 수 있었다. 오 씨도 말은 그렇게 했지만 병석이 대학에서 전임으로 발령받는 일에 백방으로 힘을 보태 주었음은 물론이다. 병석은 일생일대의 행운을 잡은 사람이었고, 그런 행운으로 대학에서 평생을 봉직할 수 있었다. 교수가 되어 쉽게 결혼을 했고, 오늘까지 병석의 생활은 그런대로 안락할 수 있었다. 그리고 오래전에 오세광 씨의 외아들이 모든 자격을 갖추어 교수직을 희망했을 때, 병석이 최선을 다해 그의 상담자가 되고 후견인이 되어 결국 같은 대학의 동료 교수로 지낼 수 있게 했던 것이다.

4.

그동안 고모님은 친정 동네인 병석의 고향 마을로 이사해 살았다. 고모님은 일호가 고등학교를 졸업하자 대학에도 보내지 않고 있다가 스물세 살이 되자 장가를 보냈다. 일호가 비록 괜찮은 대학을 졸업하고 실력을 갖춘 사람이 되었다 해도 그 역시 연좌제에 걸려 있었으므로 공직에는 어떤 곳에도 들어가지 못했을 것이니 차라리 농사를 짓게 한 것은 잘된 일이라고나 할까. 어쨌든 일호는 아들만 셋을 낳았다. 이로써 고모님은 4대 독자의 한을 푸신 셈이었다. 그러나 고모님은 끝내 노후가 그리 좋지 못했다. 일호가 남부끄러운 짓을 해서 동네를 떠났기 때문이다. 그것은 지금 일호 처가 된, 병석과 11촌 숙항(叔行)이 되는 아저씨의 처와 야반도주를 해 버렸기 때문이다.

병석은 지금 일호의 처가 된 그 아지매를 어떻게 불러야 할지 난감했다. 옛날에는 집안 아지매였는데 지금은 고종 제수가 아닌가. 제수가 된 지 30년도 훨씬 넘은 세월이어서 그녀도 노파가 되어 있었다.
일호도 그의 부친, 병석의 고모부를 닮아 키도 컸고 남자답게 생긴 사람이었다. 그런 일호는 그 아지매와 광주까지 흘러가서 슬하에 딸만 둘을 낳았다. 그 아지매는 아이를 못 낳는다는 이유로 남편의 버림을 받았지만 일호를 만나 딸 둘을 잘만 낳아 예쁘게 키웠던 것이다. 둘 다 장성했는데 큰애는 이미 대학을 졸업하고 중학교에서 교편을 잡고 있었고, 작은애는 대학 졸업반이라 했는데, 모두들 어머니를 닮아 예뻤다. 식당을 차려 먹고살기는 했으나 고향에는 얼굴도 내비치지 못하는 신세가 된 일호와 그 아지매.

 그런 일호인지라 객지인 광주에서 어머니의 상을 당했으니 딴에는 얼마나 마음고생이 심할까 싶다가도 병석은, 모두가 인과응보요 자업자득이란 생각에 속으로 말했다. 오지고 꼬시다, 이 자슥아!

 일호는 부지런했다. 그는 시골에서 닭과 돼지를 키워 논도 사고 밭도 사서 꽤 따시게 살았다. 그렇게 조강지처와 함께, 깎아놓은 알밤 같은 아들 3형제를 키우면서 고이 살았다면 지금쯤 고향땅에서도 대접 받고 자식들로부터도 아비 대접 받으며 잘 살았을 텐데 지금은 아들들이 아무도 일호를 아버지로 생각하지 않는다.

 남편을 뺏겨 버린 일호의 본처는 시골을 떠나 아이 셋을 데리고 부산으로 나왔다. 처음은, 그때만 해도 아주 변두리였던 부산의 신평에서 셋방을 살았다. 시골에서 부쳐 주는 쌀로 양식은 되었지만 아이들 공부는 시킬 수가 없었다. 어찌어찌해서 일호의 행방을 알고 거처를 알게 된 그녀가 큰아들을 광주로 보내 돈을 좀 얻어 오게 했지만 일호는 빈손으로 쫓아 보냈다.

 시골에서 살던 고모님이 그 무렵 연세가 드시어 시골집을 처분해서 부산으로 왔다. 손자들과 며느리와 함께 살게 된 것이다. 일호의 본처가 시어머니 앞에서 광주 사람들 욕을 하거나 험담을 하면 고모님(일호 어머니)은 불같이 화를 내면서 아들을 감쌌다. 그럴 즈음 일호 어머니는 신평에서 망미동의 병석이 사는 아파트 이웃으로 이사를 왔다. 그러다 병이 났고, 그 병이 깊어지자 광주로 옮겨 갔던 것이다. 광주로 간 후로 병석은 한 번도 고모님을 뵐 수 없었다.

병석은 그날로 부산으로 돌아와야 했다. 이튿날 아침의 발인은 물론, 마땅히 화장장까지 따라가야 할 계제였음에도 부산으로 돌아오지 않을 수 없었다. 이튿날 오전 일찍 마산으로 가서 또 다른 장례식에 참석해야 했다. 오세광 옹의 장례가 아닌가. 병석은 일호에게 자신의 사정을 말하고 정중히 양해를 구했다. 그래서 빈소에서 사람을 시켜 광주역에 가서 사정을 알아보게 한 결과, 부산으로 가는 차표는 이미 매진되고 없다는 것이었다. 그런 말을 듣고도 병석은 아내와 함께 광주역으로 걸어 나왔다.
　광주역으로 나온 병석은 역사 안팎에 구름처럼 몰려 있는 인파에 넋이 빠졌다. 그때야 광주에서 출발하는 일체의 시외버스가 모두 두절된 것을 알았다. 운집한 사람들은 모두 열차를 타기 위해서였다. 부산까지의 좌석표는커녕, 입석도 표가 매진된 상태였다. 병석은 도리 없이 광주에서 출발하는 완행열차를 타기로 하고, 가까운 화순까지 입석표를 사서 억지로 열차에 올랐다. 6·25 때 중리역에서 탄 마지막 피란열차가 떠올랐다.
　광주에서 탄 완행열차의 사정이 그때 그 피란 열차와 같았다. 다만, 여름이 아니어서 땀 냄새나 오물의 악취만 없을 뿐이었다. 병석은 화순을 지나 진주에 가까워져 열차 안의 승객이 많이 내려 사람의 내왕이 가능해져서야 열차 승무원으로부터 부산까지의 추가 차표를 발급받았다. 밤새도록 완행열차를 타고 온 것이다. 마산에 도착해서야 여기저기 빈 좌석이 생겼으나 가만히 생각하니 앉을 필요가 없었다. 아무래도 마산역에서 그냥 내려 여관에 들어가 아내와 날 새기를 기다렸다가 바로 오세광 옹의 장례식에 참석하는 게 나을 것 같아서였다. 발인이 아침 7시라니까 부산에 갔다가 오기는 힘들 것 같았다. 마침 옷도 검은 양복에다 검정 넥타이까지 매고 있지 않은가. 그는 서둘러 아내와 함께 마산역에서 내렸다. 날이 새기는 멀었지만 희붐한 미명이 그들 부부를 맞이했다.

희망의 땅

내가 캄보디아로 간 것은 가뭇없이 종적을 감춘 형을 찾기 위해서였다. 형이 집을 나간 지는 30년이나 되었다. 그런 형을 찾아 새삼스럽게 집을 나선 데는 그만한 이유가 있었다.
　형은 월남전에 참전한 사람이었지만 귀국해서 제대하고 결혼 후 한동안 잘 살았다. 그러다 형수가 명훈을 낳고 1년도 안 되어 패혈증으로 목숨을 잃자, 형은 갈피를 잡지 못하고 허둥거리기 시작했다. 형은 명훈이를 나의 어머니께 맡기고는 새삼스럽게 생모를 찾겠다고 실성한 사람처럼 전국을 헤매고 다녔다. 그러느라 어쭙잖은 가산을 탕진하고는 마침내 종적을 감추고 말았다. 뒤에 알았지만, 형은 자신이 파병되었던 베트남으로 다시 갔던 것이다. 어머니가 별세하시자 어린 조카 명훈을 우리 부부가 데려다 키워야 했다. 명훈은 중학교를 졸업하기까지는 우리 부부를 친 부모로 알고 있었다. 그래서 명훈은 말이 조카지 내 자식이나 같았다. 내가 키워 공부시키고 취직시키고 결혼까지 시켰으니까.

그런 명훈이 회사에서 야간근무를 하고 새벽에 퇴근하다 교통사고를 당했다. 그러나 가해 차는 뺑소니를 치고 말았다. 목격자를 찾습니다, 운운하는 가로펼침막을 여러 장 만들어 사고 현장 주변에 걸어 두었지만 명훈의 심장이 멎는 날까지 아무 제보도 없었다.

사고가 나던 날 우리 부부가 질부(姪婦)의 연락을 받고 병원 응급실로 갔을 때는 오전 8시쯤이었다. 차에 치여 길에 쓰러져 있는 명훈을 행인이 발견, 파출소에 연락했고, 파출소에서 병원으로 데려다 놓고 질부에게 연락을 했다고 한다. 질부는 급히 병원으로 와서 명훈임을 확인하고 우리에게 연락했고.

명훈은 코에다 산소호흡기를 달고 자는 듯 누워 있었다. 다친 데도 없어 보였고 다만 입가에 구토를 한 흔적이 묻어 있었다. 그런 명훈이 잠시 뒤 거짓말같이 눈을 떴다. 그러면 그렇지, 이렇게 쉽게 정신을 놓을 명훈이 아니라고 질부와 우리 부부는 환호성을 내며 기뻐했다. 명훈은 눈을 뜨자 병상 곁에 내가 있음을 확인하고는 띄엄띄엄 말했다.

"아부지…, 아부지를… 찾아… 주이소!"

그리고는 다시 의식을 잃었다. 아주 먼 길을 그 말을 하기 위해 있는 힘을 다해 달려왔다가 어렵게 말을 끝내고는 정신을 잃은 사람 같았다. 명훈이 말한 첫 번째 아부지는 나였고, 두 번째 아부지는 그의 친부, 나의 형이었다.

명훈이 세상을 뜬 지도 벌써 2개월. 병원에서 식물인간으로 누워 있는 3개월여의 간병에 시달리던 질부도 제 갈 길로 보내 주었다. 젊은 나이에 혈육이 있는 것도 아닌데, 시숙부인 내가 더 이상 붙잡아 둘 필요도 명분도 없었다. 기왕 소생하지 못할 명훈이 숨을 거둔 것은 어쩌면 질부를 위해서나 우리 부부를 위해서 잘된 일인지 모른다.

나는 아버지를 찾아 달라는 명훈의 말을 처음에는 예사로 들었다. 그러나 시간이 지날수록 유언이 된 명훈의 그 말이 이명처럼 내 귀 안에서 윙윙거렸다. 그러자 그동안 형에 대해서 너무 무심했다는 자책감이 일었다. 형은 살아 있다면 금년이 환갑이다. 명훈은 아버지의 환갑까지 헤아리고 있은 게 틀림없었다. 그리고 자신의 아버지에 대하여 무심한 나를 속으로 많이 원망을 하고 있었는지도 모른다. 생각이 여기에 미치자 나는 가만히 있을 수가 없었다. 마침 여름 방학 중이었다. 그래서 아내와 의논한 끝에 한더위에 혼자 부산을 떠났다. 왜 하필 캄보디아인가? 그때, 기억도 선명한 1977년, 형은 캄보디아로 간다는 편지를 베트남에서 보내 왔다. 내가 고교 교사로 첫 발령을 받은 해였다. 그리고 최근에는 캄보디아에 가서 그곳 에이즈 환자 병원에서 의료 봉사를 하고 온 어떤 의사 선생으로부터 형 비슷한 사람이 그 병원에서 봉사활동을 하고 있더라는 말을 듣기도 했다. 그러니 형을 틀림없이 찾을 수 있으리라는 확신이 있었다.

나는 캄보디아가 처음이었고, 그곳에 유명한 관광유적지 앙코르와트가 있다는 것은 알고 있었지만 애초에 그런 데에는 생각이 없었다. 김해공항에서 캄보디아로 직행하는 항공편이 없어 베트남 호치민을 거쳐 캄보디아 수도 프놈펜에 도착한 것은 저녁때였다. 입국 수속을 끝내고 밖으로 나오자 푹푹 찌는 듯한 무더위가 단번에 나를 에워쌌다. 거대한 찜통 속에 들어간 기분이었다. 들기름이라도 뒤집어쓴 듯 온몸이 끈적끈적해졌다. 그런 상태로 공항에서 오랜 시간 택시를 못 잡아 눈을 굴리고 있었다. 도무지 택시가 보이지 않았다. 뒤에 알았지만 캄보디아에는 정규 택시가 거의 없었다. 공항에서조차 TAXI라고 차 지붕에 붙여 놓은 차는 없었다. 이럴 수가! 하고 낭패에 잠겨 있는데 30대의 한 남자가 다가와 영어로 말했다. 유창한 영어였다.

"혹시 택시를 찾고 계신 거 아닙니까?"

자랑 같지만, 나도 영어 회화에는 자신이 있었다. 일찍이 호주로 가서 국비로 2년 동안이나 어학연수를 하고 왔기 때문이나. 내가 답했다.

"그렇소만?"

"여기는 정규 택시가 거의 없습니다. 제 차를 타시죠."

그는 나의 의견은 물어보지도 않고 앞장을 섰다. 그의 차는 일제 토요타 승용차였다. 그가 차문을 열면서 말했다.

"안심하고 타십시오. 어디로 모실까요?"

"호텔로 안내해 주시오."

승용차에 미터기가 있을 리 없었다.

"차비는 어떻게 받는 거요?"

"거리와 시간에 따라 받습니다. 절대로 무리한 요구는 하지 않습니다. 안심하십시오."

기사는 비교적 흰 얼굴에 눈매가 깊고 그윽하여 지적으로 보였다.

공항을 벗어나 시내로 나오자 거리에는 온통 오토바이와 온갖 종류의 화물차만 다니는 데 놀랐다. 한국에서 보는 택시나 버스는 전혀 없었다. 오토바이에는 보통 2, 3명이 타고 있었고, 달리는 트럭에도 사람들이 시루의 콩나물처럼 빽빽하게 박힌 듯 서 있었다. 오토바이를 삼륜차 택시로 개조해서 객석을 조잡한 색깔로 칠한 것도 많았다. 길에는 차선도 신호등도 없었다. 교차로 같은 데서는 차들이 몰려 잠깐씩 뒤엉키기도 했지만 경적 소리를 울리지도, 서로 차머리를 들이밀고 먼저 가겠다고 서둘지도 않았다. 참으로 인상적이었다. 내가 말머리를 꺼냈다.

"저어…."

기사가 반사경에 시선을 고정시키고 나를 바라봤다.

"말씀하십시오."

나는 망설이다 말했다.

"고급 호텔로는 가지 말아요."

"알았습니다."

나는 잠시 얼굴이 달아올랐지만 꾹 참았다. 그때 기사가 말했다.

"차는 내일도 필요하면 이용하십시오. 보시다시피 영업용이니까요."

여기저기 찾아다니자면 우선 안내하는 사람이 필요했고, 무엇보다도 말이 통해야 하는데, 기사가 영어를 할 줄 아는 게 다행이란 생각이 들었다. 그러나 내일도 이 차를 이용할지 말지는 두고 볼 일이었다.

얼마 뒤 차는 수도 프놈펜 시내로 들어와 한참을 더 달리다가 어느 호텔 앞에 섰다. 가로 간판에 '인도차이나호텔'이라고 영문으로 써 두고, 그 밑에 좀 작게 캄보디아 문자가 흡사 그림같이 꼬불꼬불하게 쓰여 있었다. 바깥에서 보아도 한국의 장급 여관보다 못한 규모였다. 기사가 말했다.

"싸면서 비교적 깨끗한 호텔입니다"
"고맙소."

차비는 아주 싸서 한국 택시의 기본요금도 안 됐다. 그제야 내일도 차를 이용하겠다고 말했다. 호텔은 프놈펜에서도 변두리에 있었고, 호텔에서 100여 미터 떨어진 곳에는 메콩강이 흐르고 있었다.

나는 호텔에 여장을 풀자 샤워부터 했다. 그러고는 메콩강의 강둑으로 나가 잠시 강물을 내려다봤다. 날은 벌써 저물어 어둠이 짙었다. 그런 가운데서도 강물이 몹시 탁하다는 걸 알 수 있었다. 강둑 주변에는 간이식당이 줄을 지어 서 있었다. 나는 그중 깨끗해 보이는 식당으로 들어갔다. 식당의 전등은 침침했고 선풍기도 없었다. 뒤에 알았지만 캄보디아는 전기가 귀해 좀 큰 식당에서도 불이 어두웠고 에어컨은 물론 선풍기도 없었다. 저녁으로 쌀국수를 사 먹었다. 맛도 좋고 값도 쌌다.

아버지는 첫 결혼 때 매파의 말만 듣고 맞선을 보았다고 한다. 맞선이라고 해서 둘이서 무슨 이야기를 오래 한 것도 아니었다. 다방에서 차 한 잔 마시고 몇 마디 말을 걸었으나 예쁘고 참한 처녀는 눈을 내리깐 채 얼굴만 붉혔다. 그러나 아버지는 처녀란 맞선을 볼 때는 본래 그러려니 생각했다. 오히려 나불나불 말 많은 처녀보다 얼마나 다행이냐고 생각하면서 회심의 미소를 머금었다고 한다. 그러고 좀 뒤 결혼식을 올렸다. 하지만 시집을 온 신부는 간단한 계산은커녕 한글도 못 읽었다. 말도 반벙어리처럼 불분명했고 음식도 아무것도 할 줄 몰랐다. 저지능의 미숙녀(未熟女)였는데도 용모는 아름다웠던 것이다. 신부는 이내 임신을 했고 아들을 낳았다. 그 아들이 형이었다. 그러나 얼마 후 아버지는 처녀인 나의 어머니를 만나, 아이만 뺏고 큰어머니를 쫓아냈다. 아버지는 어머니에게 총각 행세를 하면서 어머니를 속이고 결혼을 했다고 한다.

　어머니는 시집온 지 며칠 뒤에 나타난 두 살짜리 사내애를 보고 처음에는 놀랐으나 이내 체념하고 거두었다. 그러다 내가 태어나자 형을 나와 똑같이 키웠다. 나보다 두 살 위인 형은 부모의 장점만 닮았다. 외모는 큰어머니를 닮아 훤했고 머리는 아버지를 닮아 영민했다. 그런 형은 초등학교와 중학교까지는 모범생이었으나 고등학교에 올라가자 말썽을 피웠다. 친어머니인 줄 알았던 사람이 생모가 아니라는 사실을 알게 된 것이다. 형은 학교를 가지 않고 가출을 되풀이하면서 아버지와 어머니의 기를 채웠다. 어느 날 가출에서 집으로 돌아온 추레한 모습의 형에게 어머니가 좋게 물었다.

　"집을 나가몬 오데로 댕기노?"

　형은 답하지 않았다. 그런데 형은 나중에 나에게 말했다.

　"옴마한테는 죄송해서 말 못 했지만 나는 나의 친옴마를 찾아 댕겼다. 정신병자를 수용하고 있는 병원을 찾아보기도 했고, 여관이나 식당 같은 데서 식모로 일하나 싶어 그런 곳도 찾아 댕겼지마는 옴마는 못 찾았다."

　나는 그런 형이 딱하고 불쌍해서 아무 말도 하지 못했다. 형은 가출과 귀가를 되풀이하는 말썽 속에서도 고등학교는 그런대로 다녔다. 3학년이 되었을 때 어머니는 형더러 대학에 진학하라고 했지만 형은 고등학교를 졸업하고는 바로 입대를 해 버렸다. 그러고 월남전에 파병되었다. 형이 입대한 것은 내가 고 2때인 1967년이었고,

월남전에 파병된 것은 내가 대학에 입학한 1969년이었다.
　나는 호텔의 침대에 누워, 말만 들은 큰어머니와, 생모를 이별한 채 자란 형, 내일이면 만날지도 모르는 형, 그가 베트남에서 마지막으로 보낸 편지를 생각했다.
　―나는 이곳 베트남에서 캄보디아로 가기로 했다. 나같이 기구한 운명의 주인공은 한국에서 살 수 없다는 생각이다. 어머니를 찾아 헤맸지만 찾지 못한 나는 그게 한스럽다. 그렇다고 어머니를 쫓아낸 아버지를 원망하고 싶지는 않다. 오히려 아버지의 허물까지 내가 대신 짊어지고 유형이라도 떠나고 싶다. 그 유형의 땅으로 캄보디아를 택한 것뿐이다. 명훈이를 어머니에게 맡겨 버린 나를 이해해 다오. 어머니에게 죄송한 생각은 이루 말할 수가 없구나. 이 불효를 네가 대신 빌어 다오.
　이런 편지가 형으로부터 온 것은 내가 고등학교에 첫 발령을 받던 해인 1977년이었다. 얼마 뒤 어머니가 별세하시자 어린 명훈은 나에게로 맡겨졌다. 나의 어머니가 당신이 낳지 않은 형을 키웠던 것처럼 아내도 자신이 낳지 않은 명훈을 키워야 했다. 형이 편지 끝에 말한 어머니란 형에게는 작은어머니가 되는 나의 어머니다.
　형이 유형의 땅으로 캄보디아를 택했다면 나에게도 이곳은 유형의 땅인가. 형의 아들인 명훈의 부탁을 받고 형을 찾아 이곳으로 온 나의 유형이 이제 시작되는가. 참으로 기구한 운명이 2대에 걸쳐졌다는 생각을 다시 한 번 곱씹었다. 어머니가 다를 뿐 형과 나는 같은 아버지가 아닌가. 그렇다면 아버지의 과오를 어찌 형만 짊어질 것인가. 나는 오랜 뒤척거림 끝에 겨우 잠들었으나 밤새 뒤숭숭한 꿈에 시달렸다.

2.

이튿날 아침 일찍 일어나 호텔 밖으로 나가 어제 그 식당에서 또 쌀국수를 사 먹고 왔다. 호텔 로비에 그 기사가 와 기다리고 있었다. 나는 가방을 끌고 내려와 생각보다 훨씬 싼 숙박료를 지불했다. 그러고는 어제 그 차를 탔다. 기사가 물었다.

"어디로 가실 겁니까?"

나는 한국에서 의사 이 박사로부터 들어 알고 있는 행선지를 말해 주었다.

"짬짜 우예로 가요. '사랑의 선교회'란 수녀원이 있소. 인도의 성녀 마더 데레사 수녀가 창설한 빈민 구제 목적의 수녀회요. 그 수녀원에서 운영하는 어린이 에이즈 환자 병원이 거기 함께 있소. 그곳의 위치는 알고 있소?"

"물론 알고 있지요. 몇 번이나 가 본 걸요. 한 40분 걸릴 겁니다."

잠시 후 운전사는 반사경으로 나를 보면서 물었다

"손님은 일본인이시지요?"

"아니, 나는 한국인이오. 왜 일본인으로 보이오?"

"외모만 보면 일본인과 한국인은 구별이 안 되지요. 다만 아주 검소한 분 같아서…."

나는 더 말하지 않았다. 기분이 묘하다 못해 착잡했다. 한국인은 낭비형이고 일본인은 절약형이란 뜻 아닌가. 그러다 며칠이 될지 몰라도 차를 이용하자면 운전사와 친해져야 한다는 생각에서 말했다.

"참 우리는 통성명도 안 했는데, 내 이름은 김필곤이오. 운전사 이름은 무엇이오?"

희망의 땅 109

그러면서 명함을 꺼내 뒷면이 보이도록 건넸다. 그가 영문으로 된 내 명함 뒷면을 보더니 말했다.

"아, 고등학교 선생님이시군요. 반갑습니다. 저는 찐살푼이라 합니다. 미스터 찐살푼이라고 불러 주십시오."

"그래요. 찐살푼, 찐살푼…."

"그런데 선생님은 캄보디아에 무슨 일로 오셨는지 여쭈어 봐도 될까요?"

나는 형을 찾으러 왔다는 말을 하기에는 좀 이르다고 생각하다가 어차피 알게 될 일을 미루거나 감출 이유가 없어 솔직하게 말했다.

"내 형이 그 병원에 있어요. 그 형을 찾아왔소."

"형님이 그 병원에 있다는 말씀인가요? 그 병원의 환자로 어른은 모두 폐결핵 환자이고 어린이는 에이즈환잔데요?"

"나의 형은 환자가 아니고 봉사자로 있소."

"아, 그렇군요. 하긴 한국인 가톨릭 신자들이 봉사활동차 가끔 그 병원으로 온다는 말은 들었지요."

이 병원을 다녀온 부산의 의사 이 박사는 말했다.

"30년 전에 헤어진 김 선생님 형님인 줄 알았으면 더 자세히 보거나 물어봤을 텐데 예사로 봤네요. 아주 열심히 봉사하고 있습디다."

나는 이 박사가 말한 분이 나의 형이기를 바라고 있었고, 찐살푼은 잠자코 차만 몰았다. 이윽고 차가 한 곳에 멈춰 섰다. '사랑의 선교회' 앞이었다. 차는 정문을 지나 곧장 안으로 들어갔다. 수녀원인 듯한 건물이 통로에서 좀 떨어진 왼쪽에 있었고, 병원인지 수용소인지 구별할 수 없는 우충충한 건물들이 오른쪽에 길쭉하게 이어져 있었는데, 입구 쪽 일부는 2층이었고 나머지는 단층이었다. 2층의 널찍한 베란다에서는 어린 소년들이 떠들며 뛰놀고 있었다. 뒤에 안 일이지만 에이즈 환자 어린이였다.

수녀원과 병원은 한 울타리 안에 있었는데 터가 아주 넓었다. 마당 한 귀퉁이에는 한국의 유치원이나 어린이집에서 볼 수 있는 놀이시설도 있었는데, 더러 망가져 있는 데다 철제 놀이기구는 녹이 벌겋게 슬어 있었다. 병원 건물을 에워싼 담벼락에 페인트로 커다랗게 쓴 영문 글씨 앞에서 차가 멈췄다. 거기가 주차장이었다. 찐살푼이 수녀원 출입문에 붙은 벨을 눌렀다. 나는 벽에 쓰인 영문 글씨를 읽고 있었다.

We are not doing a big business, but are just doing unnoted thing with God's love.

잠시 후 짙은 갈색 피부에 깡마른 수녀 한 사람이 나왔다. 찐살푼이 수녀에게 영어로 말했다.

"수녀님, 안녕하십니까? 바쁘실 텐데 죄송하지만 이분의 말씀을 한번 들어 보시지요."

수녀가 뜨악한 눈길로 나를 바라봤다. 내가 공손히 머리를 숙이면서 준비하고 있던 명함 뒷면을 보이면서 말했다. 내 명함에는 언제나 세례명도 함께 찍어 두고 있었다.

"저는 한국에서 온 김 스테파노입니다. 이곳에 저의 형이 일하고 있다는 말씀을 듣고 찾아왔습니다만…."

어느새 왔는지 여덟 살에서 열 살쯤으로 보이는 가무잡잡한 피부의 사내아이 둘이 내 곁에 서 있었다. 수녀가 뜨악한 눈길을 풀고 좀 누그러진 얼굴로 말했다.

"한국인 봉사자들이 몇 번 다녀가기는 했습니다만 어떤 분이었을까요?"

"잠시 다녀간 사람이 아니고 장기간 머물었다고 합니다. 나이는 60세 정도이고 이름은 김명곤입니다."

"한국인 봉사자로 장기간 머물었다면 이름은 김명곤이 아니었습니다. 성만 기억나는데 허 씨였지요."

"그분 나이는요?"

"50대 후반 60대 초?"

나는 형이 틀림없다고 생각했다. 다만 성을 허 씨로 한 것은 형수의 성으로 바꾼 것이라고 단정했다. 나는 명훈을 입학시키기 위해 몇 번이고 형의 주민등록등본을 뗀 일이 있어 형수의 이름이 허효금임을 알고 있었다.

"지금 그분 어디에 있습니까?"

"모르겠는데요. 한국인들이 단체로 와서 2~3일 봉사하고 간 적이 있는데, 이분은 그분들과 함께 떠났어요."

내가 말했다.

"그게 언젭니까?"

"지난 초봄이었어요."

그때 또 한 사람의 수녀가 안에서 나왔다. 이 수녀도 찐살푼과 알은체를 했다. 먼저 나온 수녀가 방금 나온 수녀에게 물었다.

"우리 병원에 봉사하던 한국인 미스터 허 어디로 갔는지 아세요?"

방금 나온 똥짤막한 수녀가 말했다.

"몰라요. 한국인 식당으로 가서 돈을 좀 벌겠다고 한 것은 기억

나요."

쩐살푼이 그 수녀를 보고 물었다.

"한국인 식당요?"

"돈이 떨어져서 또 돈을 좀 벌어 봉사를 해도 해야겠다고 했어요."

쩐살푼이 나를 보고 말했다.

"프놈펜에는 한국인이 경영하는 고급 식당이 몇 군데 있는데, 그중에서 제가 잘 아는 곳이 있어요. 거기에 가서 알아보지요."

"그럽시다. 마침 점심시간도 다 되었으니까."

우리가 돌아 나왔을 때, 조금 전 내 곁에 있던 소년 두 사람이 병원 건물 2층의 베란다 난간을 잡고 내려다보고 있었다. 그들은 나를 보자 갑자기 손뼉 다섯 번을 치면서 하얀 이를 내보이며 외쳤다.

"대애항밍구!"

월드컵 응원 구호였다. 나는 그들을 보다가 뒤돌아섰다. 수녀는 그때까지 우리를 보고 있었다. 내가 수녀 곁으로 다가가 말했다.

"저의 형님이 오랜 기간 봉사한 곳이기도 하지만, 저 어린이 환자들의 병실을 한 번 돌아보고 싶군요."

"그렇게 하세요. 중환자도 많으니까 그런 환자에게는 말을 걸거나 다가가지 마세요."

"감사합니다. 그렇게 하겠습니다."

나는 쩐살푼과 함께 1층부터 돌아봤다. 1층은 모두 중환자실이었다. 피골이 상접한 몰골의, 너무 쇠약해서 도무지 사람 같지 않은 모습의 어린 환자들이 저마다 팔에다 링거 줄을 달고 죽은 듯이 누워 있었다. 어떤 아이는 눈을 감고 있었는데 자고 있는지 기운이 없어 눈을 못 뜨는 건지 구별할 수 없었다. 쩐살푼은 병상 앞을 지날 때마다 어린 환자들에게 합장을 하면서 인사했다. 나도 따라 했다. 어린이들은 누워서도 꼭꼭 답례로 같은 자세를 취하면서 하얀 이를 드러내고 웃었다. 뒤에 알았지만 캄보디아 국민들은 남녀노소를 막론하고 그런 인사를 했고, 인사할 때는 항상 미소를 지었다.

　2층으로 올라갔다. 2층은 초기 환자 같아 보였다. 초기 환자라고 해도 오래 살아야 4~5년이라고 했다. 그러나 아이들은 자기가 그런 중환자인 줄 모르는지 깔깔거리며 떠들고 있었다. 널찍한 베란다에서도 아이들은 천진난만하게 떠들고 있었다. 나는 가슴이 뭉클하면서 눈알이 뜨끈뜨끈해졌다. 저 깨끗한 영혼들이 무서운 병에 걸리다니! 무슨 죄가 있다고. 저들의 부모는 어떤 사람들일까. 부모들의 마음이 어떠할까.

　1, 2층의 시설은 병원이라고 할 수가 없었다. 병실 안은 어둡고 우중충했으며 철제병상은 낡고 녹슬어 있었다. 병실이 아니고 수용소 같았다. 어느새 수녀들이 올라와 내 곁에 서 있었다.

　"이 애들에게는 영양식이 필요한데 하루 세 끼 죽도 겨우 먹이고 있답니다. 물론 밥이 아닌 죽은 소화력 등을 고려한 것이지만 음식이 너무 허술해요. 그나마 모두 외국 엔지오들의 도움을 받고 있지요. 한국 엔지오들의 힘도 크고요."

　나는 할 말이 생각나지 않았다. 내가 싼 호텔에 들고, 싼 음식을 사 먹고 있는 게 그럴 수 없이 다행으로 여겨졌다. 나는 절약한 돈을 언젠가는 유용하게 쓸 생각을 하고 있었다. 병실을 나와 수녀들과 인사하고 차에 올랐다. 마음속으로 그들에게 하느님의 축복이 있기를 빌었다. 찐살푼이 차를 몰면서 천천히 말했다.

　"캄보디아 국민들 대부분이 하루 두 끼를 먹습니다. 보통 사람들이 세 끼를 다 챙겨 먹으면 그들은 공무원들이지요."
내가 물었다.
"그렇게 가난해요?"
"프놈펜 외곽지역인 언동과 알롱끙안이란 곳에 가면 프놈펜 도심지에서 쫓겨 나간 빈민들 8천여 명이 살고 있어요. 그들은 지금 하루 한 끼밖에 먹지 못해요. 그들도 처음엔 가난하나마 프놈펜 도심지에서 살았는데, 정부가 이곳을 개발하기 위해서 빈민들을 쫓아내야 했지요. 그러나 명분이 없었어요. 그래서 이 빈민지대에 불을 질러 버렸지요. 그러고는 쫓아낸 겁니다. 물론 방화범은 잡히지 않았지요. 그 지역은 지금 외국인들을 위한 고급 호텔과 유흥업소가 들어서 있어요. 저는 어제 선생님을 그곳의 어느 호텔로 모실 생각이었지요. 공항에서 시내로 들어오는 외국인들은 대개 그곳 호텔로 안내되지요."
그는 잠시 침묵을 지키다 다시 말했다.
"캄보디아는 지리적으로는 옛날부터 중국과 가깝지만 인도의 영향을 많이 받았어요. 그러나 인도의 문화를 받아들이기보다는 우리 고유의 독특한 문화를 발전시켜 왔습니다. 한때는 태국, 베트남, 라오스, 중국 남부까지 지배한 대 제국이었고, 그 시대에 앙코르 와트 같은 대 건축물을 남겼던 겁니다. 그러나 그 뒤로는 줄곧 국운이 쇠하여 수백 년 동안 외국 여러 나라의 지배를 받다가 프랑스의 식민지로도 오랜 기간 고통을 겪었지요. 지금은 독립을 했지만 아시아 최빈국의 운세에서 허우적거리고 있는 것입니다."
그때 우리가 탄 차를 앞질러 달리는 차가 있었다. 독일제 벤츠 승용차였다. 쯴살푼이 다시 말했다.

"캄보디아 공무원들의 평균 월급이 40불 남짓입니다. 그런 공무원들이 모두 저런 고급차를 몰고 다닙니다. 캄보디아에서는 공무원이 제일 부자입니다. 캄보디아는 한마디로 부패왕국입니다. 국왕은 부패공무원에 대하여 철퇴를 가할 의지도 능력도 없고, 정파의 세력 다툼 틈바구니에서 국정 쇄신이나 개혁보다는 적당히 보신이나 하면서 유럽 유학 시절에 전공한 예술 활동에 관심이 더 많은 사람이지요."

"현 국왕이 유럽 유학시절에 무엇을 전공했는데요?"

"처음 체코로 가서 발레, 연극, 음악을 공부했고, 그다음 북한 평양으로 가서 영화를 공부하다가 파리에서는 발레 댄서 겸 안무가, 영화 촬영 기사로 활동한 분입니다. 노로돔 시하모니, 50대 중반인데 아직 독신이지요. 전 국왕 시하누크 왕의 차남이면서 현 국회의장의 이복동생이지요. 정파끼리의 이해득실과 온갖 계산 끝에 타의로 지난 2004년에 왕위에 올랐지만 태국이나 일본의 국왕 같은 권위도 신망도 없어요."

그는 조심스럽게 말하면서도 연방 반사경으로 나의 눈치를 살피고 있었다. 내가 물었다.

"실례지만 찐살푼 씨는 운전을 하기 전에 무슨 일을 했나요?"

그는 잠시 입을 닫고 침묵을 지키다 말했다.

"프랑스에서 가톨릭 신학 공부를 했어요. 그러나 서품 받기 직전에 환속했어요. 먹고사는 게 더 급했으니까요. 그렇다고 신앙을 버린 건 아니고요. 캄보디아에서는 가톨릭 성직자들도 가난하기는 마찬가지지요. 더구나 아버지께서 지난날 크메르 루즈 시절 학살당하시고 어머니마저 몸이 불편해 누워 계시니 저라도 많은 가족들을 먹여 살려야 하지 않겠습니까."

나는 소리 없는 탄식을 했다. 그러다 말했다.

"아, 그렇군요. 반갑습니다. 나도 가톨릭 신잡니다. 세례명은 스테파논데. 당신 세례명은 무엇인가요?"

"선생님도 가톨릭 신자시라고요? 반갑습니다. 캄보디아에는 거의 불교 신자뿐입니다. 얼마 안 되는 신자들도 캄보디아에 거주하는 베트남 사람들이 대부분이지요. 아 참, 저의 세례명은 마이클입니다."

마이클? 마이클은 미카엘의 영어 발음이었다. 한국에서는 아무도 미카엘을 마이클로 부르지 않는다.

고려식당의 한국인 주인은 찐살푼과 친숙한 사이였다. 그러나 거기에도 형은 없었다. 점심을 시켜 먹으면서 찾아온 사연을 밝혔을 때, 식당 주인은 절망적인 말을 했다. 프놈펜에 살고 있는 한국인이라면 거의 다 알고 있고, 특히 자기는 프놈펜에서 식당을 하고 있는 한국인 동업자의 대표이기도 해서 더 잘 안다고 했다.

"60세쯤 된 한국인으로 김명곤이란 사람은 없어요."

내가 그때야 급히 성이 허 씨라고 고쳐 말하자, 싱거운 사람도 있다는 듯, 아니면 한심한 사람도 다 본다는 듯 잠시 나를 바라보다가 말했다.

"아, 그 허 씨? 여기서 일 열심히 했지요. 그러다 돈벌이가 더 잘 되는 호텔로 갔어요. 한국인이 하는 아주 큰 호텔인데, 퍼시픽호텔로 갔어요."

찐살푼이 말했다.

"아, 퍼시픽호텔요? 잘 알지요. 거기 한국인 매니저하고도 알아요."

나는 마치 형과 내가 술래잡기라도 한다는 생각이 들었다. 하지만 형을 만날 수만 있으면 며칠을 찾아 헤맨들 그게 대순가 싶었다. 우리는 다시 퍼시픽호텔을 향해 떠났다. 그가 말했다.

"크메르 루즈 사람들에 의해 아버지가 끌려갔을 때 저는 중학교에 다녔지요. 아버지는 독실한 가톨릭 신자에 학교 선생님이었어요. 혁명군은 가톨릭을 싫어했고 게다가 지식인이라면 더욱 미워했지요. 전문직 종사자, 고등교육을 받은 자, 외국어를 할 줄 아는 자, 심지어 안경만 껴도 지식인으로 간주해서 잡아갔어요. 식량 배급을 중단할 수밖에 없었던 그들은 프놈펜 시민들의 대량 아사를 막기 위해 시골로 강제 이주시켰던 겁니다. 그러나 아버지는 그들에게 따졌지요. 시골로 가든 어디로 가든 무슨 조치를 취해 주고 몰아내야지 무조건 쫓아내면 어떻게 하느냐, 이게 혁명이고 모든 인민들을 낙원으로 이끄는 것이냐고. 그러자 그들은 우리 집 벽에 붙은 십자고상(十字苦像)을 보고 물었어요. 당신 크리스찬이야? 아버지가 그렇다고 답했지요. 그러자 그들은 아버지의 가슴을 쥐어박으며 말했어요. 그래서 이리 당당한 거야? 직업도 교사로군. 좀 따라가야 겠어. 이러고는 아버지를 끌고 갔고, 아버지는 끝내 돌아오지 못했어요. 그러니 아버지는 순교를 하셨다고 볼 수 있어요. 캄보디아의 대부분의 가구에 적어도 한 사람 이상의 피학살자나 행방불명자가 그때 생겼어요. 완전한 공포의 시대, 인권 부재의 시대였던 셈이지요. 전국의 시골은 농노시대로 돌아갔고, 장애인과 노인들도 쓸모없는 인간으로 분류되어 거의 학살되었어요. 그래서 지금 캄보디아에는 노인이 많지 않아요. 살아 있는 노인들도 살아 있다는 걸 자랑으로 여기지 못하고 죄스럽게 여기고 있지요. 지금 캄보디아의 인구는 1,300만 명 정도인데 50퍼센트 이상이 20세 이하의 젊은층 내지 청소년들입니다. 이것은 어쩌면 희망의 상징이라 볼 수도 있지요. 그래요. 저는 우리 캄보디아의 미래를 믿어요. 캄보디아는 희망의 땅이라고 믿고 있어요."

내가 중얼거렸다.

"희망의 땅…. 희망의 땅 캄보디아…."

나는 캄보디아가 희망의 땅, 미래가 밝은 나라임을 믿고 싶었다. 쩐살푼이 하던 말을 이었다.

"지금 우리 국민들의 문맹률이 70퍼센트를 상회하는 것도 교육자를 워낙 많이 처단해서 가르칠 사람이 없기 때문입니다. 우리는 아버지의 행방도 모른 채 시골로 쫓겨 가서 밤이나 낮이나 농사에 강제 동원됐어요. 그러다 프놈펜으로 돌아왔지만, 아이러니하게도 크메르 루즈를 몰아낸 사람들은 우리의 오랜 원수였던 베트남군이었어요. 1979년 베트남군이 캄보디아를 침공하여 크메르 루즈 공산당을 내쫓고, 베트남은 캄보디아에 꼭두각시 훈센 정권을 세웠는데, 훈센은 그동안 베트남에 망명해 있던 캄보디아군 청년장교였지요. 이 훈센 정권이 크메르 루즈의 만행을 세상에 알리기 위해 '학살박물관'을 세웠어요."

"학살박물관? 그런 게 있소?"

"예. 그러나 캄보디아 국민들은 훈센 정권을 신임하지 않았지요. 그래서 한물 간 과거의 국왕 시하누크를 지도자로 세워 베트남을 몰아내려고 했지만 베트남은 호락호락 물러가지 않았고, 오랜 내전과 혼란이 계속된 겁니다. 1992년에 유엔 평화유지군이 들어와 이

내전을 종식시켰지요. 그러나 이 평화유지군이 우리 캄보디아에 무엇을 남겼는지 아시겠어요? 다 왔군요. 일단 내리시죠."

3.

찐살푼은 호텔 앞에 차를 세웠다. 우리는 건물 현관의 회전문을 밀고 들어갔다. 그리고 찐살푼이 로비의 안내에게 다가가 용건을 다시 자기네 말로 하자, 왜소하고 가무잡잡한 현지인 아가씨는 인터폰으로 매니저와 통화를 하는 것 같았다. 그러더니 어느 방을 가리키며 들어가라고 했다. 한국인 매니저가 자리에서 일어나 우리를 맞았다. 찐살푼은 매니저와 악수를 하며 영어로 말했다.

"오랜만입니다. 그동안 잘 계셨어요?"

"아이구, 미스터 찐살푼, 여기는 웬일로?"

그리고는 나를 얼른 바라봤다. 찐살푼이 답했다.

"이분 한국에서 오신 분인데, 직접 말씀 들어 보세요."

내가 찾아온 용건을 한국어로 말했다. 한국인 매니저가 듣고 있다가 말했다.

"월남전이 끝나고 이곳으로 온 한국인이 몇 사람 있었다는 말을 사장님으로부터 들은 것 같기는 합니다. 그러나 지금 그분들이 어디에 있는지는 모르겠는데요."

"사장님을 좀 뵐 수 있을까요?"

"잠시 기다려 보세요."

캄보디아어로 인터폰을 잡고 말하던 매니저가 말했다.

"마침 외출하시려다 말고 잠시 만나겠다고 하시니 가 보십시다."

나는 매니저를 따라 사장실로 갔다. 사장실 책상 위에는 태극기와 캄보디아기가 ×자형으로 세워져 있었고, 벽에는 캄보디아 국왕인 듯한 사람의 얼굴 사진도 걸려 있었다. 사장은 60대 초반의 한국인 신사였다.

"어서 오세요."

사장이 소파를 가리키며 말했다. 나는 명함을 내밀면서 시간 내주어 고맙다는 말부터 했다. 사장이 자기도 명함을 꺼내 건네고는 말했다.

"아, 부산 ㄱ고등학교 선생님이시군요. 저도 ㄱ고등학교를 졸업했습니다. 모교의 선생님을 뵈어 반갑습니다."

나도 반가웠다. 일이 잘 풀릴 듯한 예감이 들었다. 나는 간단명료하게 찾아온 용건을 말했다. 사장이 물었다.

"베트남전에 한국이 참전했던 시기는 1969년부터 1972년까집니다. 저도 베트남전 참전용사지요. 그런데 1977년에 캄보디아로 오신 분 성함이 어찌 되십니까?"

"처음은 김명곤입니다. 그러다 언젠가부터 성을 허 씨로 바꾼 것 같더군요."

사장은 천장으로 눈을 보낸 채 잠시 생각하더니 말했다.

"김명곤이라…. 고향이 경남 함안이었지요?"

나는 이제 됐다는 생각이 들었다.

"맞습니다. 제 고향이 바로 함안입니다. 지금 우리 형님은 어디에 계십니까?"

그러나 사장은 엉뚱한 말만 늘어놓았다.

"사실은 저도 1977년에 베트남에서 이리로 왔는데, 우리는 그때 잘못 왔다는 생각을 했지요. 크메루 루즈 공산당원들이 한창 반역자를 색출해서 처단하고 있던 중이었으니까요. 그래도 우리는 외국인이어서 조금은 안심을 하고 살았지만 외국인도 붙잡혀 가기 시작하자 더욱 조심했지요. 김명곤 씨, 그 양반은 상당히 과묵했고… 쉽게 접근하기 어려운 사람이었지만 우리는 같은 경남 함안 사람인데다 나이도 동갑이어서 한동안 친하게 지냈지요."

"그래서요?"

"그러다 그만 헤어졌는데 바탐방으로 갔다는 말을 들었지만 그 뒤론 만나지도, 소식도 몰라요. 김명곤이 진작 한국으로 돌아가서 잘 살고 있는 줄 알았는데…."

나는 실망으로 잠시 입을 다물고 있다가 허탈한 표정이 되어 물었다.

"바탐방이란 곳이 여기서 멉니까?"

"여기서 5시간 이상 걸리는 곳인데, 이 나라 제2의 도십니다. 그러나 거기로 갔다는 말만 들었지, 바탐방 어디에 사는지, 지금도 그곳에 사는지는 몰라요. 30년 전의 일이니까…."

그는 진심으로 딱하다는 듯이 말했다. 나는 한숨을 쉬며 돌아 나왔다. 허 씨 성의 남자가 형인지는 몰라도, 방금 사장은 확실히 형을 본 사람이었다. 로비로 나오자 기다리고 있던 찐살푼이 물었다.

"사장님이 뭐라고 하십디까?"

"나의 형님은 내란 때에, 바탐방이란 곳으로 갔다는군."

"아, 바탐방까지요?"

"그리로 갔는데 그 후로는 소식을 모른다고 하네요."

"그래서 거기에도 가시려고요?"

"가 봐야지요."

"오늘은 늦어서 안 됩니다. 가셔도 내일 떠나시지요."

나는 그날 밤도 처음 잔 호텔로 다시 갔다. 객실에 누워서 생각해도 바탐방의 어디로 가야 할지 막막하기만 했다.

이튿날도 찐살푼은 일찍 호텔로 왔다. 나도 아침 식사까지 마치고 그가 오기를 기다리고 있었던 터여서 바로 차를 탔다. 찐살푼이 말했다.

"선생님, 바탐방으로 가시기 전에 프놈펜에서 한 군데 더 들를 데가 있는데요."

"어딘데요?"

"어제 잠깐 말씀드린 학살박물관요. 거기에는 크메르 루즈 때 학살당한 분들의 사진이 있어요. 외국인 사진도 더러 있습니다. 그러니 거기에 먼저 가 보시고…."

"가 보고?"

"혹시 형님의 사진이 있으면 그 먼 바탐방까지는 가실 필요가 없지요."

"나의 형이 캄보디아에서 학살당했다는 건가요?"

"꼭 그렇다기보다는… 만약에 그랬다면 바탐방까지 가실 수고를 더는 거니까요."

"그렇군, 일단 그리로 가 봅시다, 그럼."

나는 잠시 입을 닫고 있다가 다시 말했다.

"폴 포트의 크메르 루즈 시절에 캄보디아의 지식인들을 잡아다 고문하고 학살한 것을 기념하는 학살박물관이라…. 희한한 박물관도 다 있군."

찐살푼은 한동안 입을 닫고 운전만 했다. 한참을 달리던 찐살푼이 말했다.

"저는 사실 그 학살박물관에 가기 싫어해요. 거기에 가면 저의 아버지 사진도 걸려 있거든요."

그러는 사이 차는 벌써 학살박물관 앞으로 왔다. 그것은 시내 중심가에 있었고, 우중충한 2층 학교 건물이었다. 큰 길에서 조금 안으로 들어간 곳, 학교 건물 앞에 제법 큰 공터가 있었고, 거기는 주차장이 아닌데도 온갖 종류의 자동차와 오토바이와 장사꾼들이 뒤섞여 있었다. 찐살푼이 적당한 곳에 주차하면서 말했다.

"입장권을 사셔야 합니다."

나는 그에게 입장권을 좀 사 달라고 부탁했다. 계산은 나중에 한꺼번에 해 줄 생각이었다. 그가 입장권 두 장을 사 왔다. 나는 그가 인도하는 대로 안으로 들어갔다. 먼저 잡초가 돋은 텅 빈 운동장이 나타났고, 운동장 가장자리에는 열대수가 우뚝우뚝 서 있었지만 잎이 싱싱하지 못했다. 운동장을 가로질러 ㄷ자 형태로 된 건물로 다가가 아래층의 맨 갓방으로 들어갔다. 본래 학교였던 그 건물은 교실을 그대로 박물관으로 이용하고 있었다. 교실은 낡을 대로 낡아, 벽의 흰 회칠은 누렇게 색이 바래고 유리창에 금이 간 것도 있었다. 2층 건물의 아래층은 주로 고문 기구들이 전시되어 있었다. 커다란 무쇠 작두가 보였는데 그 옆 벽에는 작두날에 사람의 머리가 걸쳐진 섬뜩한 그림이 있는가 하면, 시커먼 쇠사슬 옆에도 그 쇠사슬을 발목에 차고 멍한 눈을 뜨고 있는 몹시 야윈 모습의 남자 흑백사진이 실물 크기로 확대되어 걸려 있었다. 한 교실에는 물탱크가 있었고, 그 옆에는 제복의 사나이가 물에다 한 남자의 머리를 억지로 처박고 있는 그림이 그려져 있었다. 옷을 거의 벗은 여인이 머리를 산발한 채 상처투성이의 모습으로 쓰러져 있고, 여인의 어린 딸이 옷을 홀랑 벗은 채 울고 있는 모습의 커다란 흑백사진도 있었다. 제복의 한 사내가 다른 사람의 머리에다 권총을 겨누고는 방아쇠를 당기려는 찰나의 사진도 있었다. 나는 몸이 부들부들 떨렸다. 형이 만약 이렇게 당했다면? 눈앞이 캄캄해지면서 가슴이 심하게 요동쳤다. 내가 쩐살푼에게 말했다.

"우리도 6·25 전쟁 때 이런 만행을 저지르기도 하고 당하기도 했소. 그래서 '진실과 화해를 위한 과거사 정리 위원회'란 기구가 탄생되어 활동 중이오."

그가 말했다

"캄보디아는 그런 일을 꿈도 꿀 수 없어요. 정부가 그런 걸 생각할 여유가 없어요. 그리고 피해 유가족들이 그런 걸 숨기려고만 해요. 생각하기도 싫고 창피하다는 겁니다. 그래서 살아남은 노인들도 살아남은 게 부끄럽다고 여기면서 죄인처럼 살고 있지요."

나를 안내하고 다니던 쩐살푼은 인내심 있게 나를 따라 1층을 다 돌아보고 나서는 2층을 가리키며 말했다.

"2층에는 이런 고문 기구에 의해 학살된 희생자들의 사진과 학살자들의 유골 일부가 안치되어 있습니다. 저는 밖에서 기다릴 테니 선생님 혼자 둘러보고 오십시오."

나는 그때부터 가슴이 뛰기 시작했다. 형의 사진을 찾을 수 있을 것인가.

2층 교실에는 학살당한 희생자들의 흑백 얼굴 사진이 온 벽에 빽빽하게 줄지어 걸려 있었다. 여간 자세히 보지 않고서는 아는 얼굴도 놓치기 십상이었다. 나는 계속 뛰는 가슴을 진정시키며 희생자들의 사진을 차근차근 봐 나갔다. 사진은 하나같이 피골이 상접한 몰골에 퀭한 눈을 하고 있어, 모두 학살 직전의 모습 같아 보였다. 대개의 사진에는 주인공 이름이 인쇄되어 있었다. 하나라도 놓칠세라 눈을 부릅뜨고 살펴보았다. 그러나 형의 사진은 끝내 발견할 수 없었다. 형의 사진을 발견하지 못하자 안도 같기도 하고 실망 같기도 한 감정에 휘말렸다. 어차피 살아 있지 않을 형이라면 여기서 사진이라도 발견하는 게 일이 영 수월해진다. 이건 쩐살푼의 뜻이기도 했다. 한편, 형이 캄보디아에까지 와서 아직 어딘가에 살아 있다면, 나는 어떤 일이 있어도 이 기회에 형을 찾아내야 한다. 그렇다면 형의 사진을 발견하지 못한 건 큰 다행이다. 나는 이런 복잡한 생각을 하며 2층의 마지막 교실로 갔다. 거기에는 벽에다 층층으로 선반을 질러 수많은 해골을 얹어 놓고 있었다. 해골 주인공의 인적 사항 같은 것도 설명되어 있지 않았다. 다만 자그마한 동판에, 해골의 일부는 집단 학살당한 사람들의 유골로, 한곳에 묻혀 있던 것을 두개골만 수습해서 이곳으로 옮겨와 안치해 두었다고 새겨 놓고 있었다.

  1, 2층을 둘러보는 데 아마 두 시간은 걸렸을 것이다. 나중에는 눈이 따가워지면서 현기증이 나기도 했다. 아래층으로 내려왔다. 쩐살푼이 기다리고 있다가 말했다.

  "희생자 사진 속에 선생님의 형님이 있었습니까?"

  나는 고개를 흔들었다. 그러자 그는 아무 말도 하지 않고 드자 건물의 맨 끝 부분에 해당하는 곳인 2층의 영화관으로 나를 안내해 갔다. 거기는 기록영화를 상영하는 곳이었다. 영화는 시작되기 전이었다. 찐살푼이 말했다.

"제가 희생자 사진을 전시해 둔 저쪽의 2층 교실로 가지 않은 이유는 거기에 저의 아버지 사진이 걸려 있기 때문입니다. 저의 아버지도 폴 포트의 크메르 루즈에 의해 희생되었지만 저는 이곳에 사진으로 계신 아버지를 뵙기 싫어요."

"아까 그 말 했소."

내가 찐살푼의 안내를 받아 올라간 곳은 영화관이라고 했지만 역시 낡은 교실을 그대로 쓰고 있었다. 상영을 기다리고 있는 관객은 30여 명쯤 되어 보였다. 대부분 서양 사람들이었고 한국인 관광객은 찾아볼 수 없었다.

영화관으로 쓰이고 있는 교실의 낡은 나무 의자에 앉자 찐살푼은 이번에도 나를 혼자 두고 아래층으로 내려갔다. 이윽고 불이 꺼지면서 영화가 시작되었다. 필름이 낡아 화면은 낙서를 하고 있듯 가로 세로 휜 줄이 그어지면서 떨렸다. 영상과 함께 해설이 영어로 흘러나오고 있었으나 이 역시 잡음 때문에 잘 알아들을 수가 없는 대목이 많았다. 나는 영화 보기를 포기하고 아래층으로 내려왔다.

찐살푼은 아예 바깥의 야자나무 그늘 아래에 앉아 있다가 말했다.

"영화 안 보시고요?"

"볼 필요가 없어서…."

바탐방으로 가는 길은 한국의 국도와 같았다. 아니 국도보다 못한 길이었다. 이미 프놈펜에서도, 그 외곽지역에서도 수없이 봤지만 집들은 하나같이 기둥 네 개를 세워 땅에서 2~3미터 위에다 벽을 만들고 방을 만든 원두막식 집이었다. 간혹 최신식 양옥도 보였다.

어깨뼈가 유난히 솟아오른 하얀 소 떼를 몰고 길을 따라 유유히 걸어가는 사람도 있었고, 길 중간에 개가 누워 있기도 했다. 이러니 차는 빨리 달리고 싶어도 달릴 수가 없었다. 인가가 없는 곳에서도 시속 90킬로미터가 고작이었다.

쩐살푼이 어제 하다 만 이야기를 시작했다.

"1992년에 캄보디아로 들어온 2만 2천 명의 유엔평화유지군은, 20여 년 이상의 캄보디아 내란을 끝내기 위하여 캄보디아 내 모든 군인들의 무장을 해제했습니다. 그리고 총선을 실시하여 내전을 종식시켰지요. 여기까지는 상을 줄 만했지요. 그러나 이 미군들은 캄보디아의 순진한 여성들과 성관계를 맺음으로써 무서운 에이즈를 퍼뜨리기 시작한 겁니다. 이들의 성관계는 문란했고, 캄보디아 여성들은 무지했습니다. 그래서 이 병은 무서운 속도로 퍼지기 시작했습니다. 처음에는 이 괴상한 질병이 에이즈인 줄도 몰랐지요. 그러는 사이에도 병은 급속도로 번져 2003년에 17만여 명이었던 환자 수는 지금 백만 명도 넘을 거라고 추산하고 있어요. 말하자면 유엔평화유지군은 평화유지군이 아니라 재앙전달군인 셈이었지요. 이 많은 에이즈 환자들에 대해서도 캄보디아 정부는 전혀 손쓸 여력이 없어요. 그러다 보니 외국의 종교 기관이나 엔지오들이 와서 봉사를 하고 있어요. 아까 짬짜 우예의 사랑의 선교회도 그런 보기이고, 지금 가고 있는 바탐방의 성당이나 병원도 그런 곳이지요."

내가 쩐살푼에게 바탐방의 어디로 가야 하느냐고 했을 때 그는 말했다.

"바탐방에는 스페인에서 오신 주교님 한 분이 계신데 그분은 거기 성당에서 사목활동도 하시면서 지뢰사고로 다친 사람들을 모아 치료하는 병원도 하고 계시지요. 일단 거기에 가서 한 번 알아보는 수밖에요. 나머지 일은 그 주교님을 뵙고 나서 결정하십시다."

하기는 그 수밖에 없기도 했다. 그러다 나는 어느새 몰려오는 잠과 싸우고 있다가 곯아떨어졌다. 4시간은 좋이 잤다.

바탐방에 도착하여 찐살푼이 나를 안내한 곳은 피가레도 주교가 있는 성당의 사제관이었다. 피가레도 주교는 캄보디아로 온 지 15년이나 된 스페인 성직자였다. 사목을 하면서 지뢰사고로 다친 사람들을 데려다가 치료도 하고, 장애인으로 살아남은 사람들에게 재활 훈련도 시키고 있었다. 그는 쉰다섯 살이었는데도 허연 머리와 수염, 얼굴의 주름이 70대는 되어 보였다. 피부색도 캄보디아 사람처럼 짙은 황색, 황색이다 못해 검은 빛이 감도는 피부로 변해 있었다.

나는 허리와 고개를 깊이 숙이며 예를 표한 다음, 예의 명함을 내밀었다. 그는 명함을 들여다보고는 영어로 말했다.

"한국에서 오신 선생님?"

"예 주교님, 저는 한국에서 형을 찾아 캄보디아까지 왔습니다."

"형을 찾아서요?"

"그렇습니다. 저의 형은 1977년에 베트남에서 캄보디아로 왔습니다. 그러나 프놈펜에서는 형의 흔적을 찾을 수가 없었는데 바탐방에 갔다는 말을 듣고 이리로 와 봤습니다."

"형에 대하여 설명해 보세요."

"예, 금년에 꼭 예순 살입니다. 한국식으로는 예순하나, 환갑이니까요. 이름은 김명곤입니다. 베트남전에 파병되었다가 제대하고 한국에서 살다가 다시 베트남을 거쳐 캄보디아로 왔는데, 그동안 프놈펜에서 줄곧 산 것 같기도 하고, 내란 때에 이곳으로 온 것 같기도 하고 종잡을 수 없군요."

고려식당 주인 말에 의하면 프놈펜에 오래 산 것 같지만, 퍼시픽호텔 사장의 말에 의하면 바탐방으로 오래전에 옮긴 것 같기도 했다. 다만 고려식당까지는 형의 성이 허 씨였는데 퍼시픽호텔 사장은 확실히 김명곤이라고 했다.

피가레도 주교는 눈을 가늘게 뜨고 잠시 생각에 잠겼다가 말했다.

"그런 사람 본 적도 없고 들은 적도 없어요. 여기에 사는 한국인들 거의 아는데, 내가 온 이후로는 그런 사람 없었어요. 그 정도 정보 가지고는 찾기 힘들겠는데요."

피가레도 주교는 서양사람 특유의 풍부한 표정과 몸짓을 섞어 가면서 말했다.

쩐살푼이 말했다.

"주교님께서 사목하고 계신 성당의 신자 중, 혹은 운영하고 계신 병원의 환자나 봉사자 중에 그런 분이 없었는지 한 번 더 생각해 주십시오."

"이 성당에 한국인은 한국의 수녀와 함께 평신도 몇 사람이 며칠 머물다 간 것밖에 없어요. 병원에도 한국인 환자는 없었어요."

그러다 나를 유심히 보면서 말했다.

"여기에서 조금 떨어진 곳에 한국에서 온 불교 계통의 종교기관이 있고, 거기에 여성 종교인 세 분이 있어요. 그분들이 하는 무료병원도 있습니다. 혹시 거기에도 가서 알아보시면 어떨까요?"

"그분들은 언제 이곳으로 왔습니까?"

"한 7, 8년 되었을 걸요."

나는 주교에게 인사하고 쩬살푼과 함께 그곳을 물러났다. 허탈했다. 형은 결국 찾지 못하는 것일까. 그리고 주교 앞을 그냥 떠나오는 게 어쩐지 미진했다. 지뢰사고로 치료받고 있는 사람들의 모습, 그 병원을 한 번 보고 싶었기 때문이다. 그러나 해는 이미 져서 서쪽 하늘이 짙은 구름 속에 불그레하게 물들어 있었다.

쩬살푼은 그 '불교 계통'의 종교 시설이 있는 곳을 여러 번 물어가면서, 들판의 꼬불꼬불한 숲 속 길을 한 시간 가까이나 달려 겨우 찾았다. 그 일대는 평지였는데도 온통 숲으로 뒤덮여 있었다. 가서 보니 그곳은 원불교 교당이었다. 건물 정면 벽에 커다란 원(圓)이 양각으로 새겨져 있었고, 그 건물 옆에 또 하나의 건물이 있었는데 그게 병원인 듯했다. 날은 완전히 어두워져 있었다.

닫혀 있는 문 앞에서 내가 우리말로 소리쳤다.

"실례합니다!"

내가 두 번 소리친 뒤에야 한국에서처럼 하얀 저고리에 까만 치마를 입은, 50대 초반의 정갈한 인상의 여인이 나왔다. 복장이 원불교 성직자인 교무였다. 그때야 현관에 불이 켜지면서 불빛이 문 앞으로 새어 나왔다. 나는 피가레도 주교에게처럼 명함을 내밀고 똑같은 말을 했다. 그 교무도 고개를 흔들었다.

"여기에 오래 산 우리 동포는 제가 다 알아요. 하지만 그런 분은 안 계십니다."

그러면서도 한국인이 반가웠던지 일단 안으로 들어오라고 했다. 쩬살푼과 함께 신발을 벗고 응접실인 듯한 방으로 들어가자 얼른 한국산 녹차 두 잔을 내왔다. 여교무가 말했다.

"캄보디아로 오셔도 진작 오시지 않고요? 말씀 들어보니 찾으시기 힘들겠는데요."

저녁이라도 들고 가라는 여 교무의 말을 나는 정중히 사양하면서 내일 밝은 날에 다시 무료병원을 한 번 둘러보고 싶다니까 좋다고 했다.

자동차의 전조등 불빛이 아니었으면 도무지 빠져나오기 힘든 칠흑의 밤길이었다. 이런 데서 혼자가 되면? 하는 엉뚱한 생각이 들자 전신에 소름이 끼쳤다. 사방을 둘러봐도 불빛 하나 보이지 않았다. 바탐방 시내로 나와 저녁을 사 먹고 찐살푼과 함께 호텔을 찾아들었다. 캄보디아 제2의 도시라고 했지만 컴컴한 소도시는 한국의 시골 읍보다 못해 보였다.

찐살푼과 헤어져 각방에 든 나는 차 안에서 좀 잔 탓인지 또 잠을 못 들이고 뒤척였다. 그러다 악몽을 꾸었다.

4.

이튿날 오전에 나는 원불교가 운영하는 무료병원으로 갔다. 어제는 못 본 젊은 여 교무 한 사람이 우리를 안내하면서 여러 가지 설명을 했다. 1주일에 3일만 진료를 하며, 의사 역시 한국에서 온 사람인데, 지금은 부재중이라고 했다. 병원 문을 연지 몇 년 안 됐는데도 수만 명의 환자를 진료했다고 한다. 약이며 의료 기구를 모두 한국에서 가져온다는 말도 했다. 병원 시설은 열악해서 한국의 수준으로 보면 병원이 아니었다. 이런 열악한 환경에서 봉사를 하고 있는 의사가 어떤 분인지, 그 착한 분을 만나 보고 싶었으나 만날 수 없었다. 여교무는 모두 3명이 와 있는데 포교활동도 겸하고 있다면서, 포교보다는 어려운 주민 돕는 게 급선무라고 했다. 그 젊은 교무도 정갈한 인상이었지만 얼굴은 볕에 그을려 있었다.

나는 찐살푼을 설득해서 피가레도 주교가 하는 병원에도 다시 갔다. 주교는 출타 중이었다. 영어를 못하는 현지인 아가씨가 찐살푼과 캄보디아 말로 대화를 하면 찐살푼이 이를 영어로 통역해 주었다. 그 병원 시설 역시 열악했다. 교실 같은 방에 팔이나 다리가 없는 중상자들이 병상에 누워 있었고, 또 한 방에는 다 나은 중증 장애인들이 재활 훈련을 받고 있었다. 여러 가지 물리치료기가 그것을 말해 주고 있었다. 이런 모든 일을 피가레도 주교 혼자서 다 한다고 했다. 또 한 방에는 장애인들이 만든 각종 미술품, 봉제품을 상품화해서 진열해 놓았고, 그 옆방에는 그런 작업을 하는 공장이 있었다. 작업 기계, 여러 가지 도구들이 깨끗이 정돈되어 있었다.

이런 것들을 모두 둘러보고 나니 점심때가 되었다. 하늘에는 짙은 구름이 낮게 드리워져 곧 비가 올 것 같았다. 우리는 서둘러 시내로 나와 점심을 사 먹고 바로 프놈펜을 향해 출발했다. 차가 한 시간쯤 달렸을 때 드디어 비가 오기 시작했다. 빗방울이 듣자마자 이내 무서운 기세의 폭우로 바뀌었는데 그런 장대비는 처음이었다. 비가 아니라 하늘에서 떨어지는 폭포수 같았다. 그런 비를 뚫고 차는 달렸다. 차 앞 유리를 통해 보이는 전방 시야는 온통 뿌옇기만 했다. 마치 짙은 포연을 뚫고 가는 듯했다. 눈앞에는 굵고 세찬 빗방울을 닦아 내는 와이퍼가 찌익찌익 쥐 소리를 내며 요란하게 움직이고 있었다. 우리는 한동안 입을 닫고 있었다. 바탐방에서 프놈펜으로 향하는 국도는 완전히 물에 잠겼고, 온 천지가 질편한 물바

다로 변하고 있었다. 비가 내린 지 불과 세 시간도 안 돼 벌어진 광경이었다.

프놈펜에서 바탐방까지 갈 때도 6시간 가까이 걸렸다. 길에는 차의 왕래도 드물었다. 자동차는 비가 오기 전에도 시속 90킬로미터 이상은 내지 않았는데 비까지 내리니 더욱 느려 프놈펜까지는 6시간 이상이 걸릴 것 같았다. 하루에 한 번 뜨는 비행기 시간이 급했지만 차는 더 이상 속도를 내지 않았다. 매사에 낙천적이고 서두르는 법 없이 태평스럽기만 한 게 캄보디아 사람들의 특징이기는 했다. 한동안 입을 닫고 차만 몰던 찐살푼이 말했다.

"캄보디아는 지금 우기이기는 해도 해마다 이런 물난리를 겪는답니다."

그러나 나는 찐살푼의 그런 말이 귀에 들어오지 않았다. 아무래도 프놈펜 공항까지 비행기 시간에 닿지 못할 것 같았기 때문이다. 그래서 한마디 했다.

"좀 빨리 달려요. 아무래도 비행기 시간에 늦을 것 같으니."

그러나 그는 내 말을 들었는지 못 들었는지 묵묵부답이었다. 하기는 더 빨리 달릴 수도 없는 상황이었다.

이 비를 뚫고 프놈펜까지 무사히 갈 수 있을지도 걱정이었다. 길이 아니라 강이었다. 내가 탄 차가 물 위로 둥둥 떠오르는 환각에 잠겼다. 그때 어젯밤의 꿈이 떠올랐다. 평소 걸핏하면 꿈속에서 교실을 찾아 헤매곤 했다. 어젯밤에도 꿈에 교실을 찾고 있었으나 도무지 찾을 수가 없었다. 나는 꿈속에서 꿈 이야기를 하곤 하는데, 어젯밤에도 자면서 말했다. 또 이런 악몽이구나! 그러다 겨우 교실을 찾아 문을 열었을 때 안에서 엄청난 물이 밖으로 해일처럼 쏟아져 나왔다. 나는 교과서와 출석부를 든 채 물에 휩쓸려 허우적거리면서 교실 안을 살폈다. 책걸상이 둥둥 떠다니고 있었고, 학생들 대신에 수없이 많은 해골들이 책걸상 속에 섞여 자맥질하고 있었다. 아주 언짢은 꿈이었다. 자다가 깨어 생각했다. 해골은 학살박물관에서 본 것이라 치자, 교실의 그 물은 무엇인가. 그런데 차를 타고 가면서 생각하니 바로 이 폭우의 예고였던 같다.

비행기를 놓칠까 조바심을 내다 달관이라도 한 듯 마음을 고쳐먹었다. 오늘 비행기를 놓치면 내일 한국으로 가도 된다고. 아니, 며칠쯤은 그 사랑의 선교회가 운영하는 에이즈 환자 어린이 병원에서 봉사활동을 해도 된다고. 안 그래도 거기 어린이 놀이기구가 많이 망가지고 녹슬어 있지 않던가. 그러다 또 생각했다. 아니다, 캄보디아에 한국 대사관이 있는지 알아보고, 있다면 대사관에라도 가서 형의 흔적을 더 확인해야 한다고. 그때 불현듯 영감처럼 그 '사랑의 선교회'의 병원 담벼락에 써둔 영문의 내용이 떠올랐다.

'우리는 큰일을 하는 것이 아니라, 다만 신의 사랑으로 작은 일을 하고 있는 것이다.'

찐살푼은 빗속을 뚫고 여전히 변함없는 속도로 느릿느릿 차를 몰고 있었다.

작은 촛불 하나

1.

　고해소에는 불이 꺼져 있었다. 사제가 고해소 안에 있을 때만 불이 켜진다. 대개 미사 시작 30분 전에 사제가 고해소에 도착한다. 준호는 고해소 앞에서 기다리기로 했다. 준호보다 먼저 와서 기다리고 있는 사람들이 있었다. 한 사람은 안면 있는 장년 남자였고, 또 한 사람은 초로의 노파였는데 역시 얼굴이 익은 사람이었다.
　준호는 고해성사를 볼 때마다 긴장이 되고, 가슴이 조금 두근거려졌다. 부활절과 성탄절, 1년에 두 번은 보는 성사이고, 여태까지 수십 번을 봐 왔지만 성사를 볼 때마다 그랬다. 그는 오늘도 긴장한 가운데 고해 내용을 마음속으로 정리해 봤다. 서너 가지는 되었다.
　주임 사제는 판공성사 때마다 신자들에게 고해성사 보는 요령을 말하면서 주의를 주곤 했다. 고해 내용을 미리 정리해서 성사를 보도록 하라. 고해 내용을 육하원칙에 따라 늘어놓지 말고, 잘못의 요점만 말하라. 후회나 반성, 결심 같은 것도 밝힐 필요가 없다. 사제가 이런 주의를 시키기 전부터 준호는 언제나 고해할 내용을 미리 생각해서 그 요점을 정리하여 말하곤 했는데, 오늘도 고해의 가장 첫 순서는 아들 지혁과의 문제였다.

이윽고 성당 건물 뒤꼍의 사제관에서 나온 주임사제가 성전으로 들어왔다. 사제는 준호의 앞을 지나 설렁설렁 시원스럽게 걸어 준호가 하는 인사를 가볍게 받으면서 고해소 안으로 들어갔다. 그런 사제의 정수리가 거의 벗겨져 뒤통수에만 머리카락이 남아 있었다. 그래도 대머리로 보이지 않는 것은 이마 위의 반 줌 정도의 머리카락 탓이다.

사제가 고해소로 들어가자 기다리고 있던 첫 번째 남자가 낮은 헛기침을 하면서 고해소로 들어갔다. 그러더니 2, 3분 뒤에 나왔다. 그다음으로 준호 앞의 노파가 들어갔다. 그런데 마치고 나와야 할 시간이 지났는데 나오지 않더니 드디어 고해소 안에서 큰 소리가 들리기 시작했다. 노파의 말소리는 중얼중얼 알아들을 수 없게 들렸고, 사제의 낮으면서도 좀 큰 음성도 덩달아 들렸다. 사제가 노파에게 설득을 하다가 꾸짖는 건지 음성이 점점 높아졌으나 역시 알아들을 수는 없었다. 이 주임사제는 여간해서 큰 소리로 말하는 법이 없는데 이상했다. 무려 10분 가까이 지난 뒤에야 나오는 노파는 눈물을 흘린 듯 눈가장자리가 붉게 물들어 있었다.

이제 준호 차례였다. 그러나 방금 노파가 고해할 때 사제가 큰 소리로 말했고, 그래서 사제는 마음이 안정돼 있지 않을 거라는 생각에 약간 불안했다. 사제의 마음이 흥분상태에 있으면 오늘 준호가 하는 고해를 듣고 어떤 보속(補贖)을 내릴지 몰랐기 때문이다. 좀 무거운 보속이면 또 괜찮다. 그러나 만약, 세상에 아버지가 되어 그런 생각을 하다니! 하고 불벼락이라도 내리면 어떻게 할까. 준호는 미리 마음의 준비를 단단히 하고 고해소로 들어가 의자에 앉았다. 사제와 고해자의 사이에는 칸막이가 있어 사제는 고해자가 누군지 모르게 되어 있다. 그 칸막이 중간에는 천으로 가려진 크고 둥근 구멍이 뚫려 있어 고해자와 사제의 음성이 서로 잘 들리게 되어 있었다.

준호는 먼저 성호를 긋고 성호경을 외었다. 그리고 말했다.

"지난 성탄 때 성사를 봤으므로 성사 본 지 두 달이 좀 넘었습니다. 저에게는 말을 심하게 더듬고 청력이 거의 손상된 데다 정신지체 장애까지 지닌 아들 하나가 있는데, 이 애가 하도 애를 먹이고 기를 채워, 그만 이 아이를 죽이고 저도 죽어 버릴 생각을 여러 번 했습니다. 성사를 볼 때마다 늘 같은 내용의 고백을 하면서 용서를 구하게 되어 죄송하고 부끄럽습니다. 그다음으로는…."

이렇게 몇 가지 잘못을 조목조목 순서대로 요점만 고하고는

"이 밖에도 알아내지 못한 죄를 하느님께 용서받고자 합니다."

하고 끝을 맺었다. 그러고는 칸막이의 둥근 천에다 귀를 갖다 대었다. 사제의 음성이 너무 작아 무슨 말을 하는지 잘 알아들을 수가 없었기 때문이다. 사제가 역시 작은 소리로 천천히 말했다.

"인생살이가 본시 괴로움의 소용돌이지요. 사람이 살아 가면서 겪는 고통은 누구에게나 다 있기 마련입니다. 그래서 삶을 고해(苦海)라고 하지 않습니까. 그러나 우리 신앙인은 이런 고통을 각자에게 맡겨진 십자가라 생각하고 감내할 줄 알아야 합니다. 자기에게 주어진 고통 때문에 화를 내고 짜증을 내다 못해 이성을 잃어버리면 신앙인 아닌 사람들과 무슨 차이가 있겠습니까? 신앙인은 무엇

보다도 인내심이 강해야 하고 온유해야 합니다. 그리고 모든 사람들을 사랑으로 대해야 합니다. 하물며 자식에게 있어서야 말할 필요가 있겠습니까? 예수님의 십자가의 고통을 생각하십시오. 우리의 고통은 아무리 심해도, 십자가를 짊어지고 비틀거리면서 골고타 언덕을 오르시다가 쓰러지고 또 쓰러지면서 걷는 고통, 죽으러 가는 절망뿐인 그런 고통은 아닙니다…"

사제는 여기서 잠시 말을 멈추더니 다시 이었다.

"삶의 고통 자체를 우리는 누리면서 살아야 합니다. 고통을 누리면서 사는 지혜, 이것을 깨달았을 때 우리 삶의 지평에는 또 하나의 희망이 보이는 것입니다. 이것이 신앙인의 참 모습입니다. 우리 신앙인은 모름지기 우리에게 지워진 십자가의 고통을 이겨 낼 줄 알아야 합니다. 더욱이 지금은 사순(四旬)시기(재의 수요일부터 주님수난 성지주일까지의 40일)이니, 일시적이나마 악한 마음을 품었던 죄를 회개하고 하느님과 화해하셔야 합니다."

그리고 사제는 다시 말을 멈추었다. 준호는 사제의 말귀는 다 알아들었지만 반박하고 싶은 대목도 있었다. 신앙인이라고 다 인내심이 강하고 온유할 수 있는가. 또 신앙인이라고 모든 사람들을 사랑으로 대할 수 있는가. 그러나 준호는 사제의 말끝에 "예" 하고 답했다. 사제가 다시 말했다.

"요한 1서를 읽어 보세요. 이를 읽고 묵상하시면서 현재의 심경, 아들에게 그런 마음을 품었던 과오를 참회하고 성찰해 보시기 바랍니다. 이상입니다."

그리고 나서 사제는 하느님의 용서와 강복을 구하는 기도로 끝냈다. 대개 고해성사를 끝내면 사제는 보속을 준다. 보속이란 자기가 지은 죄를 보상하는 첫값이다. 그런데 준호에게는 보속도 없이 요한 1서를 읽어 보라는 말로 끝냈다.

준호는 고해실에서 나와 바로 성전으로 갔다. 곧이어 오후 미사가 시작될 시각이었다. 준호는 미사를 끝내고 곧장 성체조배실(聖體朝拜室)로 갔다. 사제가 읽어 보라던 성경 내용도 궁금했지만 고해성사를 봤는데도 마음이 전혀 개운하지 못한 상태였기 때문이다.

성체조배실에는 앞쪽에 보름달 모양의 하얀 성체가 현시(顯示)되어 있다. 신자들은 성체를 향하여 경건하게 절하고 꿇어앉아 몇 시간이고 묵상하거나 기도할 수 있다. 물론 처음에는 꿇어앉았다가 편하게 앉을 수 있고, 꾸벅꾸벅 졸아도 아무도 나무라지 않는다. 대개는 마음이 편안해진다. 거기에는 성경이 비치되어 있다. 그래서 준호는 개운치 못한 마음도 달랠 겸 사제가 읽어 보라고 한 요한 1서를 읽기 위해 조배실로 갔던 것이다.

준호는 잠시 눈을 감고 생각했다. 자신이 오늘 고해한 내용의 실상을 말하려면 최소한 이렇게는 말했어야 할 것이다.

저에게는 말을 심하게 더듬고 청력이 거의 손상된 상태에다 정신지체 장애까지 겹친 아들 하나가 있는데, 나이 마흔이 가깝지만 독신으로 살고 있고, 조울증이 심해 어린애처럼 까불다가도 금세 극도로 우울해지거나, 흥분해서 남에게 눈 흘기고 욕하는 사람이어서 하루에도 몇 번씩이나 부모 속을 뒤집어 놓습니다. 이를 필설로는 도무지 형용할 수 없습니다. 아무리 정상적인 사람이 아니고 아픈 사람이라고 생각하면서 참으려고 해도 그게 잘 안 됩니다. 워낙 기를 채우고 속을 뒤집어 사람을 미치게 만드니 결국 저는 흥분하고 맙니다. 가령, 제가 텔레비전을 시청하면서 아주 긴요한 대목에 정신을 쏟고 있는데 느닷없이 엉뚱한 질문을 합니다. 제가 손가락을 입술에 갖다 대며 좀 조용히 하라고 해도 막무가내로 더듬거리며 말합니다. 더듬는 흉내는 그만두고 요점만 말하면 이렇습니다. 아부지 노동운동할 때 도청당하고 미행당했다 하셨는데 우째 감옥에는 안 갔어예? 노동운동했다는 거 거짓말이지예? 제가 입에서 손가락을 떼면서 텔레비전을 가리키며 큰 소리로 말합니다. 나중에 이야기해 주마. 좀 조용히 해라! 그러면 이 아이는 되려 무섭게 눈을 치뜨면서 대듭니다. 이때부터는 반말입니다. 씨이, 조또 아인 기 아부지라꼬! 와 고함부터 치노? 머 잘났다고 고함 치노? 아부지몬 나를 이 지경이 되도록 방치하지 말고 교육도 시키고 좀 잘 돌봤어야 될 거 아니가! 저는 그래도 이런 일을 한두 번 당한 게 아니므로 텔레비전을 응시하면서 잠자코 볼륨을 높입니다. 그래도 아들의 부정확한 발음과 더듬는 말소리 때문에 텔레비전의 말을 전혀 알아들을 수가 없습니다. 텔레비전에서는 아주 긴요한 말을 하고 있는데도 아들 때문에 모두 놓친 것입니다. 이 아이는 무엇이든지 자신이 한 번 시작한 언동은 반드시 끝장을 봐야 합니다. 이게 가장 큰 문제입니다. 아마 편집증 탓일 겁니다. 모든 갈등은 이런 데서 시작됩니다. 이럴 때 저는 머리의 피가 거꾸로 돌면서 이성을 잃게 됩니다. 저도 모르게 아들에게 주먹이 날아갑니다. 그러나 한 대 때리면 제가 두 대를 맞습니다. 그런 줄을 알면서도 손질을 먼저 한 저의 잘못이 큽니다. 그러나 아들로부터 맞은 다음 순간, 저는 식칼을 들고 니 죽고 나 죽자고 소리칩니다. 이런 소동이 한두 번이 아닙니다. 사실 칼을 들면 제가 더 위험합니다. 저는 힘으로는 이 아이를 도저히 당할 수가 없습니다. 그러다가도 흥분이 가라앉은 다음에 그 칼을 보면 저 스스로도 섬뜩해집니다. 살인을 할 뻔하다니! 그것도 자식을! 정신과 의사는 이 아이의 상태를 정신분열증이라고 합니다. 사실은 저도 정신과 치료를 받아야 할지 모릅니다. 아들은 지독한 피해망상증과 편집증, 자폐증에 사로잡혀 있습니다. 다행히 혼자는 집 밖으로 나가지 못하는 게 얼마나 고마운지 모릅니다. 저희 부부는 하루에도 몇 번씩 이 아이로부터 '씨발놈 개새끼', '마귀 새끼', 더러운 년 미친년', '죽어서 지옥에나 가라!'는 등의 욕설을 듣습니다. 정말 죽일 수만 있다면 아이를 죽여 버리고 저도 그만 죽고 싶어 이런 말씀을 드리고, 그래도 또 용서를 청합니다.

2.

준호는 성체조배실에서 기도를 간단히 올리고, 지체 없이 성경을 펼쳤다. 요한 1서, 즉 '요한의 첫째 편지'는 성경책의 거의 끝에 있었다. 그는 머리말 '생명의 말씀'부터 차근차근 읽어 내려갔다. 1장 1절부터 5절까지의 말씀은 가슴에 와 닿는 게 별로 없었다.

요한 1서에 어떤 말씀이 있기에 사제는 자식에 대하여 순간적이나마 살의를 느낀 나에게 읽어 보라고 한 것일까, 준호는 고개를 조금 갸웃거리며 요한 1서 전체를 천천히 읽어나갔다. 그런데 1장 6절에 이런 말씀이 있었다.

"만일 우리가 하느님과 친교를 나눈다고 말하면서 어둠 속에서 살아간다면, 우리는 거짓말을 하는 것이고 진리를 실천하지 않는 것입니다."

준호는 평소에도 자신은 하느님과 친교의 상태에 있고, 또 이를 유지하려고 고해성사를 보고 있었다. 그리고 자신은 하느님을 지극히 사랑하고 흠숭한다고 생각하고 있었다. 뿐만 아니고 하느님께서도 자신을 사랑하신다고 믿고 있었다. 그런데 성경은, '하느님과 친교를 나눈다고 말하면서도 어둠 속에서 살아간다면 거짓말을 하는 것이고, 진리를 실천하지 않는 것'이라고 했다. 준호는 아, 나는 어둠 속에서 살아가고 있구나. 그리고 거짓말을 하면서 진리를 실천하지도 않고, 진정으로 하느님을 사랑하고 있지도 않은 것이구나. 이런 일이 있나! 하고 놀랐다. 이 놀람과 그 자각은, 하느님께서 자신을 꾸짖고 계신다는 것을 깨닫게 했다.

여태 어둠 속에서 헤매고 있는 불쌍한 나, 하느님을 흠숭하고 사랑한다면서도 거짓 속에서 진리를 실천하지 못하는 못난 나, 매일 지혁이 때문에 큰 고통과 스트레스 속에서 살아 가고 있는 나, 모든 것을 지혁의 탓으로만 돌리고 있었던 나.

그래도 준호는 좀 괜찮은 편이다. 마음만 먹으면 친구들과 어울려 등산도 하고 외식도 하고 술도 마시므로. 그러나 아내는 지레 늙어 병이란 병은 모두 달고 산다. 두 무릎의 관절염 때문에 평지의 보행도 힘드니 등산은 아예 꿈도 못 꾸고 기껏해야 집에서 가까운 성당에 나가 미사 참례하고 성체조배를 하는 것만이 지혁을 피할 수 있는 유일한 방법이었다. 남들은 말하기 쉽게 그런 사람을 수용하고 있는 시설에 맡기라고 하지만 그것도 쉽지 않았다. 2주에 한 번씩 타 오는 정신과 약이며, 당뇨약을 어떻게 매번 가져다줄 것인가. 그리고 그래도 하나뿐인 외아들을 그런 곳에, 정신병원은 환자를 죽이지 못해 살려 두는 줄을 뻔히 알고 있으면서 어찌 차마 그런 곳에 아들을 맡기겠는가. 지혁은 계절에 따라 그 병증이 심할 때가 있고 덜할 때도 있다. 하루에도 몸의 컨디션에 따라 발작적인 행동이 심할 때도 있고 얌전할 때도 있다. 그러니 많이 힘들기는 해도 그때그때 참으면 되는 일을, 본인이 한사코 가기 싫어하는 정신병원에 보내기는 부부 모두가 꺼려졌다. 지혁이 어렸을 때, 정신 병원에 좀 맡겼던 기억을 떠올리면 친자식을 그런 곳에 맡기는 것은 차라리 부모가 죽는 게 낫다는 생각까지 들 정도였다.

그러나 준호는 지혁 때문에 엄청난 고통을 받고 때로는 그걸 주체할 수 없어 차라리 자신도 죽고 지혁도 죽여 버리면 아내라도 편안한 여생을 보내지 않을까 하는 생각을 하곤 했다. 성경은 자신의 이런 행위가 어둠 속에서 살고 있다는 것이었다. 준호는 요한 1서를 계속해서 다 읽어 보았다. 다음과 같은 말씀들이 그의 눈길을 끌었다.

"내가 여러분에게 이 글을 쓰는 것은 여러 분이 죄를 짓지 않게 하려는 것입니다." 2장 1절
"빛 속에 있다고 말하면서 자기 형제를 미워하는 사람은 아직도 어둠 속에 있는 자입니다." 2장 9절
"그분 안에 머무르는 사람은 아무도 죄를 짓지 않습니다. 죄를 짓는 자는 모두 그분을 뵙지도 못하고 알지도 못한 자입니다." 3장 6절
"악마에게 속한 사람으로서 자기 동생을 죽인 카인처럼 되어서는 안 됩니다." 3장 12절
"자기 형제를 미워하는 자는 모두 살인자입니다." 3장 15절

"눈에 보이는 자기 형제를 사랑하지 않는 사람이 눈에 보이지 않는 하느님을 사랑할 수는 없습니다." 4장 20절

성경은 '형제'라고 말했지만 이 형제는 혈육의 친형제라기보다는 필시 이웃을 지칭하는 말일 것이다. 그런데 자기는 이웃도, 친형제도 아닌 자식을 죽이고 싶다는 생각을 얼마나 자주 품었던가. 그러나 그것은 순간적 충동적 발작적인 것이었고, 그 순간만 지나면 몸을 떨면서 그런 마음을 품었던 걸 후회하곤 했다.

3.

준호는 늦게야 결혼을 하고서도 5년이나 지난 뒤에 지혁을 봤다. 지혁은 4대 독자였다. 얼마나 기다렸던 아이인가. 지금도 지혁의 백날 무렵의 사진이나 첫돌 때의 사진을 보면 지금의 지혁과는 전혀 닮지 않은 모습에 한숨을 쉬곤 한다. 눈동자는 깨끗하다 못해 푸른 빛이 돌았고, 하얀 피부에 포동포동한 얼굴, 입가에는 순진무구한 미소가 어려 있어 귀여움을 더했다. 이 무렵의 한 3년간은 지혁이 온 집안의 희망이요, 빛이었다. 게다가 지혁 밑으로 아이가 생기지 않았으니 지혁은 사랑을 독차지하면서 자랐다. 말도 일찍 배워 세 살 때 벌써 못하는 말이 없었다. 준호와 버스를 타고 영도다리를 건너면서 바다의 배들을 보고는,

"와아, 배들이 수영을 잘 하네예?"

라고 했다. 그런 시절이 지혁에게는 황금 시절이었다고나 할까. 그때는 지혁을 보는 사람마다 입을 다시며 탐을 낼 만큼 잘생기고 영

리했다. 그래서 준호는 회사에서 좀 일찍 퇴근해 오면 어린 지혁의 손을 잡고 자주 온 동네를 걸어 다니곤 했다. 운동 삼아 산보를 하는 것이지만 실은 아들 자랑을 하고 싶은 생각에서였다. 그런 지혁의 나이는 금년 서른일곱.

지금의 지혁의 외모, 윤곽은 이목구비가 뚜렷하여 잘생기기는 했지만 눈은 충혈이 되어 있고, 입꼬리는 항상 경련을 일으키고 있다. 머리칼은 희끗희끗 새친지 세는 건지 윤기를 잃어 벌써 초로의 모습을 보이고 있다.

지혁이 세 살 때였다. 그때는 준호의 아내도 공장에 다니지 않을 때였다. 어느 날 오후, 준호가 회사에 있는데 집에서 전화가 왔다. 아내의 목소리는 다급했고, 정신없이 허둥거리고 있었다.

"지, 지혁이…."

"지혁이가 왜? 무슨 소린지 차근차근 이야기해 봐요."

"지혁이가 옥상에서 떨어져 다쳤어요. 그래서 급히 병원에 데리고 와서 머리 수술을 했어요."

"그게 무슨 소리요? 어디를 어떻게 다쳤기에 수술을 했다는 거요? 어느 병원이오?"

"연산동에 있는 ○○○신경외과예요."

준호는 부장에게 급히 사정을 말하고 연산동 ○○○신경외과로 택시를 타고 달렸다. 준호가 병원에 도착했을 때, 지혁은 수술 때 박박 깎은 머리에 붕대를 감고 잠들어 있었다. 옥상에서 시멘트 바닥으로 떨어졌을 때 지혁의 머리 한 부분이 움푹 함몰되어 있었고, 급히 택시를 타고 병원으로 달릴 때 차 안에서 심하게 토했다고 한다. 그래서 의사는 급히 지혁의 뇌수술을 했다고 한다. 27평짜리 단독 주택의 옥상은 그리 넓지 않았다. 준호는 그런 가옥에 방 한 칸을 세 들어 살고 있었고, 그의 아내는 옥상에다 빨래를 널곤 했다. 그럴 때 흔히 지혁이 따라 올라가곤 했다. 그런데 그날은 지혁이 집에서 키우던 강아지를 데리고 올라가 놀다가 떨어진 것이다.

지혁은 병원에서 한 주일을 입원했다가 퇴원했고, 퇴원 후 아무 탈 없이 잘 자랐다. 그런데 일 년쯤 지났을 때부터 이상이 생겼다. 그것은 지혁이 불러도 얼른 답을 하지 않는 일이었다. 그제서야 준호 부부는 지혁이 수술 후유증으로 청력에 손상을 입었다는 걸 알았다. 지혁의 청력 손상은 아주 경미했지만 그게 진행형이란 건 몰랐다. 수술할 때 청각 신경을 잘못 건드린 탓이란 말은 3, 4년은 좋이 지난 뒤, 서울의 유명 병원 이비인후과를 모두 다 다닌 끝에야 알았다. 그러나 그게 점점 더 심해질 거라곤 아무도 예측하지 못했다. 어찌 보면 의료사고였지만 문제로 삼기엔 시간이 너무 지난 것 같았다. 진행형이란 사실을 몰랐을 뿐더러 경미한 청각 장애를 새삼스레 문제 삼기도 싫었다.

그런데 세월이 지날수록 지혁의 청력은 점점 떨어졌다. 1년 늦게 초등학교에 입학했다. 공부도 아주 잘했다. 그러다 중학교에 입학하고부터 문제가 생겼다. 사춘기인 데다 시간마다 교사가 바뀌니 지혁의 부모는 모든 교사에게 지혁의 청각 장애 사실을 일일이 알려줄 도리도 없었다. 그때 준호의 아내는 신발공장에 다니고 있었다. 그렇게 하지 않으면 김해 본가의 부모님과 동생들의 생활비며 학비를 당해 낼 수 없었기 때문이다. 그러니 준호의 아내는 지혁이 다니던 중학교로 찾아다닐 수도 없었고, 준호 역시 중소기업의 말단사원으로 밤낮 회사 업무에 매달려 눈코 뜰 새가 없었다.

지혁은 시간마다 바뀌어 들어오는 교사가 출석을 부를 때마다 제대로 대답을 하지 못했고, 학생들은 그런 지혁을 보면서 크게 웃었다. 지혁은 점점 따돌림을 받았고, 친구를 사귀지도 못했는데 끝내는 학교에 가기 싫어했다. 담임선생한테만 잘 부탁하면 되던 초등학교 때와는 완전히 상황이 달라진 것이다. 이래서 중학교 1학년 1학기 중간쯤에 휴학을 한 지혁은 그 뒤 영원히 학교에 다니지 못하고 말았다.

그 무렵 준호는 다니던 회사의 노동조합 결성에 앞장서고 있었고, 공단 일대 모든 회사의 노조 설립을 도와주고 있었다. 하루는 집으로 사복 경찰들이 찾아와 혼자 집을 지키는 지혁의 앞에서 준호의 방을 샅샅이 뒤지는 일이 있었다. 귀가 어두워 말귀를 잘 알아듣지 못하는 지혁에게 경찰들은 여러 가지를 캐묻다가 대답을 잘 못하는 지혁에게 무섭게 눈을 부라리며 말했다.

"아새끼 그거 참 못됐네! 생긴 꼬라지는 매끈하게 생긴 게 왜 이래? 어른이 뭘 물으면 답을 해야 할 거 아니가! 하기는 지 애비 피가 어디로 가겠나."

이날, 경찰들이 돌아간 후에 지혁은 종일 울면서 부모를 기다렸다. 그러다 부모가 직장에서 돌아왔을 때, 지혁은 처음으로 말을 더듬기 시작했다.

"오오늘 무무서운 사람들이 지집에 와 갖고 아아부지 방을 막 뒤졌어예."

그 무렵, 준호는 자주 낯선 사람들이 자신의 뒤에서 일정한 거리를 두고 따라오는 것을 느끼곤 했다. 그러나 그때까지만 해도 설마 자기를 미행하는 사람이 있으리라고는 생각하지 않았다. 평범한

작은 촛불 하나 151

회사원인 자신에게 누가 뭐 때문에 미행을 할 것인가. 그러나 퇴근 후, 집에서 회사원들과 통화를 하면 이상한 잡음이 전화기에서 울리곤 했다. 그런데 사복 경찰들이 준호의 집을 다녀간 후로는 전화가 도청되고 있다는 사실을 알게 되었다. 그래서 노조의 동료들이 전화로 의논할 일도 집으로 와서 말하곤 했는데, 그것조차 당국에서 알고는 준호를 오라 가라 하면서 괴롭혔다. 처음에는 집으로 찾아온 동료 사원의 배신인 줄 알았으나 그게 아님을 확인하고는 절망에 빠졌다. 어쨌든 형사들이 집으로 찾아온 일이 있은 후로 지혁은 점점 더 말을 더듬기 시작했고 낯선 사람을 피했는데, 그게 오늘의 자폐증과 피해망상증의 시초였다.

지혁은 이제 청력 장애가 아닌 정신지체 장애 때문에도 복학을 할 수 없었다. 아무도 없는 빈집에 틀어박혀 문밖을 나가지 않았고, 혼자 울다가 가끔 발광한 듯 고함을 지르곤 했다. 이런 식으로 지혁의 인성은 점점 황폐해져 갔지만 준호 부부는 속수무책이었다. 먹고살기가 너무 다급했기 때문이다. 지금 와서 생각하면 자식에 대한 무관심, 무책임하게 방치했다고 누가 나무라도 할 말이 없었지만 당시로서는 어쩔 수가 없었다. 김해에 계신 연만하신 부모님께 다달이 생활비를 보내는 일에다, 셋이나 되는 동생들의 중학교, 고등학교 학비까지 대고 있었으니 부부가 맞벌이를 해도 죽을 판 살판 힘에 부쳤다. 게다가 모친은 심장이 안 좋아 고생했고, 부친은 아파트 공사장에서 일하다 허리를 다쳐 아무 일도 못하는 처지니 준호 부부의 책임과 고통은 더욱 과중했다. 요즘 사람들 같았으면 부모고 동생들이고 다 팽개치고 아들인 지혁에게만 매달렸겠지만 오랜 유교 전통의 가문에서 자란 준호와, 순한 준호 아내는 외아들 지혁이 부모님과 동생들보다 더 소중하다는 걸 알면서도 아들에게만 매달릴 수가 없었다. 환경이 그렇게 만들었다.

 이런 상황에서 세월은 흘렀지만, 준호 부부는 지혁에 대하여 아무것도 해 줄 수가 없었다. 기껏해야 정신병원에 데리고 가서 그곳 의사와 의논하고 병원에 맡겨 두는 게 고작이었다. 그러나 그런 곳에서는 환자를 모두 가두어 두고 있었다. 한 번씩 가 보면, 지혁은 사방이 쇠창살로 막힌 방에서 여러 환자들과 함께 갇혀 있었다. 아이는 눈동자가 완전히 풀린 상태에서 바보처럼 되어 침을 질질 흘리고 있었다. 차마 그냥 두고 올 수 없었다. 그래서 도로 집으로 데리고 오곤 했다. 그런 일이 여러 번이었는데, 지혁의 나이가 들자 이제 한사코 그런 곳에는 가지 않으려 했고, 사실 부모 되고는 차마 자식을 그런 곳에 맡겨 둘 수도 없었다.

 이렇게 지낸 게 어느덧 수십 년, 그사이 준호의 병은 점점 심해져 조울증마저 겹치게 됐다. 기분이 좋다가도 금세 이유 없이 화를 벌컥 내곤 했다. 또 어떤 때는 심한 우울증에 빠져 살고 싶지 않다는 말도 자주 했다. 병이 나면서 잠을 못 자게 되어 정신과에서 약을 타다 먹은 지도 수십 년이 되어, 이제 그 약 때문인지 한쪽 손과 입꼬리에 심한 경련까지 일으키고 있다. 게다가 귀에는 이명증이 심해 그 고통을 호소하기도 여러 번이었지만 이명증에는 약도 없었다. 더욱 딱한 건 심한 결벽증 때문에 하루에도 손을 수십 번은 씻고, 타월은 한 번 쓰고 나면 두 번 다시는 쓰지 않고 내던졌다. 걸레 같은 건 불결하다고 아예 손으로 만지지도 않았다. 수돗물과 전기, 휴지를 얼마나 헤프게 쓰는지 몰랐다. 이런 여러 가지 현상은 오랜 세월을 두고 하나씩 하나씩 생겨난 것들이다. 이야기를 하다가 상대

방의 작은 침방울이라도 자기 얼굴에 튀면 무섭게 화를 내곤 했다. 말귀를 워낙 못 알아들어 자연히 소리를 크게 하게 되고, 소리가 크면 침도 튀기 마련이었다. 그러나 지혁은 번번이 얼굴에 침이 튀었다고 화를 내곤 했다. 어릴 때 그렇게 영리하던 두뇌는 어찌 된 셈인지 퇴화하여 사람이 영 바보처럼 되고 말았다. 먹는 일, 성의 욕구 등 오직 인간의 본능만 무섭게 살아 있었다.

4.

준호의 아내는 다니던 신발공장이 문을 닫자 살림만 살게 되었다. 준호도 나이 들어 회사에서 퇴직했고, 늦었지만 지혁을 데리고 온 가족이 가톨릭에 입문했다. 작은 아파트지만 집을 장만했고, 부모님도 다 돌아가시고 동생들도 모두 결혼을 했으니 준호의 생활도 조금 나아졌다.

그런데 지혁이 한사코 결혼을 하고 싶어 했다. 준호 부부는 혹시 결혼을 해서 배우자가 옆에 있으면 병이 좀 나을지도 모른다는 생각에다, 4대 독자인 지혁으로부터 손자라도 볼 수 있으려나 하는 기대로 어렵사리 지혁을 결혼시키기로 했다. 연변에서 조선족 아가씨 하나를 돈으로 사다시피 해서 데려와 지혁과 함께 살게 했다. 그러나 그 여자는 지혁이 여러 가지로 정상이 아님을 알고는 반년도 못 살고 도망을 치고 말았다. 돈만 날린 셈이었다. 명색이 며느리가 시집와서 얼마 안 된 어느 날 밤, 지혁 부부의 방에서 이런 소리가 들렸다.

"그그건 아안 돼. 나나는 부부부모님 하고 가가같이 사사살아야 해."

처음 무슨 말이 있었는지 몰라도 지혁이 아내의 말에 반대하는 소리였다.

"부모님하고 같이 사는 거나 같대두 그러네? 우리가 매일 와서 뵙는대두!"

"그그래도 나나난 아아안 해!"

그러자 조용해졌다. 이튿날 준호 부부는 아무 소리도 못 들은 척 가만히 있었다. 그러나 이들은 지혁이 부부가 무슨 말을 했는지 알 수 있었다. 며느리가 따로 나가 살자는 말에 지혁이 반대한 것이었다. 또 며칠 뒤였다. 밤중에 지혁의 방에서 앙칼진 소리가 들렸다.

"일없어! 벼엉신, 병신이믄 병신답게 굴어! 이 짓만 하믄 그게 행복하게 사는 거냐구!"

잠시 침묵이 흘렀다. 그러나 자세히 들으니 더듬거리는 소리가 들렸는데 그건 지혁이 뭔가를 사정하는 듯한 음성이었다. 뒤이어 더욱 앙칼진 소리가 들렸다.

"일없다니까 그러네. 지긋지긋해. 벼엉신!"

"뭐뭐, 벼벼병신? 그그래, 벼병신 마맛 좀 봐라."

소리와 함께 비명소리가 터졌다. 지혁이 안사람에게 손질을 한 것이다.

이튿날 지혁의 안사람은 집을 나가 버렸다. 한 번 집을 나가자 찾을 방법이 없었다. 어디로 가서 숨었는지 알 도리가 없었다. 경찰에 가출 신고를 해서 경찰도 백방으로 찾아 나섰지만 끝내 찾을 수가 없었다. 그래서 결국에는 포기하고 말았던 것이다.

지혁은 안사람이 사라지자 패악이 더 심해졌고 엄마에게 다시 색시를 구해 달라고 떼를 썼다. 그러나 그런 일이 어디 그리 쉬운가.

그러다 준호는 드디어 엄마에게 여자한테 가야겠다고 떼를 썼다. 학교를 다녔으면 이런 욕망도 자제가 되련만 전혀 그런 자제심도 수치심도 없었다. 매일 아귀처럼 먹고 집에서 행패를 부리며 여자를 데려오라고 생떼를 썼다. 생각다 못한 준호는 어느 날 아내와 의논해서 지혁을 데리고 사창가로 찾아갔다. 난생 처음으로 자식 때문에 그런 곳을 물어물어 찾아간 것이다. 지혁은 자폐증 때문에 그런 곳에도 혼자는 못 가고 아버지와 함께 간 것이다. 지혁이 한 아가씨를 따라 방으로 들어가고 난 뒤, 준호는 밖에서 지혁이 나올 때까지 기다려야 했다. 그런 때의 준호의 심경이 어떠했을지는 여기서 표현이 불가능하다.

 어떤 때는 지혁이 하도 애를 먹여, 파출소로 찾아가 경찰의 도움을 청한 적도 있었다. 우리 집에 이러이러한 아들 하나가 있는데, 대단히 미안하지만 경찰관 몇 분이 우리 집에 좀 오시어, 동네 사람들의 신고로 왔다고 하시면서 아이에게 혼을 좀 내 주십시오. 자꾸 부모 말 안 듣고 말썽 부리면 잡아가겠다고…. 그래서 경찰관이 다녀간 적도 있었다.

 그러나 그런 효과도 며칠 가지 않았다. 지혁은 어린 시절 정신병원에 갇혀 본 적이 있으므로 정신병원이라고 하면 기겁을 할 정도로 기피했다. 그래서 걸핏하면 준호 부부는 준호의 가방을 꺼내 놓고 준호의 일용품을 모두 가방에 넣어 정신병원에 가자고 공갈(?)을 치기도 했다.

 그런 지혁에게 늦게나마 수화를 가르쳐 보려고 해도 본인이 한사코 하지 않으려고 했다. 이제 보청기를 끼고도 말귀를 거의 알아듣지 못해 대화는 거의 필담으로 해야 한다. 요행히도 지혁은 맞춤법 하나 틀리지 않고 글을 썼다. 서예나 그림을 가르쳐 보려고 해도 한 달을 못 다니고 포기하곤 했다. 자기 옷이나 신발 등은 무엇이나 명품만을 고집하였고, 신문에 딸려 오는 광고지는 눈에 불을 켜서 보고는 뭐든지 사 내라고 떼를 썼다. 최근에 와서는 휴대전화기의 문자 보내는 법을 터득한 상태였다.

5.

준호는 성체조배실에서 혼자 마음을 달래며 앉아 있었다. 지난날이 자꾸 떠올랐다. 처음 준호 부부가 지혁을 데리고 서울로 가서 여러 유명 병원을 찾아다니며 청력 검사를 받다가 고막 복원 수술로도 청력 회복이 불가능함을 알았을 때 얼마나 울었던가. 그리고 아이가 학교에 안 가려고 떼를 쓰면서 집에서 울기만 할 때 준호 부부는 또 얼마나 함께 울었던가. 그때 이들 부부는 너무 절망한 나머지 억장이 무너져 부부가 함께 약속이라도 한 듯 회사에도 결근을 했던 것이다. 그러나 그런 슬픔도 시간이 약이어서 조금씩 무디어져 갔고, 지혁의 아픔이 일상의 무덤덤한 일로 변모되어 갔다.

지혁은 화가 나면 부모에게 몹쓸 쌍욕을 하고 고함을 지르다가도 시간이 지나 화가 풀리면 대개는 먼저 부모에게 사과를 했다. 그러고 나서 절대로 정신병원에 보내지 않겠다는 약속을 받아 내곤 했다. 이런 일이 언제나 되풀이됐지만 그런 사과와 약속도 잠시였고 다시 그 지겹고 무서운 갈등과 고함과 싸움은 계속되었다.

화만 나면 지혁은 아버지를 보고 마귀라고 했다. 준호가 마귀로 보인다는 것이었다. 엄마를 보고는 더더러운 년, 마마망할 년이라

작은 촛불 하나 157

면서, 죽으라는 소리를 되풀이하고 심지어 어머니에게 발길질도 했다. 이런 걸 지켜보는 준호는 자기도 모르게 그만 죽어라, 제발 좀 죽어라, 하는 소리를 하곤 했다. 그러다가도 지혁은 기분이 좀 좋으면 그 큰 몸집으로 어린애처럼 준호의 품에 안겨 아아바마마! 아아바마마! 하면서 왕자가 부왕에게 하는 소리를 하기도 했다.

그러나 그런 지혁이 어떤 때는 준호에게 다가와 정색을 하고 걱정을 하곤 한다.

"아아부지하고 오오옴마가 오오래 사사셔야 합니더. 아아부지하고 오옴마가 도돌아가시고 나면 저는 우우찌 됩니꺼?"

그러다가 급히 종이와 볼펜을 가져와 써서 보인다. 필담은 정확한 표준어였다. "요새 저는 제가 부모님보다 먼저 죽게 해 달라고 늘 기도합니다." 말을 심하게 더듬기도 하거니와 발음이 너무 불완전해서 서로가 불편하기 때문에 좀 귀찮고 힘들어도 필담으로 의사교환을 하는 때가 많았다. 이런 글을 보고 나면 준호 부부는 지혁이 너무 딱하고 불쌍해서 한숨 쉬고 눈물만 흘리게 된다. 어떤 때는, "귀에서 자꾸, 지혁이 바보 새끼, 말더듬이 바보 미친 새끼, 라는 소리가 들립니다." 라고 적어서 보이기도 한다. 이명증이 환청으로 변한 것이다. "한쪽 손이 저도 모르게 부들부들 떨리는 걸 보면서 발까지 떨리면 어떻게 됩니까? 중풍이 오는 건 아닐까요?" 하고 걱정을 하는 글을 써 보이기도 한다. 아아, 불쌍한 우리 지혁이⋯. 어찌하든지 우리 부부가 지혁이보다 오래 살아야 하는데⋯.

이런 기억들을 떠올리며 준호가 성체조배실에서 눈물을 글썽거리고 있는데 바지 주머니에서 부르르 진동이 울렸다. 전화기를 꺼내 보니 지혁이 보낸 문자가 떴다. 준호에게는 처음으로 보낸 문자였다. 지혁은 엄마가 시장에 가고 나면 주로 뭐 뭣을 사 오라는 문자만 보내던 터였다.

"아버지 오늘 저녁에 한국과 이란이 축구합니다. 얼른 오시어 진지 드십시오. 그리고 저도 모레 주일부터는 성당에 나가겠습니다."

지혁이 성당을 안 다닌 지도 10년이 넘었다. 그런데 다시 다니겠다는 것이다. 이런 말도 믿을 수 없다. 마음이 하도 잘 바뀌므로. 준호는 밖으로 나왔다. 바깥은 어느새 어두워져 있었다. 그러나 준호의 마음속에는 작은 촛불 하나가 켜진 것 같았다.

풀꽃 화분

1.

 진료실로 들어서자 기다리고 있던 최 박사가 말했다.
 "오셨어요? 제가 좀 뵙자고 한 것은, 아무래도 조직검사를 해 봐야겠기에 그걸 말씀드리려고요."
 종하가 놀라며 물었다.
 "조직검사를요?"
 "2주가 넘게 고름을 뽑아내도 다 안 빠지는 데다, 남아 있는 고름 밑바닥에 무엇이 숨어 있는지 몰라서요."
 종하는 마른 침을 삼키며 최 박사를 멍하니 바라봤다. 최 박사가 말을 이었다.
 "시티 촬영으로도, 엑스레이 촬영으로도 고름 밑바닥에 무엇이 있는지 알 수 없으니 혹시 악성 종양이라도 있는 게 아닐까 하는 염려가 되어서 말입니다."
 "악성 종양이라면……?"

"만에 하나 암세포가 자라고 있는 게 아닐까 하는 염려가 되어서…."

종하는 최 박사의 뜻밖의 말에 온몸이 오그라드는 긴장에 휩싸인 채 최 박사의 얼굴을 응시했다. 아내의 폐에서 피고름을 뽑아내기 시작한 게 언제였나. 3주가 가깝다. 최 박사가 다시 말했다.

"간단한 겁니다. 오늘 하면 1주일 후에 결과를 알 수 있지요. 그런데 사모님께서 너무 예민하시니까 조직검사를 한다는 말보다는 그냥 다른 간단한 검사를 한다고 하십시다."

병원에서 주치의는 왕이다. 환자나 보호자는 어떤 이의도 제기할 수 없었다. 종하는 긴장과 함께 또 한 번 눈앞이 아득해지는 절망감에 휩싸인 채 최 박사의 진료실을 나왔다. 9층 아내의 병실로 올라가면서 아내에게 어떤 거짓말을 할까 궁리했다. 아내는 틀림없이 최 박사가 또 당신을 무슨 일로 부르더냐고 물어 올 터였다.

아내가 있는 906호실로 들어섰다. 이 방에만 들어서면 소독 냄새 속에 고약한 악취가 섞여 코로 마구 들어온다. 아내 바로 옆 병상의 환자가 들어온 뒤부터 그랬다. 본래 폐암 환자였는데 폐암수술은 했지만 암세포가 뇌에 전이되어 뇌수술까지 받은 환자라고 했다. 박박 깎은 머리에 회색 모자를 눌러쓰고 언제나 누워서 헛소리 같은 비명을 질러 대곤 했다. 가만히 들어보면 이런 소리였다. 아아이구, 나 좀 살려라아. 혹은 아이구, 고마 편안하게 보내 도오. 지금도 그런 소리를 질러 대고 있었다.

종하는 이런 소리를 들으며 아내를 등지고 말없이 창문 문턱에 놓아둔 작은 풀꽃 화분에 물을 조금 주었다. 아내가 입원한 이튿날, 이 병원에 미화원으로 있는 아내의 옛날 제자가 가져온 선물이었다. 작은 보라색 꽃이 몇 송이 앙증맞게 피어 있었는데 꽃 이름은 알 수 없었다. 그래서 종하는 그냥 풀꽃이라고, 그 화분을 풀꽃 화분이라고 불렀지만 꽃은 이내 시들기 시작했다. 그래서 매일 물을 조금씩 정성들여 주고 있었다.

 종하는 처음 아내를 2인실이나 3인실에 입원시키려고 했다. 그러나 빈 병상이 없어 부득불 4인실도 아닌 5인실에 입원했다. 1인실은 너무 비싸 엄두를 낼 수 없었고, 2인실이나 3인실은 부담이 좀 돼도 그 정도는 아내에 대한 도리라고 생각했다. 그러나 2인실이나 3인실, 4인실도 빈 병상이 없어 5인실로 들어온 것이다.

 평생 고생만 하면서 살아온 사람, 종하는 아내가 입원하는 날부터 그런 안타까운 생각, 가련한 생각 때문에 가슴이 쓰리고 아팠다. 지난날 좀 더 아내의 말을 존중할걸…. 그러나 후회는 아무 소용도 없는 법이었다.

 906호는 여자 환자들만 있었는데 대개는 기침을 콜록거리거나 어떤 환자는 코에다 산소마스크를 대고 있기도 했다. 호흡기 환자들만 수용하는 병실이어서 그렇다고 했다. 처음 아내는 그 방에 딱 하나 비어 있는, 북쪽 출입구 쪽의 병상에 눕게 되었다.

 그러나 입원한 이튿날 오후 맨 안쪽 볕 바른 창가의 환자가 퇴원해 나가자 종하는 재빨리 간호사실로 가서 아내의 자리를 방금 퇴원해 나간 사람의 빈자리로 옮겼으면 싶다고 하여 그렇게 했다. 그날 오후, 이 병원에서 일하고 있는 50대 중반의 여성, 아내의 옛날 제자란 사람으로부터 작은 풀꽃 화분을 선물로 받았다. 병실 앞을 지나다 아내의 이름 방경자를 발견하고 원무과로 가서 자기가 아는 선생님이 확실하다는 걸 알고 작은 화분을 가져왔다고 했다.

아내가 옮긴 자리는 하얀 커튼을 젖히면 투명한 유리창을 통해 멀리 바다가 내려다보여 눈앞이 시원했고, 따뜻한 겨울 햇살이 화사하게 비쳐 들었다. 그런 자리를 차지한 아내는 이제 2인실이나 3인실에 자리가 생겼다고 연락이 와도 그냥 이 방에 있겠다고 했다. 이윽고 아내가 물었다.

"최 박사님이 당신에게 뭐라고 하던가요?"

"응, 뭐 간단한 검사를 하나 더 하겠다고 하더만."

"무슨 검사를요?"

"그것까지는 안 물어봤어요."

말을 해 놓고 생각해도 대답이 영 시원찮았다. 이렇게 말 한마디 둘러댈 융통성도 없으니 원. 종하는 그런 스스로가 미웠다.

"무슨 검사를 또 한다는 말일까…."

아내가 혼잣말을 했지만 종하는 못 들은 척했다. 아내는 그동안 주치의 최 박사가 시키는 대로 헤아릴 수도 없이 많은 검사를 했다. 검사 때마다 아내는 링거 병이 달린 폴대를 밀고 해당 검사실로 내려가야 했다. 팔에서 피를 뽑은 것은 셀 수도 없었고, 가슴 엑스레이 촬영도 많이 했다. 시티 촬영은 세 번이나 했다.

가슴 엑스레이와 시티 촬영을 처음으로 한 날 폐농양이란 확진을 받았다. 그리고 또 그 이튿날 간호사들에 의해 다른 병상으로 옮겨져 마취실로 실려 내려가 마취주사를 맞고 피고름을 뽑아내는 시술을 받았다. 마취실까지는 종하가 따라갈 수 있었다. 그러다 환자가 시술실로 실려 들어가고부터는 보호자는 보호자 대기실에서 기다려야만 했다. 시술실에는 의사와 간호사 외는 출입금지였다. 대기실은 넓지 않았으나 썰렁했다. 병실은 항상 적당한 온도로 따뜻했고, 실내 공기의 건조를 막기 위해 가습기에서는 하얀 수증기가 힘차게 뿜어져 나왔다. 그러나 이 대기실은 썰렁하다 못해 한기가 돌았다. 종하는 그런 대기실에서 혼자 우두커니 앉아 아내가 들어간 시술실을 바라보며 얼마나 간절히 기도했던가. 모든 일이 순조롭게 잘 진행되게 해 주십시오….

그런 지 40분쯤 지나자 환자는 다시 시술실에서 실려 나와 9층 병실로 옮겨졌다. 종하가 움직이는 병상 옆을 따르며 아내의 얼굴을 살피니 핏기가 하나도 없이 창백했다. 그런 아내는 눈을 감고 앓는 소리만 가늘게 내고 있었고, 옆구리에는 피고름이 받힌 하얀 비닐 주머니가 달려 있었다. 물론 병상이 이동될 때 링거병을 매단 폴대도 함께 따라다녔다. 병실로 돌아와 아내가 간호사들에 의해 본래의 병상으로 다시 옮겨질 때 보니까 아내가 입고 있는 환자복 여기저기에 피가 얼룩져 있었다. 옆구리에 달린 피고름 주머니는 긴 호스에 연결돼 있었고, 호스는 아내의 등에다 구멍을 뚫어 꽂아 놓았는데 피고름은 계속해서 조금씩 흘러내리고 있었다.

아내가 병실로 돌아왔을 때까지도 옆 병상의 그 암환자는 실성한 듯한 소리를 지르고 있었다. 정말 듣기 거북하고 짜증 나는 소리였다. 냄새도 아주 고약해서 도무지 견딜 수가 없었다. 종하는 간호사실로 가서 항의했다. 병원에 공짜로 있는 것도 아닌데 왜 다른 환자들에게 이런 고통을 받게 하느냐, 한 사람 때문에 다른 환자들이 얼마나 큰 고통을 받고 있는지 아느냐. 모두 여자 환자들이어서 참고 있지만, 나는 환자 보호자로서 더 참고 있을 수 없다…. 그러자 간호사 중 나이가 좀 들어 보이는 한 사람이 딱한 표정을 지으며 양해를 구했다.

"죄송합니다. 10층 중환자실로 곧 옮겨 갈 거예요. 10층의 환자 한 분이 퇴실했어요. 조금 전에 눈을 감았어요. 그러니 잠시만 참아주세요."

종하는 10층의 중환자실은 환자가 죽기 전에 머무는 곳인가 생각하면서 병실로 돌아와, 아내에게 조금만 참으면 저 환자는 곧 옮겨 갈 거라고 속삭이듯 말했다. 아내가 답했다.

"다른 환자들이 가만히 있으면 우리도 참아 줍시다. 참 딱한 사람 같았어요."

아내는 조금 전의 시술로 인사불성이 되다시피 했는데도 이런 말을 했다. 그러다 마취기운이 사라지면서 통증이 점점 심해졌다. 그래서 앓는 소리를 더 크게 내고 있었다. 종하는 그런 아내 옆에서 아내를 도와줄 어떤 방법도 없음을 안타까워했다. 대신 아플 수만 있다면 얼마든지 아내의 병상에 대신 눕고 싶었다.

이윽고 아내 옆 병상의 뇌암 수술 환자가 10층으로 옮겨 갔고. 간호사들이 와서 잽싸게 그 병상의 매트와 이불을 갈고 주변을 분무기로 소독했다. 이내 저녁이 되고 바깥이 어두워졌다. 아내를 혼자 두고 병실을 나오기란 발걸음이 떨어지지 않았다. 웬만하면 아내 병상의 옆 보조 침대에서 함께 밤을 새우고 싶었지만 여성 환자만 있는 병실에서 그건 좀 곤란하다는 간호사의 말을 존중하지 않을 수 없었다.

종하는 어두워지고서도 한참이나 된 뒤에야 아내 귀에 입을 대고 말했다.

"여보, 나 이제 가요. 내일 아침에 일찍 올게."

눈을 뜬 아내가 작은 소리로 말했다.

"저녁은 밖에서 사 드시고 들어가세요. 그리고 내일 아침 일찍 오실 거 없으니 천천히 오세요."

"내가 알아서 할 테니 그런 건 신경 쓰지 말고, 밤에 잠이나 잘 자요."

아내는 오늘 종일 굶은 셈이다. 아침과 점심은 시술을 할 거라고 굶으라고 해서 굶었다. 저녁에는 좀 먹어도 된다고 했지만 도무지 먹을 수가 없어 아예 굶었다. 속이 너무 메스껍기도 했지만 바로 옆의 환자에게서 풍기는 악취에다 실성한 듯한 고함 소리 때문이었다. 밥을 잘 먹는 환자들도 아마 제대로 먹지 못했을 듯하다. 이런 아내를 두고 종하는 병실을 나와 병실 앞의 간호사실에 들러 간호사들에게 아내를 잘 좀 부탁한다는 말을 잊지 않았다. 간호사들은 싹싹하게 염려 마시라고 했다.

병원을 나와 큰길로 내려와서 시내버스를 타고 아무도 없는 빈집으로 돌아왔다.

2.

종하의 아내가 앓기 시작한 것은 지난해 12월 중순부터였다. 김장을 하고부터 몸살 감기 기운이 생겼다. 아들들에게 보낸다고 김장을 좀 많이 하기는 했다. 종하는 그런 아내에게 말했던 것이다. 외국에 있는 아이들에게 김장까지 해 보낸다는 게 말이 되오. 요즘은 외국에서도 김치 먹고 싶으면 얼마든지 사 먹을 수 있다는데, 이 무슨 청승이냐고 말하려다 청승이란 말은 입 밖에 내지 않고 뒷말을 얼버무렸다. 일흔이 가까운 사람에게 아무리 부부이기는 하지만 청승이란 말은 좀 심한 것 같아서였다. 그런데 아니나 다를까, 김장을 끝내자 아내는 드러누워 끙끙 앓기 시작했다. 앓기 시작하면서 밥맛이 싹 가셨다. 평소에는 감기를 앓아도 밥맛은 잃지 않았는데 좀 이상하다는 생각이 들기는 했어도 집에 있던 감기 몸살 약을 먹으면서 견뎠다. 그러나 그 약은 아무 효과도 없었다.

결국 12월 24일 성탄 전야 미사에도 못 가고 말았다. 그날은 날씨가 아주 춥기도 했지만 아내가 아파 성당에 못 가는 형편인데 종하 혼자 가기가 싫었다. 성탄 전일은 토요일이었다. 이튿날 성탄절은 주일이었다. 지금 생각하면 대단히 아까운 이틀을 병원에도 가지 않고 허비한 셈이었다. 왜 아까운 이틀인가. 대단히 안 좋은 병이 진행 중이었고, 하루라도 빨리 치료를 해야 하는데 그걸 모르고 시간을 허비하고 있었기 때문이다.

12월 26일에야 동네의 가정의원에 가서 증세를 말하고 진찰을 받으니 역시 감기 몸살이라면서 약을 처방해 주었고, 며칠 동안을 음식이라곤 입에 대지 못해 너무 기력이 쇠한 것을 보고 영양제 링거를 맞으라고 해서 맞았다. 밥맛은 계속 없었고 이튿날도 영양제 링거를 맞았지만 감기약도 링거도 아내의 기력을 회복하는 데는 아무 효과가 없었다. 영양제 링거는 뒤에야 알았지만 밥 반 그릇보다 못해 보였다.

아내의 기운은 하루가 무섭게 점점 더 빠져 이제 집에서도 쉽게 일어서지 못할 정도로 쇠약해졌다. 그때서야 동네 가정의원이 아닌, 전문 내과로 가 봐야겠다고 생각하고 종하 부부가 단골로 다니는 내과로 가서 혈압을 재는 건 기본이고, 피검사와 심전도 검사에다 여러 가지 검사를 했다. 속이 울렁거리고 메스꺼워 전혀 못 먹고 있다고 하니까, 내일은 아침 먹지 말고 와서 위내시경 검사를 하자고 했다. 그러고 또 영양제 링거를 맞고 돌아왔다.

  이튿날, 위내시경 검사를 하려고 병원 검사실 침대에 누워, 내시경 검사 전에 입안에 머금는 약을 머금고 있는 아내의 손을 잡으니 평소에 그렇게 따뜻하던 손이 아주 싸늘했다. 시신의 손이 이럴까 싶었다. 나중에야 알았지만 긴장이 되고 무서워서 온몸이 식은 거라고 했다. 아내의 싸느랗게 식은 손을 잡은 순간부터 종하는 아내에게 말할 수 없는 연민의 정을 느끼기 시작했다. 그리고 그동안 살아온 아내를 생각하니 가련하다는 생각과 함께 눈꼬리에 눈물이 맺히면서 가슴이 먹먹하다 못해 미어터지는 것 같았다.

  며칠 동안 먹지 못해 쇠약해진 아내는 우선 팔의 살이 너무 빠져 버려 평소의 아내 팔 같지 않았다. 손은 앙상하게 야위어 마른 소나무 가지처럼 되어 푸른 힘줄만 가느다랗게 솟아 있었다. 여러 가지 검사 결과, 피검사에서 신장 기능이 좀 떨어져 있는 것만 확인되었다. 위내시경 검사 결과도 아무 이상이 없었다. 이날도 영양제 링거 한 대를 맞고, 위장약을 좀 지어서 돌아왔는데, 그날 저녁부터 기침이 아주 심해서 밤새도록 한 숨도 못 자고 이튿날 다시 그 내과로 가서 기침을 많이 했다는 이야기를 했다. 원장이 그럼 가슴 엑스레이를 한 번 찍어 보자고 했다. 그럼 왜 가슴 엑스레이를 진작 안 찍었던가. 불과 한 달 전 정기검진하면서 가슴 엑스레이를 찍었을 때 폐는 아주 깨끗했기 때문이다. 그런데 이번에 다시 찍은 사진을 보고는 원장이 깜짝 놀라면서 말했다. 컴퓨터 모니터에 나타난 폐사진이 온통 하얗게 되어 있었던 것이다.

  "쯧쯧, 이런 줄은 몰랐네요. 괜히 며칠을 허비하며 병을 키웠어요. 지금 폐농양이 아주 심합니다. 당장 큰 병원에 입원해서 치료를 받으셔야 합니다."

"입원해서 치료를요?"

종하가 입원이란 말에 놀라 물었다. 원장이 다시 말했다.

"입원을 하셔도 좀 오래 하셔야 할 겁니다. 폐농양은 중병이고 쉽게 낫지 않습니다."

"중병이라고요? 쉽게 안 낫는다고요?"

"요즘은 약이 워낙 잘 나오니까 낫기는 낫습니다. 치료 기간이 좀 오래 간다는 말씀입니다. 몇 년 전만해도 폐농양은 갈비뼈 하나를 떼 내고 수술로 고름을 제거했지요."

"입원은 얼마나 하면 될까요?"

"글쎄요, 적어도 3, 4주는 하셔야 할 겁니다. 연세가 드신 상태라⋯."

"예? 입원을 3, 4주씩이나 해야 한다고요?"

"그보다 더 오래 할지도 몰라요. 제가 폐 전문 선생을 한 분 소개해 드리겠습니다. ○○병원 호흡기내과의 최성도 박사라고, 저랑 의과대학 동깁니다. 한강 이남에서는 아마 폐를 제일 잘 볼 겁니다."

종하는 작년 가을에 아내와 함께 폐렴 예방접종도 했는데⋯. 생각하면서 눈앞이 아득해지는 걸 느꼈다. 입원을 3, 4주 이상 할지 모른다니! 아직까지 한 번도 입원이라고는 안 해 본 그들 부부였다. 건강해서라기보다는 모두 시골 태생인지라 입원이란 걸 아주 무섭게 생각해 온 탓일 게다. 아내는 가끔 명절 같은 때 일이 많아 피곤하면, 남들처럼 좀 크게 아파서 입원이라도 한 번 해 봤으면, 하는 말을 농담 삼아 한 적이 있는데 정말 입원을 하게 된 것이다. 종하는, 일이 고약하게 됐구나, 곧 설이 다가오고 있는데 설을 병실에서 보내게 되다니, 생각했다.

한 집안의 맏이인 종하는 조상님들의 기제사나 설 추석이 되면 제수(祭需)를 골고루 장만해서 제기에 탑처럼 쌓아올려, 커다란 제상에 빽빽하게 진설해 놓고 제사를 모시고 차례를 올리곤 했다. 그리고 집안의 많은 사람들이 제관으로 참사(參祀)를 하니 손님도 많을 수밖에 없었다. 그런 일을 여태 아내 혼자서 다 감당해 왔던 것이다.

종하는 아들만 셋을 두었지만 모두 외국에 나가 있다. 큰아들은 오래전에 독일로 유학을 가서 돌아오지 않고 독일에 주저앉았다. 독문학을 전공했지만 한국에서 독문학이 빈사지경에 있으니 돌아와도 일자리가 없었다. 하여간, 이 나라는 모든 게 시장 제일주의여서 학문도 돈이 되느냐 안 되느냐, 하는 경제 논리에 의해 성하기도 하고 쇠하기도 한다. 독문학은 돈이 안 되는 학문이어서 어디를 가도 천대를 받고 있다. 그래서 큰아들은 독일에서 공부를 끝내었건만 귀국하지 않고 독일에 주저앉았다. 그렇다고는 해도 같잖게 독일 시민권을 얻는다거나 국적을 취득해서 귀화한 건 천만 아니고, 독일에서 작은 회사를 차려, 손자 손녀들을 독일에서 공부시키며 살아간다는 뜻이다. 둘째는 아예 캐나다로 이민을 가 버렸다. 둘째는 의사인데도 그랬다. 막내인 셋째는 큰 기업체 사원인데 한국 본사가 외국 지사로 발령을 내어 한시적으로 싱가폴에 가 있다. 그래서 종하 부부에게는 지금 슬하에 아무도 없는 셈이다.

하기는 아들들이 한국에 있다 한들 그의 아내의 과중한 가사 처리에는 별 도움이 안 됐을 것이다. 요즘 젊은 사람들이 조상 기제사를 제대로 챙길 줄 아는가. 그러니 설 추석 명절에도 바쁘다는 핑계로 잘 안 왔을지 모를 일이고, 온다 해도 십중팔구는 손님처럼 되어 있을 터였다. 막내가 한국에 있을 때는 그래도 명절 때 부부가 함께 오기는 했지만 며느리는 부엌일을 할 줄 몰라 완전히 손님 한가지였다. 교사로 있으니 언제 부엌일을 배웠을 것인가. 대학 다닐 때는 죽으나 사나 하늘의 별따기보다 더 어려운 임용고사 준비에 매달리느라고 부엌일을 배우지 못했을 것이다. 다행히 시험에 합격, 바로 신학기 초에 발령받아 고등학교 교사 노릇을 하다가 이내 결혼했으니 또 언제 부엌일을 배웠을까. 그래서 막내 부부는 유일하게 국내에서 살았지만 그 많은 조상님들 기제사에는 아예 참석 할 수도 없었다. 지금 막내며느리는 학교에 휴직계를 내고 막내아들을 따라 싱가폴에 가 있다.

　그러니 종하 아내는 언제나 집안의 모든 행사에 혼자 꼼지락꼼지락 움직여야 했다. 젊은 시절에는 이보다 더 힘든 일도 거뜬히 혼자 해냈지만 이제 나이 들어 늙으니 안 아픈 데가 없었다. 그렇다고 여태 모셔 오던 기제사와 명절 차례를 못 모시겠다고 할 것인가. 종하가 웬만큼만 틔었어도 아내를 위해서 명절 차례나 기제사의 제수를 좀 간소하게 차리도록 했으련만 돌아가신 선친이나 조부님과 꼭 같은 사고방식대로 제상 가득히 제수를 진설해 놓고 차례를 모시거나 제사를 올려야 한다고 생각했다. 그게 종하 부인에게는 사실 불만이었다. 남들처럼 아예 제사를 성당에나 절에 맡기자는 것도 아니고, 좀 간소하게 하자는 건데…. 이게 이 나이까지도 뜻대로 안 되다니! 그래서 종하는 늙은 아내가 덜컥 입원을 하자 아내의 이런 소망을 진작 들어 주지 못한 게 너무 후회스럽고 스스로가 원망스러웠다.

아들들 공부할 때는 말할 것도 없이 부부 모두 손톱 여물을 썰면서 절약에 절약을 실천하지 않을 수 없었다. 특히 둘째의 의대공부는 더욱 힘들었다. 무슨 공부를 그리 오래 하며, 돈은 어찌 그리 많이 들던지! 그러나 아들 셋 중 가장 냉정하고 인정머리 없는 게 의사인 둘째다. 다행히 아들들이 모두 공부를 잘해서 대학에서는 장학금을 받아 왔고, 첫째와 막내는 아르바이트를 해서 용돈도 스스로 벌어 썼지만 그래도 학기마다 많은 돈이 필요했다. 종하가 사업을 하는 것도 아니고, 딱 월급만 받아 오는 터에 융통성이라고는 눈곱만큼도 없어, 듣기 좋은 소리로 청렴공무원이니 청백리니 하면서 더러 높은 데로부터 표창도 받고 했지만, 그게 글쎄 종하 아내에게 무슨 소용이며 보람이었겠는가. 종하의 아내는 남처럼 그저 돈 한 번 마음대로 써 보다 죽는 게 소원이었지만 아직까지 그 소원은 이루지 못했다. 아니 영영 이루지 못하고 말 것이다. 생일이라고 영감이 여행을 한 번 데리고 가 주나, 그 흔한 외식을 자주 하는가. 심지어 결혼기념일을 수십 번이나 지냈지만 부부가 거의 집에서 하루를 보내기가 예사였다. 1월 19일이 종하 부부의 결혼 45주년이 되는 뜻 깊은 날이어서 종하는 아내가 이렇게 중병에 걸릴 줄은 꿈에도 모른 채 말했던 것이다.

"여보, 내년 1월 19일은 우리도 모처럼 외식 한 번 하고, 좋은 영화나 한 편 봅시다."

"당신이 어쩐 일이세요? 우리가 영화를 본 게 언제더라? 〈퐁네프의 연인〉인가 하는 영화를 본 게 10년도 넘은 것 같잖아요?"

"글쎄, 이날은 모처럼 영화도 한 편 보고, 한우 갈비도 한 대씩 뜯어 봅시다."

풀꽃 화분

그랬던 것이 결혼기념일을 지나 설에도 병실 신세를 지게 된 것이다. 종하는 평생 처음으로 명절 차례를 성당에 의뢰해서 미사로 대신할 수밖에 없었다. 주부가 없는데 어떻게 차례를 모실 것인가. 그래서 종하는 집안 동생들과 조카들에게 이번 설에는 이러이러한 연유로 집에서 차례를 못 모시게 됐으니 아예 오지 말라고 일렀던 것이다.

3.

종하가 병원에서 집으로 돌아왔지만 집은 컴컴하고 썰렁했다. 집까지는 버스로 40여 분이나 걸렸다. 종하는 아파트 1층 우편함에서 그날 배달돼 온 우편물을 챙겨 엘리베이터를 타고 올라가 출입문 앞에 놓여 있는 석간신문을 주워 안으로 들어갔다. 벽의 스위치를 눌러 실내등부터 켜고는 선걸음에 부엌으로 걸어가 가스레인지의 불을 켰다. 거기에는 아침에 먹다가 남겨 둔 된장찌개가 싸느랗게 식어 있었다. 밥은 전기밥솥에 온기를 유지한 채 남아 있었다.

겉옷을 벗고 세면실로 들어가 손을 씻고 나와 저녁밥을 먹었다. 언제나 그랬지만 밥맛이 약맛처럼 썼다. 아내가 집에 있을 때는 이렇게 허무한 찬으로 밥을 먹지는 않았다. 언제나 무슨 국이든 국이 있었고 다른 반찬도 있었다. 그러던 것이 아내 입원 후 아내가 장만해 둔 밑반찬을 모두 다 먹고 나니 이제 김치와 된장찌개뿐이었다. 아파트 앞의 마트에 가면 여러 가지 반찬거리가 있겠지만 그런 걸 사 와서 장만하고 싶지 않았다. 김치와 된장이면 좀 훌륭한 반찬인가. 다 입이 짧아서 그렇지. 나마저 드러눕게 되면 큰일이니까 억지로라도 밥은 먹어 둬야 해! 옆에 누가 있어 그 사람에게 말하는 것처럼 중얼거리며 종하는 입에다 밥을 퍼 넣었다. 그러고는 신문을 대강대강 훑고, 텔레비전을 켜 뉴스를 좀 보다가 방으로 들어가 자리에 누웠다. 잡다한 우편물은 아예 챙겨 보지도 않았다. 그런데 오늘 따라 아내의 빈자리가 새삼 커 보였고 잠이 잘 오지 않았다. 아내 병상 옆 환자의 비명과 그 해골 같은 모습도 떠올랐다. 10층 중환자실로 실려 간 환자…. 그 환자의 남편은 왜 병원에 한 번도 나타나지 않을까. 남편은 자기 아내가 그렇게 사경을 헤매고 있는 줄을 알기는 할까.

  종하의 아내는 작은 도시의 여자중학교 교사로, 수학을 가르치고 있었다. 그때 가르친 사람이 풀꽃 화분을 가져온 병원 미화원이었다. 종하가 아내를 처음 보던 때, 그는 말단공무원이었고, 담당업무는 새마을사업이었는데 외근이 태반이었다. 그날도 지금 아내가 된 교사가 근무하는 학교에 새마을 관련 업무로 갔다가 담당자인 여교사를 만난 게 운명적이라고 할까. 종하는 그 여교사와 교제를 시작했다. 만나기만 하면 가슴이 두근거렸다. 주변머리도 용기도 없는 종하는 오랜 기간을 두고 그 여교사에게 많은 정성을 쏟았다. 어렵사리 사랑을 고백하고, 결혼을 하자고 했으면서도 마음 한 구석이 늘 걸렸다. 종하의 환경이 너무 악조건이어서였다. 직업은 말단 공무원이지, 재산이 있는 것도 아니었다. 부모를 모신 위에 형제자매도 많은 맏이였다. 스스로 생각해도 다만 바보처럼 진실하고 등신처럼 성실한 것뿐이었다.

  우여곡절 끝에 결혼은 했지만 부모님을 모셔야 했고, 두 달에 한 번 꼴로 제사가 다가왔는데 이때부터 종하의 아내는 고생길이 시작되었다. 첫애를 낳았을 때는 어머니가 봐 주셨지만 둘째를 낳고는 학교에 사표를 내야 했다. 어머니께서 몸겨누우셨기 때문이다. 어머니께서 별세하시자 홀시아버지를 모셔야 했고, 그러는 동안에도 시누이들과 시동생들을 결혼시켰다. 아버지께서 별세하신 뒤, 종하는 살던 집을 동생에게 넘겨주고, 지금 사는 도시로 전근을 왔다. 부모님 장례도 모두 집에서 치렀다. 그때는 지금처럼 병원에 장례식장이 없었다.

    종하가 전근 와서 처음에는 신선동 꼭대기에 셋방을 얻어 살았다. 수돗물이 안 나오는 고지대였다. 그래서 아내는 한 아이는 업고, 한 아이는 걸리면서 물동이를 이고 봉래산 중턱까지 올라가서 산수도 물을 받아 와야 했다. 셋방 뒤가 길이었고 길은 방보다 높았다. 그래서 여름철 장마가 지면 방바닥이 젖어 다리미로 방을 말려야 했다. 이런 환경에서 셋째 아이를 낳았고, 아이들 셋을 길렀다. 입 밖에 내지는 않았지만 어찌 종하와의 결혼을 후회하지 않았을 것인가. 다만 그의 아내는 이런 말은 가끔 했던 것이다. 눈동자에 명태 껍질이 달라붙었던 탓이야.

    애들 셋을 대학까지 공부시켰고, 외국 유학까지 보내면서 겪은 고통은 더 말할 필요가 없다. 다행히 지금은 모두들 제 밥 먹으면서 살아가고 있지만 지난날을 떠올리면 꿈같기도 했다.

    이튿날 아침 일찍 일어난 종하는 역시 아침밥을 지어 먹고, 점심 도시락을 챙겨 병원으로 갔다. 아내와 함께 병실에서 점심을 먹기 위해 도시락을 챙겨 간다. 병원 구내식당에서 점심을 한 번 사 먹어 봤는데 형편없는 음식이었고 값만 비쌌다. 그래서 매일 점심을 싸가서 병원 밥을 먹는 아내와 마주 앉아 밥을 먹곤 했다.

종하가 아내 곁으로 다가가자 아내가 작은 소리로 말했다.

"어제 10층으로 실려 간 그 환자 어젯밤에 눈을 감았다는군요."

"저런! 어제 내가 눈치를 주면서 간호사실로 가서 항의한 게 마음에 걸리네."

"그러게요. 안 그래도 그 환자 딸 아가씨가 미안해 죽으려고 했는데…. 참 착한 아가씨였어요."

아내는 아침에도 죽을 조금 먹었다고 했다. 구멍을 뚫은 등의 통증은 여전했지만 밤에는 잠도 좀 잤다고 하면서 창백한 얼굴에 미소를 띠었다. 종하는 그러는 아내의 야윈 손을 꼭 잡았다가 놓으며 말했다.

"속은 좀 어떻소? 계속 느글거리며 구토가 나는 거요?"

종하는 언제나 그랬듯이 오늘도 병실로 들어서서 아내의 손을 잡아 보고 아내와 몇 마디 나눈 다음 또 창문턱의 풀꽃 화분을 살폈다. 어찌 된 셈인지 이 화분의 풀꽃이 살아나면 아내도 건강을 회복하겠지만 꽃이 시들어 죽으면 아내도 그렇게 될 것 같은 강박관념에 사로잡혀 있었기 때문이다. 아니, 종하는 아내가 풀꽃 화분 같은 존재로 생각되었다. 언제나 있는 듯 없는 듯 존재감 없이 평생을 살아온 겸손하고도 소박하고 착하기만 한 사람.

입원하고 항생제 주사를 계속 맞으면서 생긴 증세가 속이 불편하여 음식을 먹을 수 없게 된 것이다. 가슴이 답답하면서 식도가 꽉 막힌 것처럼 자꾸 구토가 나온다고 했다. 이런 불편함이 입원 후 내내 아내를 괴롭혔고, 의사가 하루 두 번씩 회진을 올 때마다 이를 호소했지만 뾰족한 방법이 없는지 같은 증세가 계속됐다. 그래서 아침은 죽을 달라고 해서 반쯤 먹곤 했지만 그것도 먹고 나면 견딜 수 없을 정도의 고통을 느꼈다. 아무것도 안 먹었으면 했지만 계속 먹어야 한다고 의사가 말했으므로 억지로라도 안 먹을 수가 없었다. 그래도 환자는 의사 몰래 더러더러 끼니를 건너뛰면서 굶기도 했고, 무슨 검사 때문에 식사를 하지 말라는 말이라도 들으면 그렇게 반가울 수가 없었다.

이날로 아내의 힘든 병원 생활이 벌써 4주째로 접어들었다. 몸은 점점 더 쇠약해져 이제 체중이 40킬로그램대로 떨어졌다. 키 162에 체중 47킬로라니! 아프기 전과 비교하면 12킬로나 빠진 것이다. 아침저녁으로 먹는 알약이 보기도 싫었고, 어떤 때는 약을 손에 쥐고 입으로 가져가는데 왈칵 구토가 나오기도 했다.

병실에서는 이제 종하의 아내가 제일 오래된 고참이 되었다. 대개는 1주일 정도, 길어야 2주일이나 3주일 만에 퇴원해 가는데 종하 아내만이 한 달이 다 되었다. 그때 간호사 한 사람이 다가와 말했다.

"방경자님 보호자분, 최 과장님이 좀 보시자는데요."

최 과장이란 주치의 최 박사를 두고 하는 말이었다. 종하는 간호사를 바라보면서 손으로 자고 있는 아내를 가리키며 무슨 일이냐고 눈으로 물었다. 간호사가 눈치를 채고 작은 소리로 최 과장님이 좀 오시래요, 하는데 눈을 감고 있던 아내가 말했다. 아내는 자고 있지 않았던 것이다.

"의사 선생님이 당신 찾는다고 하잖아요. 얼른 내려가 보세요."

그래서 최 박사에게로 갔던 것이고, 조직검사를 해 봐야겠다는 말을 하면서 환자가 너무 예민하니 조직검사란 말은 하지 말고 다른 간단한 검사를 한다고 말하십시다, 했던 것이다.

4.

　오후 3시에 조직검사를 하기로 한 것이 4시가 넘어서야 시작했다. 종하는 최 박사의 말대로 아내에게 조직검사를 하지 않고 다른 무슨 간단한 검사를 한다더라고 말했다. 그리고 이 말이 끝내 아내에게 지켜지게 하느라고 서울의 동생과 시내의 동서에게도 전화를 했다. 이들은 자주 아내에게 위로 전화를 하고 있었다. 그러느라 종하가 병실에서 들락날락 하니까 아내는 무슨 일이 생겨 그리 왔다 갔다 하느냐고 했지만 적당히 얼버무렸다.
　오후 3시에 조직검사를 한다고 병실에서 다른 침대로 옮겨져 실려 나간 아내가 처음 도착한 곳은 조직검사 시술실이 아닌 4층의 다른 치료실이었다. 아내의 병상을 밀고 다닌 간호사들은 대학에서 실습을 나온 학생들이었다. 그래서 이 학생들은 몇 층의 어디가 무엇을 하는 곳인 줄 잘 몰랐다. 1층 영상촬영실로 가야 할 것을 4층의 어느 검사실로 간 것이다. 그러나 그 진료실의 의사는 느닷없이 실려 온 환자를 보고 놀랐다. 사전에 아무 연락 받은 일도 없는데, 엉뚱한 환자가 실려 들어오니까 실습 간호사들에게 어찌 왔느냐고 물었다. 실습 간호사 중 한 사람이 작은 소리로 그 의사에게 폐 조직검사를 하러 왔다고 했다. 여기까지는 그 실습 학생들도 환자가 모르게 하라는 지시를 받은 게 틀림없었다. 그런데 그 말을 들은 의사는 학생들에게 큰 소리로 말했다.
　"이 사람들이 정신이 있나 없나, 폐 조직검사를 하려면 1층의 영상 촬영실로 가야 할 거 아냐!"
　이래서 병상을 밀고 도로 돌아 나와 1층으로 갔는데, 종하의 아내는 그 바람에 조직검사를 한다고? 무슨 조직검사를 한단 말인가,

그러면 저이는 왜 그 말을 나에게 하지 않았을까, 아하, 무언가 속이고 있는 게 틀림없구나, 나의 병은 단순한 폐농양이 아니고 폐암인 게 분명해, 라고 속단을 하게 되었다.

1층으로 내려가서도 종하는 바깥 복도에서 기다려야 했는데 오래도 걸려 오후 5시가 넘어서야 조직검사에 필요한 일을 모두 끝내고 나왔다. 이번에도 처음 농양 제거 때와 같이 등으로 조직검사 기구를 집어넣어 폐에서 살점을 떼 내었다. 그러기 전에 엑스레이를 여러 번 찍어 살점을 떼 내는 기구가 들어가야 할 위치를 정확하게 가늠해야 했다. 물론 마취 주사를 맞아야 했고, 아내는 말할 수 없는 불안감과 공포에 떨어야 했다.

마치고 나와 9층으로 올라가면서 종하가 아내의 표정을 살피니 아내는 평온한 듯 보였지만 두 눈 꼬리에는 이슬이 맺혀 흘러내리기 직전이었다. 아내는, 이제 죽는 날만 기다리게 됐구나, 그렇다면 남편 고생시킬 것도 없이 편안히 가게 해 주면 좋겠다는 생각을 혼자 하염없이 하고 있었다. 남편이 자신을 속이고 있는 것이 악의는 아니지만 참 실망스러웠다. 예순여덟. 더 살았으면 좋겠지만 이만해도 살 만큼 살지 않았는가. 아들 셋을 모두 결혼시켜 짝도 맞춰 주었겠다, 뭐가 걱정인가. 아쉬운 게 있다면 어중간한 나이에 상처를 할 남편이 딱하고 가련할 뿐. 아니 하나 더 있다면 이제 남편과 함께 여행도 좀 다니고 해야 하는데 이렇게 가야 하다니. 독일의 큰아들한테는 한 번 다녀왔지만 캐나다의 둘째에게는 아직 한 번도 못 가 봤는데. 아니 싱가폴의 막내는 겨울이 가기 전에 꼭 한 번 다녀 가라고 하지 않았던가. 싱가폴은 추위를 피해 지내기가 딱 좋은 곳이라면서.

종하는 조직검사 결과가 나올 1주일이 가장 견디기 힘든 기간이었다. 그 1주일 사이에 독일의 아들도 귀국하여 어머니 곁으로 왔고, 싱가폴의 아들 부부도 와 있었다. 그런데 아들들을 보는 아내는 먼저 눈물부터 보였다. 이게 마지막이란 생각이 아내의 마음속에 있었던 것이다. 아내는, 조직검사 결과는 보나마나 자신은 폐암이 틀림없으니 이제는 마음의 정리를 하고 모든 미련을 버리자고 작정하고 있었던 것이다.

종하는 만일을 위해서 서울의 동생을 통해서 서울의 유명 병원 입원실을 어렵사리 예약해 놓기까지 했다. 조직검사 결과 악성종양이란 말만 떨어지면 바로 서울로 옮겨 가서 수술을 받을 생각에서였다. 상황이 이러니 종하는 밤마다 아주 흉측한 악몽에 시달렸다. 어찌 된 셈인지 밤마다 죽은 사람들만 꿈에 나타나곤 했다. 깨고 나면 기분이 영 찜찜하면서 무섬증마저 엄습하였다. 종하마저 몸이 눈에 띄게 축났고 밥맛은 점점 없어졌다. 생각할수록 아내와의 결혼 생활 45년이 후회투성이의 슬픈 기억들로 되살아났다. 지난날 그 험한 고생을 진작 좀 덜 시킬 것을…. 당시로서는 아무 방법도 없었지만 혼자 한숨 쉬고 눈물을 흘렸다.

아아, 부부가 사별하는 게 이렇게 슬프고 힘들고 아픈 일인 줄을 몰랐구나. 종하는 지난날, 더러 상처한 지인들의 빈소를 너무 덤덤한 심경으로, 그저 의무적으로만 조문하곤 했던 일을 떠올리며 새삼스럽게 아내와 사별한 사람들의 슬픔과 아픔을 생각했다. 영정 앞에서 절 두 번 하고 조위금 봉투만 내면 할 일을 다 하는 줄로 알았던 지난날 아내 잃은 사람들의 상가 방문.

지루한 1주일이 지났다. 이날은 조직검사 결과가 나오는 날이다,

종하는 마음을 굳게 먹고, 만약의 일에 미리 단단히 각오를 하고 병원으로 갔다. 그러나 이날도 종하는 여느 날과 같이 아내가 있는 병실로 먼저 올라갔다. 아내도 어느 정도 마음의 정리가 됐는지, 다른 날보다 얼굴이 평온해져 있었다. 삶에 대한 미련, 더 살고 싶다는 강렬한 욕구를 제어하면서 이룩해 낸 저 평온, 저 담담함. 그 뒤에 숨어 있을 슬픔과 한탄과 절망을 생각하니 종하는 말할 수 없는 복잡한 감정이 치솟아 올랐다. 북받쳐 오르는 감정과 그 감정이 물든 눈으로는 도무지 아내를 바로 볼 수가 없었다. 그래서 창문 쪽으로 몸을 돌렸다. 그러고는 무심코 창문턱의 풀꽃 화분에 눈을 주었다가 깜짝 놀랐다. 이럴 수가 있는가! 어제저녁까지만 해도 시들시들 힘이라고는 없던 보라색 꽃송이들의 꽃잎이 마치 풀을 먹인 헝겊처럼 빳빳해져 있는 게 아닌가.

  종하의 아내는 폐암이 아니었고, 조직검사 결과를 안 뒤에도 2주일이나 더 입원해 있다가 퇴원했다.

아무렴, 그렇지 그렇고 말고

1.

 안상률과 최설경, 이 두 사람은 법적으로 이혼을 안 했다 뿐이지 완전히 남남이 된 지 10년이 넘었다. 30년 이상을 동고동락하면서 자식들을 셋이나 낳았으면 미운 정 고운 정 속에 고운 정도 조금은 남아 있을 법한데, 최설경은 전혀 안 그랬다. 참으로 독하고 무서운 여자였다. 안상률은 이 여자에게 그렇게 독하고 무서운 데가 있는 줄은 몰랐다. 이 여자의 어디에 그런 독기가 숨어 있었을까.
 상률이 집을 나와 혼자 살다가 첫 번째 입원을 한 것은 3년 전이었다. 뭐든지 먹으면 소화가 잘되었는데 어느 날부터인지 소화가 잘 안 되면서 자꾸 설사가 나왔다. 지사제를 사 먹어도 설사는 멎지 않았다. 제자 ㅎ박사가 원장으로 있는 ○○병원으로 가서 그 이야기를 했더니 일단 대장내시경 검사를 해 보자고 했다. 어려운 과정을 거쳐 그 무서운 대장내시경 검사를 했다. 다행히 결과는 나쁘지 않았다. 대장에 야구공만 한 혹이 하나 생겨 그게 대변 길을 막고 있어 설사가 나왔다고 ㅎ박사는 말했다. 설사를 만들어서라도 대변을 몸 밖으로 내보내는 인체의 그 오묘한 이치! 우주는 이런 섭리에 의해 운행되는데 사람의 몸도 우주와 같다고 했다. ㅎ박사는, 그 혹을 떼 냈으니 이제 대변도 순조롭게 나오고 아무 일도 없을 거라고 안심을 시켰다.

다른 사람들은 대장암 수술을 받고도 2주일도 안 돼 퇴원해 나가는데 상률은 혹 하나 떼 내는 수술을 하고도 3주 이상을 병원 신세를 졌다. 그는 수술 후 병상에서 몇 번이나 까무러치는 사경을 헤매었다. 그럴 즈음 출가해서 살고 있는 딸들과 따로 사는 아들은 말할 것도 없고, 허다한 지인들이 병실을 다녀갔는데도 끝내 최설경은 나타나지 않았다. 병실을 찾은 사람들 가운데는 40년 동안이나 부부가 매월 한 번씩 만나 우정을 나누어 오고 있는 백야(白夜)회 회원 부부도 있었다. 이들 중 허훈 교수 같은 이는 노골적으로 그에게 물었다. 사모님 한 번 다녀가셨어요? 그는 말없이 고개만 저었다. 그러자 허훈 교수가 말했다. 어, 이건 아닌데? 여태까지는 서로의 자존심도 있고 하니까 등지고 살았어도 명재경각(命在頃刻)인 이런 때에도 나타나지 않으시면 그건 좀 심하잖아. 안 교수, 내가 한 번 중간에서 사모님이 오시도록 해 볼게. 오시면 당신, 내치지는 말아야 하요이! 사모님이 오시면 못 이긴 체 받아들이고, 인제 화해하는 거요이! 이 나이에 이게 뭐요! 이러고 돌아갔다.

백야회 회원들은 평소 그의 앞에서는 이 여자 이야기를 절대로 묻지도 않고 하지도 않았다. 그런데도 허훈 교수가 작정한 듯, 이 여자가 그의 병실에 왔더냐고 물었던 것이다. 사실은 안 그래도 상률은 이 여자가 한 번 나타나 주기를 간절히 기다리고 있던 참이었다. 몸이 아프니 예전의 미움은 간 데 없고 어쩌면 그리 이 여자가 그립던지! 그런 상황에 허훈 교수가 스스로 자기가 한 번 나서서 이 여자가 그에게 오도록 해 보겠다고 해서 상률은 더욱 기대에 차 있었지만 끝내 나타나지 않았다. 물론 허훈 교수가 말만 그렇게 하고 이 여자를 만나 보지 않았을 수도 있을 것이다.

상률의 솔직한 심정을 말하면 그는 이 여자가 나타나면 화들짝 반기면서 일어나기는 좀 그렇고, 반쯤 일어난 자세로 손을 내밀어 악수를 하고, 악수한 손을 한동안 놓지 않고 지그시 힘주어 잡은 채 웃어 줄 생각이었다. 그러면서, 어이, 최설경, 내가 당신을 얼마나 그리워했는지 아나? 하는 표정을 지을 생각이었다. 그러면 자신의 눈에 눈물이 핑 돌 것이고, 이 여자의 눈에서도 구름이 낄 거고…. 그러면 만사는 봄눈 녹듯 해결되리라 믿었다. 그런데 이건 순전히 혼자만의 유치하고 허망한 꿈이었다.

앞에서 백야회란 모임을 잠시 말했지만 백야회는 그가 ㅂ고에 있을 때 열 사람이 모여서 만든 평교사 친목회였다. 그 열 명의 회원도 지금은 여섯 명뿐이다. 세 사람은 저세상으로 먼저 가고, 또 한 사람은 서울로 이사를 갔기 때문이다. 지금은 모두 교장이나 교수로 정년퇴임한 지 오래된 노인들이다. 열 명이 처음 모일 때가 1972년이었고, 그들은 모두 팔팔한 30대 중 후반의 교사들이었다. 모두들 실력을 인정받고 있는 위에 학생들로부터는 존경과 인기를 얻고 있었고, 동료들로부터도 신임을 받고 있었다. 이들은 여름이나 겨울 방학이 되면 소형 관광버스를 전세 내어 부부가 함께 한국의 섬이란 섬, 산이란 산은 모두 찾아다녔다. 그러다 해외여행이 수월해지자 동남아 여러 나라는 물론, 연길을 거쳐 백두산을 다녀왔고, 중국은 여러 차례, 유럽까지 다녀왔다.

　어느 해 겨울 이들 부부 스무 명이 설악산에 갔을 때였다. 이들은 부산에서 떠날 때 소주 20병들이 세 상자와 맥주 세 상자를 실었다. 그때쯤 부인들과도 웬만큼 친해진 후였다. 버스를 타고 가면서도 마시고 떠들었지만 모두 나름의 품위를 잃지 않았다. 설악산의 어느 여관에서는 술 마시고 노래하고 노느라고 밤을 하얗게 밝혔다. 하얗게 밝힌 밤. 백야라면 말이 될까. 이튿날 당시 회장이었던 안상률이 모임의 이름을 백야회라 하자고 제안했다.

　상률이 입원을 해서 대장 대수술을 받고 나와서는 다른 많은 모임에는 전혀 못 나갔지만 이 백야회만은 아무리 몸 상태가 안 좋아도 반드시 참석했다. 그리고 술도 몇 잔씩은 하고 돌아오곤 했다. 지금 생각하면 그게 무리였던 것 같다. 그래서 결국 두 번째 입원을 하게 되었을 터였다. 그가 백야회 모임을 처음 시도했고, 회장을 가장 오래 해서 다른 사람들은 모두 그를 보고 왕회장이라고 불렀다.

　지난 초봄, 그가 두 번째 입원을 했다가 퇴원하고도 한 달쯤 지난 어느 날이었다. 그날은 그렇게나 심하던 부산의 봄바람도 멈췄고, 날씨도 화창했다. 그동안 거의 외출이라고는 하지 않고 있었다. 허연 수염은 산신령처럼 자라 온 얼굴을 덮고도 남아 턱밑에서 너풀거렸고, 얼굴의 광대뼈는 무섭게 드러나 있었다. 퇴원하고 나와서 제대로 끓여 먹지도 못했으니 원기가 회복될 수 없었다. 그러나 이대로 원룸에 갇혀 있다가는 그야말로 인생 종 치겠다 싶어 오랜만에 머리를 감고 면도도 했다. 머리를 말린 다음 포마드도 조금 발랐다. 많이 야위기는 했지만 그래도 사람 모습을 되찾은 것 같았다.

　그러고는 컴퓨터 받침대 위의 안내장을 다시 봤다. 그가 아끼는 젊은 작가 한 사람이 첫 소설집을 내고 출판기념회를 한다는 우편물이었다. 다른 작가들은 등단 2, 3년 만에 소설집을 내건만 이 사람은 과작이어서 10년 만에 첫 소설집을 내었다. 그는 그 출판기념회가 열리는 중앙동의 ○○뷔페로 갔다. 온갖 음식들이 차려져 있었지만 그는 속이 불편해서 호박죽 한 보시기만 먹고, 술은 입에도 대지 않았다. 아무리 생각해도 ○○병원의 원장인 제자 ㅎ박사가 자신을 속인 것 같았다. 물론 악의는 아닐 것이다. 안 그러고서야 이렇게 몸이 점점 더 안 좋아질 수 없을 터였다.

첫 번째 입원을 했을 때 그의 대장에서 야구공만 한 혹을 떼 낸 게 아니고 그만한 크기의 악성 종양을 제거한 게 아닐까. 그리고 그때 이미 여러 장기에 암세포가 전이된 게 아닐까. 종양의 크기가 야구공만큼 커질 때까지 암세포가 얌전히 있을 리 없었을 것이다. 사방팔방으로 새끼를 쳐서 암세포를 퍼뜨렸을 것이다. 그래서 ㅎ박사는 종양만 떼 내고 배를 도로 덮고 봉합했을 것이다. 전신만신에 암세포가 전이되어 있었다면 사실 수술도 필요 없는 상황이 아니겠는가.

3년 전 첫 번째 입원을 했다가 퇴원할 때 그가 ㅎ박사에게 물었다. 술을 조금씩 마셔도 괜찮겠는가? 그러자 의사는 잠시 망설이더니, 선생님 많이만 안 마시면 괜찮습니다, 라고 했다. 그러나 그때 사실은 자신의 병이 돌이킬 수 없을 정도로 암세포가 퍼진 것을 ㅎ박사는 알고도 그걸 사실대로 안 밝혔던 게 아닐까. 보호자 같은 보호자도 옆에 없었으니 그는 의사로부터 다른 아무 말도 못 들었고, 그도 꼬치꼬치 파고 묻지도 않았던 것이다.

젊은 작가의 출판기념회에 참석하고 격려의 말만 간단히 한 그는 먼저 행사장을 나와 원룸으로 돌아오려고 중앙역에서 전철을 탔다. 차가 범내골역을 지났을 때 보니, 그가 앉은 맞은편 노약자석에 이 여자, 최설경이 앉아 있는 게 아닌가. 차 안이 복잡해서 최설경은 사람들 사이로 보였다 안 보였다 했다. 그는 너무 반가운 나머지 지난 일을 깡그리 잊어버린 채 이 여자 앞으로 다가가서 손이라도 잡고 내가 두 번이나 입원을 했으며 그동안 죽다가 살아났다, 당신이 얼마나 보고 싶었는지 몰랐다, 이런 얘기를 하려고 자리에서 일어서려는데 누가 상률의 어깨를 쳤다. 얼른 고개를 들고 돌아보니 옛날 고등학교 교사 시절의 동료 교사였다. 그는 교장으로 정년퇴임한 사람이었는데 그가 웃으면서 말했다. 그도 방금 범내골역에서 탄 모양이었다. 안 교수, 아프다는 소식 들리더니 좀 어떻습니까? 아이구, 장 교장 오랜만입니다. 이래 놓고, 그는 이 여자 쪽을 얼른 바라보니 이 여자도 그를 발견하고는 어쩔 줄 몰라 하는 표정을 짓고 있었다. 그러나 얼른 봐도 그를 반기는 표정은 아니었다. 뜻밖의 사람을 뜻밖의 장소에서 만나는 당혹감과 불편함이 묘하게 섞인 표정이었다. 그는 어쨌든 장 교장과 빨리 대화를 끝내고 이 여자에게로 다가가려고 했으나 장 교장은 자꾸 이야기를 걸어왔다. 요즘도 글 쓰십니까? 아니, 요즘은 못 쓰고 있지요. 제가 많이 아팠어요. 입원을 두 차례나 했었지요. 그는 이 말을 이 여자에게 들리도록 일부러 큰 소리로 말했다. 아이구, 그랬습니까? 어쩐지 좀 수척해 보인다 했더니 그랬네요? 그래도 털고 일어나셨으니 그런 다행이 없습니다. 이제 부디 건강을 잘 지키시기 바랍니다. 예, 감사합니다. 그러는 사이에 전동차는 서면역에 닿았는데 그 순간 이 여자가 보이지 않았다. 상률은 버릇처럼 욱이 엄마, 하고 소리칠 뻔했다. 욱이는 그의 아들 병욱이 이름의 끝자였고, 그는 언제나 이 여자를 부를 때 욱이 엄마! 하고 불렀던 것이다. 서면역은 환승역이기도 해서 많은 사람들이 한꺼번에 우르르 내리고 탄다. 이 여자는 사람들 속에 섞여 내리고 만 것 같았다. 참으로 서운하고 허망했다. 한편 그럴 수 없이 괘씸하고 미웠다.

  이 여자를 전철에서 만난 것은 사실 그의 오랜 바람이었다. 그만큼 그는 이 여자를 그리워하고 있었다. 이 여자가 독일로 가서 간호사로 일하다가 몇 년 만에야 돌아오자 그는 이 여자와 서둘러 결혼했던 것이다. 그때 그는 부전동의 단독주택에 살았다. 이 여자가 독일에서 가지고 온 돈에다 그가 모아 둔 돈을 보태어 서면 중심가에 집을 살 수가 있었다. 그때만 해도 그는 이 여자를 얼마나 아끼고 사랑했던가. 이 여자도 그에게 온갖 정성을 다 바쳤던 시절이다. 하나는 독일에서, 하나는 한국에서 간이 다 녹아 버릴 정도로 서로 그리워하다 만나 결혼했던 사람이 아닌가.

2.

  상률이 집을 나와 혼자 방을 얻어 자취 생활을 시작한 건 10년 전의 일이다. 대학에서 정년퇴임을 하고 얼마 안 있어 집을 나와 자취를 시작했지만 그 무렵에 이미 이들 부부의 사랑은 식을 대로 식어 있었다. 그가 나이 들어 정력이 떨어진 것이 이 여자와의 사랑이 식게 된 이유는 아니었다. 피부를 맞대고 살 만큼 산 남녀에게 권태기란 말도 적합하지 않았다. 서로가 관심을 상실해 버렸다고나 할까. 그도 이 여자에 대하여 그랬지만 이 여자도 모든 관심이 그로부터 떠나 있었다. 좀 젊었을 때 만해도 이 여자는 상률이 출근 때마다 그가 입고 갈 양복을 골라 주고, 와이셔츠를 꺼내 주고, 양복과 어울리는 넥타이를 찾아 주곤 했다. 그런 관심까지야 바라지 않았지만, 언젠가부터는 입고 갈 와이셔츠가 없어도 이 여자는 그걸 몰랐다. 목에 때가 너무 많이 묻어 벗어 둔 와이셔츠가 세탁기 앞의 바구니에 수북하게 쌓여 있어도 세탁을 해 주지 않았다. 그가 입고 갈 와이셔츠가 없다고 볼멘소리를 하면 남편 쪽을 바라보지도 않고 앙칼지게 소리만 쳤다. 티를 입어도 되고 남방을 입어도 될 텐데 늙어 가면서도 꼭 와이셔츠를 입고 넥타이를 매야 하나. 어느 년에게 잘 보이려고 그러나. 내가 이 나이에 아직도 한 남자 옷 챙겨 주는 일에 매여 살아야 하나. 아이구, 지긋지긋해! 그는 이 여자와 더 싸우기 싫어서, 아니 이 여자의 끝없이 늘어지는 잔소리를 더 듣기 싫어 아무 거나 걸치고 학교로 가곤 했다.

  좀 젊었을 때는 이 여자가 목욕을 갈 때마다 그가 농담 삼아, 온 몸을 구석구석 칼클키 매매 씻고 와요, 특히 깊은 골짜기를 더 칼클키 씻고 와요, 하면 얼굴이 발그무레해지면서 웃었다. '깨끗이'라는 뜻의 '칼클키'란 말이나 '잘'이라는 뜻의 '매매'란 사투리도 처음에는 잘 못 알아들었다. 하지만 정이 떨어진 그 무렵에는 상률이 이런 말을 하면 거침없이 튀어나오는 소리가 미친 소리 작작하라는 신경질이었다. 이 여자는 그에 대한 사랑, 아니 관심이 식은 대신 아이들에 대한 사랑은 몇 배로 더 강해져 있었다. 아이들이 어렸을 때는 생선 한 마리를 구워도 상률에게 먼저 주고 아이들은 뒷전이었는데 그 무렵에는 정반대가 되어 있었다. 아이들이 먹고 남는 게 있으면 그에게 돌아오지만 안 그러면 국물도 없었다. 문제는 아이들마저 제 어미의 이런 행위를 당연한 것으로 받아들이는 데 있었다. 아내는 근본도 있는 가문에서 자란 여자가 아닌가. 부친은 비록 치매에 걸려 세상을 떠났지만 배운 사람이었고, 오빠는 서울 시내의 중학교 교장이 아니던가. 그런데도 이 여자는 친정 가문의 그런 환경과 문견을 다 어떻게 하고 이렇게 막돼먹게 변했나? 젊었을 때는 안 그랬는데 왜 나이 들면서 이렇게 변해 버렸을까. 이 여자의 이런 몰지각한 행동에 대해 참다못해 무슨 충고라도 한 마디 하면 언제나 걷잡을 수 없는 가정불화로 비화되곤 했다.

아무러면 상률이 근본도 모를 만큼 막돼먹은 집안의 딸을 스스로의 눈으로 찍고, 결혼하자고 목을 달아맸겠는가. 가정교육도 그렇고, 대학은 졸업을 못 하긴 했지만 다니긴 했으니 학교교육도 받을 만큼 받았고, 인물도 남에게 빠지지 않았기에 택한 여자 아닌가. 그런데 한 30년 넘게 함께 살았더니 사람이 이렇게 손바닥 뒤집히듯 바뀔 줄을 누가 알았겠는가. 이 여자의 이런 발칙하고 못돼 먹은 버릇, 유아독존적이고 교만하기 짝이 없는 행태를 좀 고쳐 볼 요량으로 그는 집을 나오는 모험을 감행했던 것이다. 한 1년 그가 고생을 해서라도 이 여자와의 남은 생애를 행복하게, 정말 부부답게 살려고 한다면 얼마든지 감수할 수 있는 고생이라고 생각했던 것이다. 그러나 그건 하나의 모험이었다. 이 여자가 그에게로 와서 앞으로 조심할 테니 이제 집으로 들어오세요, 하고 빌지 않으면 그는 들어갈 수 없을 것이고, 들어가지 않으면 그는 언제까지나 궁상을 떨며 혼자 밥을 해 먹고 살아야 할 판이었다. 그런데도 이런 모험을 감행한 것은, 앞에서도 잠시 말했지만 길어야 한 1년만 고생하면 자신과 이 여자의 문제는 해결이 될 줄 알았기 때문이다. 그래서 남은 생애는 행복하게 살 줄 알았지 설마 이렇게 10년이 넘게 방치되리라고는 생각하지 못했다.

　상률이 집을 나와 혼자 생활한 지 반 년이 지나도록 이 여자로부터는 소식 한 번 오지 않았다. 그는 겨우 간접으로 이 여자의 근황을 알고는 했다. 그의 아들이나 딸들이 가끔 그의 원룸으로 찾아왔기 때문이다. 그러나 이 여자는 그에게 소식을 전하기는커녕 오히려 그가 없는 집에서의 혼자 생활을 몸에 익히면서 조금씩 그 재미를 붙여 가는 듯했다. 아니 이런 혼자 생활을 기다리고 있기라도 했던 듯 그가 집을 나온 지 6개월이 되자 그의 방을 깨끗이 치워 버리고 사면 벽에 황토를 발라 황토방을 만들어 버렸다고 했다. 그의 원룸을 찾아온 아들로부터 이런 소식을 듣는 순간 상률은 와장창, 그의 희망, 이 여자와 함께 누릴 그의 미래가 거울 조각처럼 산산이 깨지는 소리를 들었다. 아하, 내가 큰 실수를 했구나. 실수를 실수인 줄도 모르고 제법 호기 있게 집을 나선 자신의 어리석음을 때늦게 후회했다.

　그의 원룸을 찾아온 아들에게 그가 물었다. 그러면 그 방에 있던 그 많던 책들은 다 어떻게 했는데? 제가 좀 가져다 놓고 나머지는 모두 버렸지요. 버려? 상률이 눈을 부릅뜨고 아들을 노려보자 아들이 말했다. 제가 있는 아파트도 아주 좁아 책을 둘 공간이 없지요. 그리고 그 책들은 모두 저에게는 아무짝에도 쓸모가 없고요. 아들이 계속 말했고 그는 아들을 노려보고 있었다. 하기야 은행원인 아들에게 문학 관련 책은 아무짝에도 쓸모가 없기는 했을 것이다. 아들이 말했다. 그러게 책을 가져가시든지 안 그러면 하루빨리 집으로 들어가시라고 제가 몇 번이나 말씀드리지 않았습니까? 그렇게

나 집으로 들어가시라고 했는데도 고집을 피우시다가 이제 와서 어머니가 책을 버린 걸 제가 어쩝니까? 그는 옛날 같았으면 아들에게 귀싸대기를 한 대 올려붙였을 텐데 그러지 못했다. 아들의 나이도 벌써 쉰이 가깝지 않은가.

그가 거처하던 방에는 사면 벽은 물론이고 책장이 방 가운데까지 마치 도서관처럼 줄줄이 세워져 있었다. 정확하게 세어 보지는 않았지만 책은 줄잡아 수천 권, 아니 만 권은 될 것이었다. 20년 이상을 살아온 단독주택이었고, 살아오는 동안 책이 늘어나자 두 번이나 방을 넓히는 공사를 하면서 책을 신주 모시듯 간수하고 있었던 것이다. 그런 책을 버리다니! 고등학교에 있을 때는 적은 봉급으로 달마다 책을 사느라고 많은 돈을 썼다. 그때부터 이 여자와는 책 때문에 아침저녁으로 싸웠다. 아니 밤에도 주로 책 때문에 싸웠다. 이 여자는 말끝마다 이놈의 책, 이놈의 책 하면서 책을 가지고 지청구를 했고, 책 냄새가 싫다면서 그의 방(서재 겸 집필실)에는 아예 걸음을 하지 않았다. 그 시절부터 자연스럽게 이 여자와 각방거처를 했으니 벌써 몇 년인가. 이런 별거가 점점 더 부부 사이를 멀어지게 했는지 모른다.

책 때문에 이 여자와 갈등을 빚으면서도 그는 서재에 가득 찬 책을 보고 있으면 마음이 든든했다. 자연스레 뿌듯한 자부심을 느끼곤 했다. 다른 사람들이 고스톱이나 치면서 놀고 마실 때 그는 언제나 책을 사서 읽으면서 힘들여 글을 써 왔기 때문이다. 이 많은 책들이 그 증인이고 동반자란 생각이 들어 책을 보고 있으면 자부심 같은 게 느껴졌던 것이다. 그렇게 애지중지하면서 사 모으고 간수해 온 책을 버리다니! 그 어미에 그 자식이었다. 그리고 제 놈한테는 비록 쓸모가 없는 책이라 해도 그렇지, 아비가 평생 모아 애지중지 간수해 온 책이 '아무짝에도 쓸모가 없'다니. 후레자식이 따로 없었다. 그는 생각할수록 자식놈이 밉고 괘씸했다.

이 여자는 아이들이 어릴 적에는 가정교육도 착실히 시켰다. 말씨 교육부터 예의범절까지 모두 관심을 가지고 가르쳤다. 그때는 살기가 힘겨웠다. 그가 받는 월급에서 상당한 액수의 돈을 서울의 처수(처남의 부인)에게 보내 주고 있었기 때문이다. 처남 최설림 교장이 듣기조차 무서운 일로 감옥을 살게 되어 처수는 살기가 말이 아니었다. 그래서 그들 부부는 처수를 도와주고 있었다. 상률이 가정교사로 있으면서 가르쳤던 아이들 남매도 어느새 어른이 돼 있었지만 아버지 때문에 연좌제에 걸려 직장을 잡을 수도 없었다. 그런 시절에도 아내 최설경은 크게 불평하지 않고 잘 살아왔다.

그러다 상률이 대학으로 올라가고, 어렵사리 좀 더 좋은 집을 사서 이사를 했다. 그 전보다 살기가 많이 좋아졌다. 그런데 이때부터 이 여자는 본격적인 불평을 시작했다. 이 여자의 불평은 처음, 소리를 입안에 넣고 혼자 구시렁거리는 것으로 시작되었다. 그러다 좀 더 크고 번듯한 집으로 이사를 하고부터는 이제 입안에서 구시렁거리던 불평이 입 밖으로 나와 감당하기 힘든 소음으로 변했다. 그 시끄러움은 온 집안을 들볶는 소리가 돼 있었다. 왜 이 여자는 살기가 조금씩 좋아지는 일과 정비례하여 불평의 소리, 남편에 대한 불만이 커졌을까.

3.

　상률은 지금 와서 이런 험담을 하고 있는 스스로가 참 한심스럽지만 이 여자의 모든 것이 다랍고 꼴사나웠다. 이 여자는 그가 집에서 글을 쓰고, 책을 읽는 걸 지극히 싫어하고 꺼렸다. 좁은 집에서 살 때는 안 그랬는데 좀 넓은 집에서 살면서부터 더 그렇게 되었다. 그래서 그는 현직에 있을 때는 죽으나 사나 연구실로 나가 쓰거나 읽었다. 토요일은 물론, 1주일에 한 번 있는 연구일도 학교로 나가 시간을 보냈다. 연구실은 좁고 낡고, 여름에는 덥고 겨울에는 추웠지만 거기에 있는 모든 것이 그의 손때, 그의 체취가 밴 것이어서 거기에만 들어가면 아늑했고 포근했다. 그래서 그는 이 연구실을 검돌글방이라 이름 짓고, 검돌글방을 진심으로 사랑하면서 애용했다. 검돌이란 그의 아호다. 굳이 한자로 쓰면 흑석(黑石)이 되겠지만 사실은 흑석이 아닌 석영(石英)을 가리킨다. 그는 석영을 좋아한다. 석영은 규소의 화학적 성분이 섞여 있는 광물로, 쉽게 말하면 수정 같은 광물이다. 수정(水晶), 그는 이 수정을 좋아한다, 투명하되 빛은 나지 않고, 화려하되 소박하다. 그래서 그의 아호 검돌은 사실은 수정을 지칭한다.

　정년퇴임을 하고 나니 명예교수인데도 연구실을 반납해야 했다. 연구실이 없으니 집을 나가도 있을 데가 없어 처음 한 몇 년간은 시내에 제법 큰 원룸을 얻어 사무실을 내었다. 사무실 이름은 검돌창작연구원이었다. 학교의 연구실 문에 '검돌글방'이라 썼던 그 검돌을 '연구원' 앞에다 붙였다. 연구원이란 이름을 붙인 것은 거기에서 그가 소설가 지망생들을 모아 소설쓰기를 가르쳐 보려고 했기 때문이다. 거기에다 연구실의 책도 옮겨다 놓고 매일 출근하다시피

했다. 그러니 이웃 사람들은 그를 보고 정년을 해도 여전히 나갈 데가 있는 행복한 노인이라 생각했을 것이다.

그러나 얼마 못가 그의 이름 좋은 검돌창작연구원은 문을 닫지 않을 수 없었다. 수강생이 없었기 때문이다. 수강생은 없는데 전기세 등 관리비는 매월 꼬박꼬박 나오니 이걸 부담하는 게 힘들었다. 그래서 책들을 가지고 집으로 들어왔다. 이때부터 그에 대한 이 여자의 구박과 멸시, 천대와 눈치가 노골적이고도 본격적으로 시작되었다. 다시 한 번 말하지만 젊은 시절, 좀 어렵게 살던 때는 안 그렇던 여자가 형편이 조금씩 나아지자 왜 불평과 앙살이 더 심해진 것일까. 서방이 어디 또 있고 또 있기나 한가. 단 하나뿐인 서방을 이렇게나 못 잡아먹어서 안달을 할까.

그는 정년퇴임을 하면서 다달이 타 쓰는 연금 대신 뭉칫돈을 찾았다. 이 여자의 고집에 의해서였다. 그런데 이 뭉칫돈을 이 여자가 증권을 하면서 절반이나 날리고 말았다. 이 여자는 상률이 현직에 있을 때도 상률 몰래 증권회사에 드나들면서 소액을 투자해 재미를 조금씩 봤던 것이다. 그런 경험으로 그의 퇴직금이 생기자 이를 뭉텅이 돈으로 투자하여 홀랑 날리게 된 것이다. 서방을 눈 아래로 내려다보면서 까불다가 오지고 싸다, 이 여편네야. 그는 이렇게 고소해했다. 그나마 그는 이 여자 모르게 교원연금공단에 저금해 둔 돈이 조금은 남아 있어 다행이었다.

그렇기로서니 그가 무슨 재주로 수강생도 없는 창작연구원을 내 사무실입네 하고 건사하고 있겠는가. 그는 남들처럼 등산을 다니거나 하지도 않았다. 그러니 언제나 집에만 붙어 있었는데 이 여자에게는 그런 그가 죽어라고 보기 싫었다. 게다가 삼시 세끼 밥을 챙겨 먹는 그는 이 여자에게는 원수 같은 존재였다.

이 여자는 또 그의 모든 것을 안 좋게 보고 꺼리고 피했다. 된장찌개 같은 것도 그가 있으면 그의 입에 들락거리는 숟가락이 불결하다고 그에게만 따로 떠 준다. 그가 먹다 남긴 음식은 아무리 귀한 것이라도 절대로 입에 대지 않고 버린다. 함께 먹지 않을 수 없는 김치나 나물이나 고추장 같은 것도 반드시 그에게 한마디 했다. 당신 젓가락 깨끗이 빨아 먹고 반찬 집어 가요. 그는 속으로 말한다. 내가 문둥이야? 내가 염병이라도 걸렸어? 전염병 환자냐고? 이놈의 집구석 확 박차고 나가든지 무슨 수를 내어야지! 그가 입 밖으로 소리를 내어 말하지 않는 이유는 딱 한 가지다. 그가 한마디 하면 이 여자가 길길이 뛰면서 소리소리 치고 나오기 때문에 그게 더러워서다. 그렇다. 무서워서가 아니고 더러워서였다.

가만히 보니 그의 속옷이나 겉옷도 그의 것만 따로 모아 세탁기에 넣어 돌린다. 그의 이불은 아무리 오래 돼도 호청을 갈아 주지 않는다. 그의 방은 항상 그가 직접 쓸고 닦고 청소한다. 집에서 상률은 완전히 남과 같은 존재였다. 이 여자는 그가 보던 책은 절대로 좋게 치우지 않고 집어던져서 치운다. 그가 보던 신문도 아무렇게나 구겨 휙휙 집어던진다. 책이나 신문을 던질 때도 수없이 혀를 차면서 구시렁거린다. 어이쿠, 이놈의 책, 언제 온 방에 책 널브러진 꼴 안 보고 살아 보누? 어이쿠, 이놈의 신문, 언제 신문 좀 가지런히 정리해 놓는 꼴을 한 번 보누? 신문은 한 가지만 보면 되지 뭐한다고 세 가지를 봐?

그는 언제나 속으로 저주하고 또 저주한다. 에이 빌어먹을 여편네, 그때 독일에서 더 있으려고 했을 때, 그만 독일에서 살게 내버려 둘걸…. 저게 언제 아파 드러누워 버릴까. 제발 좀 내 눈앞에서 없어지면 내가 춤을 추지.

이럴 때 아들이나 딸들이 제 값을 한다면 그의 고충을 이해하고 위로라도 해 주련만 그에게는 처음부터 그런 복은 없었다. 어쩌다 집에 오면 이것들은 하나같이 제 어미와 한 패거리가 되어 그를 몰아붙이고 공격한다. 아부지, 목욕 좀 자주 자주 하세요. 몸에서 노인 냄새 나요. 혹은 아부지, 책 보시고 나면 있던 자리에 좀 갖다 두시면 누가 잡아 간대요? 온 방에 아부지가 보시던 책과 신문뿐이잖아요.

명색이 하나뿐인 아들놈은 더하다. 항상 상률의 가슴에 불을 지르는 소리만 한다. 아부지, 읽히지도 않는 글 이제 좀 그만 쓰세요. 요새 아부지가 쓰신 글 읽는 사람은 아무도 없어요. 문장은 늘어져 탄력이라고는 없지, 내용은 지금도 조선시대의 충효 타령이지, 이러니 아부지 글을 누가 보겠어요? 아무리 연세가 드셔도 새로운 물결, 새로운 유행 같은 것도 좀 이해하고 존중하실 줄 알아야지, 아부지처럼 과거에만 갇혀 있는 문인은 없어요. 자식이 아니라 원수다. 본시 자식이 크면 아비 속도 좀 썩이는 건 알고 있었지만 이 자식처럼 아비 비위를 건드리는 놈도 있을까 싶었다. 벼락을 맞을 놈! 이래서 상률은 미련 없이 집을 뛰쳐나온 것이다.

연금은 처음부터 이 여자가 절반 이상을 작살을 내어 버렸으니 이 여자가 볼 때 그에게는 돈이 없었다. 그러나 그동안 그에게는 인세가 조금씩 나오기도 했고 원고료도 얼마씩은 생겼지만 이 여자에게는 절대로 이걸 말하지 않았다. 그러니 그가 수중에 가진 돈만 해도 따로 나가 혼자 살아갈 수는 있었다. 그렇더라도 이 여자가 볼 때는 그에게 돈이 한 푼도 없는데 그의 생활비며 원룸 집세 문제 같은 걸 한 번도 걱정하거나 묻지 않았다. 얼마나 모질고 독한 여편넨가.

아들놈이 아무리 자신의 글을 폄하하고 평가절하해도 그에게는 일정한 수의 독자가 있었다. 말하자면 그에게도 팬, 그를 좋아하는 독자들은 있었다. 그러니 서울에서 책을 한 번 내면 적어도 초판 3천 권은 팔린다. 그런 책을 평균 3년에 한 권꼴은 펴냈고, 그동안 출간한 책이 30여 권이나 되니 비록 적은 액수이기는 하나 인세가 있었고, 원고료도 있었다.

그는 되도록 집에서 멀리 떨어진 곳에 원룸을 얻었다. 그리고 그가 주야로 쓰고 있던 낡은 컴퓨터와 그동안 쓴 글을 저장한 USB를 챙기고, 옷가지 몇 점과 소소한 일용품 몇 가지를 가방에 넣어 집을 나왔다. 이런 물건들을 챙기는 데도 이 여자는 코빼기 한 번 보이지 않았다. 웬만하면 옷가지도 좀 챙겨 주어야 할 것 아닌가. 괘씸하고 고약한 것! 속이 시원하기도 했고, 어딘지 허전하기도 했지만 인생은 본래 혼자란 말을 떠올리며 집을 나섰다. 그래도 딸 둘 중 큰딸과 아들이 집으로 와 있다가 그를 배웅했다. 딸이 말했다. 아버지, 끼니는 잘 챙겨 드세요. 약주 조심하시고요. 그는 딸의 말을 듣는 둥 마는 둥 하고 큰길까지 걸었다. 함께 큰길까지 걸어온 아들이 택시를 잡더니 컴퓨터와 가방을 택시에 실어 주었다. 이놈도 제 어미와 같은 놈이어서 상률은 놈이 미워 말 한 마디 않고 택시에 올라탔다. 그런데 아들놈이 뒤따라 택시에 올랐다. 그때까지도 이 여자는 내다보지 않았다. 참 괘씸하고 서운했다. 그래도 그렇지, 이럴 수가 있는가. 서방인지 영감인지가 집을 나가 딴 데로 가는데 내다보지도 않다니. 그러나 그때까지만 해도 그는 오냐, 보자. 내가 아쉬울 때가 있을 건데 그때 어쩌려고 이렇게 못되게 구는지 두고 보자, 하고 택시 앞만 보고 있었다. 그러다 그때야 아들에게 말했다. 니는 어데 가노? 그러자 놈이 답했다. 아부지가 사실 집을 알아는 놔야 할 거 아닙니까.

4.

　수요일과 토요일만 되면 저녁밥이 국수나 콩죽이었다. 국수나 콩죽이 싫고 좋고 문제가 아니라 양이 적고 소화가 너무 잘되어 먹고 돌아서면 배가 고프기 시작하는 것이 문제였다. 호주머니에 돈이라도 있으면 밖으로 나가 빵이나 고구마, 감자라도 사 먹으면 되지만 돈이라고는 한 푼도 없었다. 그러나 이걸 그 누구에게도 하소연할 수 없었다. 한창 먹을 때였는데도 늘 그랬다. 밥상은 항상 최설경이 들고 왔다. 최설경 외에는 그에게 밥상을 들고 올 사람이 아무도 없었다.
　언제나 상률에게만 독상을 차려 따로 가져다주는 게 못마땅했다. 최설림 교장의 가족들과 같은 방에서 한 상에 밥을 먹으면, 혼자 후닥닥 먼저 먹고 숟가락을 놓음으로써 밥이나 국수나 콩죽이 양에 차지 않고 턱없이 모자람을 알려 줄 수 있으련만 언제나 따로 차려다 주니 아무리 빨리 먹어도 소용없는 일이었다. 그래서 하루는 작심을 하고 밥상을 가지고 들어온 설경에게 더듬더듬 말했다. 그때까지만 해도 상률과 설경은 대단히 조심하는 사이였다. 상률은 1년 늦기는 했지만 대학 1학년이었고, 설경은 최 교장의 누이동생이면서 간호고등학교 3년생이었다. 그가 큰마음 먹고 입을 뗐다. 대단히 미 미안한 말이지만 시 식사량을 조금만 더…. 설경이 눈을 동그랗게 뜨고 그를 바라보았다. 그러더니 말했다. 밥을 좀 더 담아 달라구요? 예. 특히 수 수요일과 토 토요일의 국수나 콩죽은 머 먹고 돌아서면 배 배가 고파서…. 무슨 말씀인지 알겠네요. 그런데 어쩌죠? 밥은 올케언니가 푸고, 집안이 항상 식량난으로 허덕이니…. 설경은 잠시 쉬었다가 다시 말했다. 어머니가 밥을 푸시면 몰라도…. 그의 어머니는 너무 늙어 부엌일은 아예 못했다. 벼르다 꺼낸 상률의 말은 아무 보람이 없었다. 체면만 된통 구긴 셈이었다. 그래도 소득은 있었다. 상률이 아이들을 다 가르친 빈 시간에 설경이 영어나 수학을 물으러 오면서 그녀가 간식으로 먹는 건빵이나 비스킷 같은 과자를 가끔 가지고 왔기 때문이다. 상률은 그때마다 설경에게 성실히 영어나 수학을 가르쳐 주곤 했다. 간호학교를 다니면서도 영어나 수학을 독학하고 있는 설경이었다. 간호사를 하면서 장차 대학에 진학할 꿈을 갖고 있었기 때문이다. 상률은 야간고등학교를 다녔어도 웬만한 영어나 수학은 자신이 있었다. 설경에게 영어나 수학을 가르치는 일이 그로 하여금 그 집에서 당장 나가지 않게 했다.

  1958년, 상률은 서울의 어느 사립대학에 전액 장학생으로 입학했다. 등록금은 해결되었지만 다른 학비는 전혀 해결되지 않았다. 서울에서의 고학이 시작되었다. 고학의 방법은 입주 가정교사였다. 처음 구해 들어간 집이 어느 사립 중학교 교장 집이었다. 교장은 40대 초반의 남자였다. 뒤에 설경으로부터 들은 바에 의하면, 설경의 큰오빠가 재일 교포로 일본에서 돈을 많이 벌어 동생 최설림 교장에게 자주 도움을 준다고 했다. 최설림 교장은 그 돈을 한 푼도 축

내지 않고 차곡차곡 모아 두었다가 재정난으로 문을 닫게 된 어느 사립중학교를 인수했다고 한다. 학교는 서울 강북의 변두리에 있었고, 운동장도 좁은 데다 비가 조금만 와도 물이 고여 질퍽거렸다. 학교는 단층 건물로 교실이 일곱 개뿐이었다. 학생은 한 학년에 2학급씩이었고, 교무실은 교실 하나를 반으로 쪼개어 썼는데, 나머지 반은 서무실 겸 숙직실로 꾸며져 있었다. 그러니 교장실도 따로 없었다. 교사 수는 총 13명이었는데 한 교사가 보통 두 과목이나 세 과목을 가르친다고 했다. 학교 안에 교장 사택이 있었는데 사택도 낡고 비좁았다.

  최 교장은 연만한 부모를 모시고 있었는데, 부친은 그때 노망이 들어 시도 때도 없이 고함을 지르고 분탕을 쳤다. 당시는 치매란 말도 없었다. 그 수발을 설경의 늙은 어머니가 하고 있었다. 설경은 막내딸이기는 했으나 부모와는 나이 차이가 아주 많았다. 설경은 살결이 희고 까만 머리칼이 곱슬곱슬했다. 후리후리한 키에 얼굴에는 귀티가 흐르는 여학생이었다. 특히 종아리가 아주 예뻤다. 항상 웃는 얼굴로 상냥하고 친절해 객지에서 외롭게 공부하는 상률에게는 언제나 마음에 위안을 주었다.

  상률이 가르치는 아이들은 중학교 3학년과 1학년 남매였는데, 고모인 설경이 맡아 가르치다가 설경이 간호학교 3학년이어서 바쁘기도 하지만 아이들의 성적이 안 올라 그를 가정교사로 새로 들여앉힌 터였다.

  50년대 후반인 그 시절은 누구나 살기가 어려웠지만 명색이 중학교 교장인 그 집에서도 생활난으로 수요일과 토요일만 되면 국수나 콩죽을 끓여 먹고 있었던 것이다. 그러나 아이들 교육은 더 잘

시키고 싶어 가정교사를 새로 들여앉혀 놓고도 월급을 한 푼도 줄 줄을 몰랐다. 그래서 그는 먹고 자는 것만 해결하면서 견디고 있었다. 물론 처음부터 그런 조건이란 걸 알고 들어가지는 않았으므로 그는 월말만 되면 마음을 졸이며 돈을 좀 주려나 하고 기다렸다. 그러나 언제나 헛물만 켰다. 그래도 3월부터 7월까지 5개월을 버텼던 것은 최설경 때문이었다. 솔직하게 말하면 그는 중3과 중1의 두 학생을 가르치는 본업보다 이 아이들의 고모인 설경이 자신에게로 와 수학과 영어를 물어오면 이를 가르치는 재미로 그 집에서 다섯 달을 견뎠던 것이다.

설경은 그가 들어가기 전에 조카들을 가르치느라 혼이 났기 때문에 조카 남매들의 개성과 버릇 같은 것도 누구보다 잘 알고 있어 가정교사인 그에게 큰 도움이 되었다. 아이들은 모두 영리했다. 그러나 그게 탈이었다. 지독하게 게으르고 엄청난 잠꾸러기였다. 가르칠 시간만 되면 어디론가 피해 버리곤 했다. 그런 아이들에게 공부하는 버릇만 좀 들여 달라는 게 최 교장의 부탁이었다. 그런 아이들 둘을 맡아 상률은 진땀을 빼고 있었다. 그런 중에서도 상률은 설경과 동병상련의 심정이 되어 서로 이해하고 소통하고 있었던 것이다.

한 학기를 겨우 마치고 다른 가정교사 자리를 구해 나갔는데, 변두리 어느 극장의 사장 집이었다. 이 집의 외아들은 공부도 시키는 대로 잘했고 말도 잘 들었다. 그 위에 월말에는 월급도 꼬박꼬박 주어서 그는 비로소 친구들처럼 용돈을 쓸 수 있는 대학생이 되었다.

상률은 설경의 집을 나와서도 설경과 만났다. 설경은 이듬해 어느 종합병원의 간호사가 되었다. 설경은 만날 때마다 얼굴이 환하게 피면서 세련미를 더해 갔다. 의상도 학생 때와는 달라져 정말 아름답고 매력적인 여성으로 변모되어 갔다. 이제 설경과 함께 식당에서 음식을 사 먹거나 영화관에서 영화를 볼 때면 상률이 계산을 했다. 한 달에 두 번꼴은 만났고, 만나자는 말은 주로 설경이 해 왔다. 상률이 설경에게로 편지를 하면 오빠나 올케가 이상하게 여긴다고 했기 때문이다. 그런데 한 달이 훨씬 지나도 만나자는 편지가 오지 않더니 드디어 연락이 왔다. 상률은 더 아름답게 변했을 설경을 상상하며 만날 장소로 나갔다. 그런데 설경은 많이 초췌해진 모습이었다. 그 사이 치매를 앓던 아버지가 별세했고, 며칠 뒤 어머니마저 아버지를 따라 세상을 떠나 버렸다고 했다. 다 자라기는 했지만 설경이 고아가 되었던 것이다. 그러니 부모가 안 계신 집에서 형편이 어려운 오빠 부부 밑에서 얹혀 지내기가 아무래도 눈치가 보여 어떻게 할까 고민 중이라고 했다. 오빠도 오빠지만 올케언니의 눈치가 보여서 도저히 한 집에서 더 있기가 힘들다고 했다. 그래서 어쩔 거냐니까, 두고 보라고 하더니 그 뒤 만났을 때, 따로 방을 얻어 나왔다고 했다. 상률이 왜 그런 일을 한 번도 나와 사전에 의논하지 않느냐니까, 웃으면서 사후 보고란 것도 있잖아요? 라고 했다.

    상률은 설경이 자취하는 곳으로 한 번 가 보고 싶었으나 속이 내다보여 차마 그 말을 꺼내지 못했다. 그렇게 지내기를 1년쯤 됐을 무렵, 독일에서 한국인 간호사를 모집한다고 했고, 상률이 그런 것을 알았을 때 설경은 이미 독일로 가기로 결정한 후였다. 상률은 울상이 되어 고집 센 설경을 바라보기만 하다가 말했다. 가서 자리를 잡으면 편지라도 꼭 해 달라고. 그리고 설경은 독일로 날아가 버렸다.

　상률은 고학을 하면서도 설경을 가끔씩 만나는 게 유일한 낙이었다. 자신의 뜨겁고 간절한 마음을 설경에게 언제 고백할까, 기회를 노리고 있던 중인데 설경이 독일로 가 버렸던 것이다. 너무 서운하고 허망했다.

　설경이 없는 서울은 사막처럼 공허하고 황량하게 느껴졌다. 그래서 설경에게서 편지가 와서 설경의 주소만 알게 되면 그도 서울을 떠나 입대할 결심을 하고 있었다. 마침내 첫 편지가 왔다. 늘 받아 보던 편지였지만 이번 편지는 감회가 새로웠다. 글씨도 더 예쁜 것처럼 느껴졌다. 상률에게 항상 건강을 조심하면서 부디 학업에 열중하라는 평범한 말인데도 가슴에 사무치게 감동적이었다. 정성 들여 답장을 써 보낸 얼마 후 그는 입대를 했다. 차라리 군대는 그에게 새로운 활력과 희망을 불어넣어 주었다. 군부대는 빈부의 차가 전혀 없었다. 설경과는 계속 편지를 주고받았다. 직접 만나서 말로 하려다 기회를 놓친 사랑의 고백을 편지로 했다. 그 고백에 대한 확실한 답은 없었지만 상률이 보낸 편지에 답장은 꼬박꼬박 보내왔고 뜨거운 감정이 배어 있었다. 이렇게 사랑을 키웠다. 상률은 1년 반 후에 제대를 했고, 복학하여 자취를 하면서 어렵사리 대학을 졸업하고 고등학교 교사발령을 받아 부산으로 내려왔다.

　그러던 어느 날 그는 신문에서 무서운 기사를 봤다. 설경의 오빠 최설림 교장이 간첩으로 검거됐다는 것이었다. 최 교장의 학교도 일본에 있는 조총련 간부인 형이 보내 준 돈으로 인수했다는 것이었다. 이런 일도 상률이 급히 독일의 설경에게 편지로 연락해 주었다. 그는 최설림 교장의 파멸을 딱하게 여겼고, 최 교장의 성실 근

면하고 검소한 성품이 돋보였지만 사건이 워낙 무섭고 큰 것이어서 일개 교사가 나서거나 도울 방법은 아무것도 없었다. 다만 최 교장의 주소로 매월 얼마간의 생활비를 보내 주는 것이 그가 할 수 있는 일의 모두였다.

  그는 편지마다 설경에게 용기와 희망을 불어넣었고 편지 끝에는 빠뜨리지 않고 사랑한다는 말을 '추신'으로 써 보태곤 했다. 설경은 독일에서 계약기간을 마치고 독일에 더 남아 있으려고 했다. 그러나 상률은 누구 죽는 꼴을 보려느냐고 을러대었다. 그러다 독일까지 가서 귀국을 설득했다. 그런 보람으로 설경이 독일로 간 지 5년 만에 돌아오자마자 결혼했다. 생각하면 그가 설경을 아내로 맞기까지는 10년 이상의 오랜 세월이 필요했고, 그 사이 그와 설경은 여러 가지 크고 작은 갈등의 고비를 수없이 넘기면서 그때마다 이를 용하게 극복하면서 결혼에 이르렀던 것이다. 그런데도 지금 이 지경이 되어 있었다.

5.

  그가 아끼는 후배 작가의 첫 소설집 출판기념회에 다녀온 날 밤, 그는 다시 열이 나면서 온몸이 쑤시고 떨려 오기 시작했다. 출판기념회 장소인 뷔페식당에서 호박죽 한 보시기를 먹고 왔기 때문에 저녁은 해 먹을 필요가 없었다. 설령 아무것도 안 먹고 왔다고 해도 해 먹지 못했을 것이다. 이날부터 그는 꼼짝도 못하고 지금까지 드러누워 있다. 우연히 아들이 들렀다가 그가 위독한 것을 보고는 지금의 병원 응급실에 입원시켰다. 응급실에서 사흘을 지내고 일반병실 독실로 옮겼다. 그러나 오늘까지 밥은 입에 대지도 못하고 겨우 병원에서 주는 미음만 먹고 있다. 아들은 그가 두 번이나 입원했던 ㅎ박사의 ○○병원에는 그를 데리고 가지 않았다. 아버지의 병을 솔직하게 말하지 않고 괜히 아버지에게 안심을 시킴으로써 아버지가 다시 술을 마시면서 병을 키운 게 ㅎ박사의 탓이라고 보았기 때문이다.

  상률은 하루가 다르게 기운을 잃어 갔고, 정신도 한 번씩 가물가물할 때가 있었다. 그는 이제 모든 걸 체념하면서 마음을 정리했다. 아내 설경의 냉정과 증오도 받아들이기로 했다. 생각하면 자신의 잘못도 컸다. 그러나 이제는 모두 늦었다. 자신의 주름투성이한 많은 인생을 누구에게 다 말하랴. 그는 비틀거리며 겨우겨우 병실 화장실에 가서도 거울을 볼 수 없었다. 거울 속 자신의 모습이 도무지 사람 같지 않았기 때문이다. 아무리 야위어졌기로서니 얼굴이 어쩌면 그렇게 길어졌을까. 깎지 못한 수염은 다시 자라 온 얼굴을 허옇게 덮고 있었다. 그러나 이제 그 모습은 산신령이 아니라 귀신 같았다.

  낮에도 잠만 설핏 들면 검은 옷을 입고 검은 두건을 쓴 사람들이 빚쟁이처럼 그를 찾아왔다. 데리러 왔다는 것이다. 그는 소리친다. 간다, 가! 엔간히 좀 재촉해라. 갈 테니 이제 다시는 내 앞에 나타나지 마! 아부지 아부지, 왜 그러십니까? 누가 흔들어 눈을 떠 보면 아들 욱이 옆에 붙어 서서 슬픈 얼굴로 내려다보고 있었다.

  며칠 전에는 백야회 회원들이 몰려왔다. 그들도 이제 마지막이니 한 번 더 가 보자면서 찾아왔으리라. 그런데 그들이 병실에서 하는 잡담 소리가 어찌 그리 듣기 싫던지. 그는 안 나오는 소리를 겨우 내어 노골적으로 신경질을 부렸다. 좀 조용히 해라! 그러고 소리 내지 않고 중얼거렸다. 아픈 사람 들여다보러 왔으면 조용히 보고 갈 일이지, 어디 소풍 왔나? 누구는 죽고 싶어 죽는 줄 아나? 나도 너 그처럼 더 살고 싶다. 77년간의 내 인생이 와 이리 허무하노!

백야회 회원들은 한 사람씩 순서대로 그의 손을 잡았다가 놓았다. 아무도 쾌차를 빕니다란 말은 하지 않았다. 길어야 한 며칠 더 살 거라고 생각한 모양이니 누구 입에서 쾌차를 빕니다란 헛소리가 나오겠는가. 그는 마지못해 얼굴에 억지미소를 띠면서 손을 잡아주는 친구들의 손에 자신의 손을 맡기고 있었다. 그는 너무 힘이 없어 손가락 하나 움직일 수가 없었다.

상률의 할아버지는 '석수장이'였다. 할머니와 일찍 사별한 할아버지는 홀며느리의 수발을 받으면서 평생을 망치로 정을 때려 돌만 쪼며 살았다. 상률의 어머니는 왜 혼자가 됐나.

6·25가 일어나자 경찰서로 불려 간 그의 아버지는 많은 사람들과 함께 산골짜기로 끌려가 학살되었다. 아무 영문도 모르고 보도연맹에 가입한 탓이었다. 그때 상률은 중학교 2학년이었지만 학교를 그만두어야 했다. 아들을 잃은 할아버지는 놀고 있는 상률이도 죽은 아들처럼 석수장이가 되기를 바라는 눈치였다. 손자마저 고향을 떠나 눈앞에서 사라지면 못 살 것 같아서였다. 그러나 어머니가 기를 쓰고 말리면서 아무 의지할 데도 없는 부산으로 쫓아내다시피 보냈다.

그 무렵 어머니는 혼자 밭을 매다가도, 베를 짜다가도 이런 가락을 흥얼거리며 한숨을 쉬고 눈물을 훔쳤다. 그것은 민요 가락이었고 앞부분, '아무렴 그렇지, 그렇고 말고. 한오백년 살자는데 웬 성화요'까지는 생략하고 언제나 뒷부분, '한 많은 이 세상 야속한 임아, 정을 두고 몸만 가니 눈물이 나네.'만 작은 소리로 불렀다. 상률은 그때 어머니가 왜 이런 노래를 자주 부르는지, 어머니의 한과 고독을 어쩌면 이해할 것 같았다.

상률은 부산의 야간고등학교에 다녔다. 어느 해 겨울 방학을 맞아 밀양 집으로 갔을 때 앓아누운 할아버지는, 언제나 돌가루를 들이마셔서 돌가루가 배 안에서 뭉쳐져 큰 덩어리가 생겼다고 하셨다. 그러는 할아버지는 위암이었을 것이다. 그러나 당시의 시골에서 병원을 가 보지 않았으니 무슨 병인지 몰랐다. 불과 반년 만인데 못 알아볼 만큼 병이 깊어 보였다. 그는 할아버지께서 그렇게 편찮으신 줄도 몰랐다. 그때는 시골에 전화도 없었다. 기껏 편지가 통신수단의 전부였지만 편지를 보내도 읽을 만한 사람이 아무도 없었다. 어머니나 할아버지는 모두 글자를 몰랐다. 그래서 그는 편지를 보내지도 받지도 못했으니 할아버지의 소식을 알 수가 없었다.

자리에 가만히 누워서 상률을 한참 올려다보던 할아버지는 힘겹게 말했다. 그때 니 에미가 생각을 잘한 기라. 어머니가 상률로 하여금 집을 떠나게 한 일을 말한 것이다. 할아버지가 천천히 말을 이었다. 율이 니는 내맹키로 촌에서 이리 살아서는 안 되니라. 반다시 대처에서 좋은 일 함스로 살아라. 우짜든지 큰 사램이 돼야 한다이! 이기 할애비 소원이니라. 큰 사람! 할아버지가 말씀하신 큰 사람은 어떤 사람일까.

할아버지가 별세하시고 어머니도 곧이어 기다렸다는 듯이 별세하셨을 때 그는 서울 어느 사립대학의 장학생이 되어 있었다. 고학으로 공부하느라 바쁘기도 했지만 시골에는 이제 당숙 외에는 아무도 없는 게 오히려 홀가분했다. 그러나 상률이 힘겹게 대학을 졸업하고 나서도 그의 앞날은 험난하기만 했다. 죽은 아버지 때문이었다.

아버지의 죽음은 두고두고 그의 발목을 잡았다. 그가 대학을 졸업하고 공립고등학교 교사로 발령을 받을 때부터 그는 애를 먹었다. 시골의 당숙이 면사무소와 지서를 찾아다니면서 별별 애를 다 쓴 뒤에야 발령을 받을 수 있었다. 그는 고등학교에 10년간 있다가 사립대학 공채에 응모해 최종으로 13명이 채용되었지만 상률만 발령이 나지 않았다. 그러나 입사 동기 교수들과 함께 신학기 강의는 이미 하고 있었다. 그러다 한 달이나 지난 뒤에야 겨우 발령을 받았다. 학교 인사부처에 알아보니 신원조회에서 걸렸다고 했다. 한 달 월급은 시간강사 수당으로 받았다. 이때는 당숙도 돌아가시고, 그 누구도 힘을 써 줄 사람이 없었다. 그래도 발령을 받은 것이 천행이었는데, 어떻게 늦게나마 발령이 났는지 그는 지금도 모른다. 고등학교 교사 시절 문교부 장관상과 대통령상 등을 받은 것 등이 도움이 됐을까.

응급실에서 일반병실 1인실로 옮긴 지 닷새쯤 지났을까. 오후 늦게 딸 둘이 병실에 나타났다. 딸들은 그를 보자 아부지! 하고는 그의 야위어 비틀어진 손목을 잡고 잠시 울먹거리다 급히 도로 병실을 나가더니 웬 노파 한 사람을 데리고 들어왔다. 침침한 눈으로 자세히 보니 아내 최설경이었다. 아마 딸들이 지 어머니에게 아버지가 곧 돌아가시게 됐으니 한 번 가 봐야 한다고 설득을 해서 데리고 온 듯했다. 그는 갑자기 눈물이 핑 도는 걸 참았다. 그때 희한하게도 그 '한오백년' 노래가 떠올랐다. 어머니가 자주 흥얼거리던 것이었다. 그는 눈을 감고 입속에서 가만히 혀를 굴렸다. 아무렴 그렇지, 그렇고 말고. 한오백년 살자는데 웬 성화요. 그는 이미 말 한 마디 할 기력도 없었다.

그는 계속 눈을 감고 있었다. 딸들이 그의 귀에 대고 좀 큰 소리로 말했다. 아부지, 오늘 엄마하고 집에 같이 가세요. 엄마가 아부지를 단 며칠이라도 모셔 보고 싶대요. 그는 딸들의 말을 알아듣고 다시 입속으로 흥얼거렸다. 아무렴 그렇지, 그렇고 말고, 한오백년 살자는데 웬 성화요….

병실 창밖으로는 산이 보였고 산에는 그때 막 지는 해가 피처럼 붉은 석양을 뿜고 있었다.

해설

매듭 많은 현실과 구원의 서사

오양호(문학평론가)

문학이 다루는 인간문제는 참으로 다양하고, 넓고, 이질적이라 한두 마디로 요약할 수가 없다. 사정이 이렇기에 아무리 많은 작품, 설사 그것이 다른 장르의 같은 테마라 하더라도 그것은 결과적으로 같지 않고, 저마다 새롭다. 이런 문학작품 중에는 우리들의 삶의 자리가 어디고, 어떤가를 돌아보게 하며, 그 행로를 재성찰하게 하는 작품들이 많다. 특히 소설이 그러하다.

소설의 이런 특성을 전제하는 것은 이규정의 아홉 번째 소설집 『치우(癡友)』에 수록되는 일곱 편의 작품을 읽고 느낀 다음과 같은 인간문제 때문이다.

첫째, 인간관계의 궁극적 의미가 생명에 대한 숭고미로 형상화되고 있다.

둘째, 순교, 혹은 이름 없는 성인들의 사목활동을 서사화하고 있다.

셋째, 매듭 많은 역사와 현실, 그중에서도 특히 대립된 이데올로기 틈새에 살던 한국인의 간고한 삶을 인간주의적 시각에서 회복시키고 있다.

　이 세 가지 문제를 「치우」, 「희망의 땅」, 「폭설」을 중심으로 고찰해 보겠다.

1. 인간관계의 궁극적 의미와 생명에 대한 숭고

　거창하게 늘어놓을 것 없이 소설이란 사람이 살아가는 이야기다. 「치우」는 가난, 사상, 우정에 얽힌 사람 사는 이야기다. 이 소설의 주인공 임상태는 일흔 살쯤 살다가 암으로 죽는 재일동포다. 이 인물은 질곡의 한국현대사를 맨몸으로 뚫고 나온다. 요약하면 이렇다.

　임상태는 일본에서 태어나 살다가 해방 직후 귀국한 귀환동포다. 하지만 귀환 뒤 아버지, 형, 누나가 호열자로 사망하자 갑자기 장남이 되어 식구들을 부양해야 했다. 시청 사환이 된 그때, 같은 사환인 허동식을 만나 깊은 인간관계를 맺는다. 다니는 야간중학까지 같았기 때문이다. 상태는 야간고등학교를 졸업하자 사환을 그만두고 시청의 등사 경험을 살리고 달필을 무기로 필경사로 일하게 된다. 그러나 여전히 식구가 거지신세를 못 면하자 일본으로 밀입국하여 조총련 거물 이모부 파친코 가게 청소부로 새 삶을 시작한다. 그 후 이모부 사업체 총감독으로 승진하고, 한국여자와 결혼하여 자리를 잡아간다. 그러나 부인이 우울증으로 자살하자 그 여파로 막내는 장애아가 된다. 의지적 인간, 상태는 이런 역경을 이겨내고 드디어 동양물산주식회사 사장이 되어 어버이날 모국을 방문한다. 10년 전 모국 방문길에 사환에 야간중학 동기인 허동식의 교수 탄생을 축하하는 금일봉을 주다가 조총련으로 몰려 혼이 난 후 처음이다.

  단편이지만 이 작품은 매듭 많은 한국의 현대사를 배경으로 여러 가지 인간문제를 제기한다. 그중 한 시절을 검은색대로 묶는 사상 대립, 곧 1960년대 전후 '재일교포=부자'로 알고, 한국인들이 일본의 친인척을 찾아 몰려가던 시절, 툭하면 터지던 조총련과 관련된 사상문제가 그것이다. 상태와 동식도 이런 법의 피해자다. 동식은 상태의 축의금 봉투 사건 후 정보원의 감시를 받았고, 교수 임용에도 어려움을 겪었다. 그 결과 동식은 사상문제를 혐오하는 지식인으로 변했고, 상태는 고국 방문을 하지 않았다.

  조총련은 일본에서의 항일운동과 관련된다. 식민지 시기 일본 속의 독립운동은 일본 공산당 내에서만 가능했고, 그런 활동은 소수의 지식인들에 국한되어 있었다. 사정이 이러한데 해방 후 '조선'이라는 국호를 북한만 그대로 씀으로써 재일조선인은 해방 전에 쓰던 그 명칭대로, 그러니까 여전히 재일조선인으로 분류되었다. 하지만 한국의 자유당 정권은 소수의 민단중심의 제한적 정책으로 재일동포를 관리했고, 그 후도 무관심과 편견으로 그런 정책을 일관했다. 그러나 북한은 1957년부터 재일동포의 민족교육을 원조하면서 전폭적인 지원과 관심을 보였다. 이 결과 재일동포들은 그들의 고향이 경상도 등 일본과 가까운 지역 출신도 고향으로 돌아오지 않고, 북쪽을 선택하고 귀환을 미루면서 일본에 조총련이란 거대한 공산주의 세력이 형성되었다. 김천해, 박열과 같은 민족적 공산주의자가 이런 예이다.

「치우」의 주인공 임상태가 조총련 거물 밑에서 일했지만 한국의 반공법에 저촉이 안 된 것은 관포지교의 우의를 맺어온 동식의 반공사상에 영향을 받아 일찍부터 조총련과 거리를 둔 덕택이다. 상태의 딸이 한국인이면서 한국말을 못하게 된 것 역시 그렇다. 반공주의자 아버지가 딸을 조총련계 학교에 보내지 않았던 것이다. 아버지 세대의 반공사상이 동포 2세에까지 미쳐 그 결과가 한국인 아닌 한국인이 되었다. 동식이 대학교수가 되는 데는 반공사상이 절대적이다. 사회주의와 친연성이 있는 빈민의 아들이지만 모범적 민주시민임을 단적으로 증명하기 때문이다. 동식이 일본 관서지방을 여행하면서 상태 딸에게 한복을 선물한 것은 반공교육을 받으며 우파 엘리트로 잘 자란 이런 인성의 결과다. 그러나 지금 교육자로서, 지식인으로서 동식이 목격하고 절감하는 것은 한국인인 상태 딸이 한국말이라곤 인사 한마디밖에 모르는 이해할 수 없는 현상이다. 자신이 선물한 한복을 입고, 조부모 산소의 성묘를 준비하고, 그 한복을 입고 굳이 큰절을 하는 아이를 보면서, 그런 착한 아이가 그 꼴이 된 게 전적으로 조총련계 학교 진학을 반대한 자신 때문임을 깨닫는다. 한국인으로 사는 이치며 사상을 형성하는 핵심이 한국의 말인데 그런 말을 못 배우게 만든 장본인이 바로 자신인 것이다.

내 장인은 이모부와 죽이 맞는 총련계의 골수 투사인데, 나는 숨어 사는 주제에 끝까지 민단에 나가 장인의 눈에 났지. 또 이모부한테서 노골적인 핍박과 위협까지 받았어. 니 겉은 놈은 인자 죽든지 살든지 나는 관심 없으니 회사에서도 나가라고…. 중간에서 이모가 내 때문에 고생도 많이 했지. 이러다 보니 집사람이 우울증에 걸리더라고."

그가 잠시 말을 그치고 나를 유심히 바라봤다. 상태의 눈길을 받으면서 나는 심한 자책감에 몸 둘 바를 몰랐다. 그야말로 쥐구멍에라도 숨고 싶었다. 상태가 총련을 멀리하면서 민단에 발을 붙인 이유가 나의 공산주의 혐오에 기인했음을 잘 알고 있었기 때문이다. 내가 무슨 생각을 하고 있든 그가 이모부의 뜻대로, 장인의 뜻대로 살았다면…. 내가 뭔데? 내가 대관절 뭔데, 나의 생각을 그렇게 존중하면서 고생을 사서 했단 말인가. 바보 같은 친구….

-「치우」, 19쪽

동식의 이 자책은 사람이 사는 근본이치를 몰랐다는 데 대한 것이다. 사람이 살아가는 데 제일 중요한 것은 뭐니 뭐니 해도 사람다운 삶이다. 무엇이 사람다운 삶인가. 우선 굶주리지 않아야 한다. 상태의 어린 시절은 먹을 것을 찾아 헤매는 짐승 같은 처지였다. 그 처지를 벗어나려고 일본으로 밀항했고, 그 후 온갖 일을 했다. 그런데 이런 가난에서 벗어나려는 상태를 결과적으로 방해한 것이 사상이다. 조총련 밑에서 일하는 청소부 주제에 공산주의가 싫다며 그 조직과 깊은 관계를 맺지 않았으니 조총련 거물인 이모부가 그를 어떻게 생각했을까. 사는 이치를 모르는 한심한 인간으로 생각했을 것이다. 밀항하다가 붙잡혀 수용소에 있는 것을 손을 써 구하여 먹고살게 해주었는데 하는 짓이라곤 면가난이 어려운 것만 골라 하기 때문이다. 이모부가 '니 같은 놈은 인자 죽든지 살든지 나는 관심이 없다'는 핍박은 당연하다. 사정이 이러니 상태는 늘 가난에 쫓겨야 했다. 상태와는 다른 환경에서 대학까지 나온 그의 아내는 그런 긴장과 가난에 시달리다 결국 우울증에 걸린다. 이 결정적 불행의 근원도 따지고 보면 그 원인이 사상에 있다. 잘사는 꿈을 안고 숨어든 조센징 처지에 사상이란 애초부터 상태와 무관한 헛것인 터, 하지만 그 헛것이 상태의 삶을 이렇게 옭아매었다.

동식이 깊은 자책을 하는 다른 하나는 그가 교육자로서 저지른 잘못에 대한 것이다. 동식은 친구 딸에게 한복을 선물할 만큼 한국적 전통을 중시하는 사람이다. 식민지를 경험한 한국인은 당연히 한복을 입는 정서를 체질화해야 한다는 그런 사고다. 전통적 민족문화에 대한 정서 함양이 민족정체성 유지의 절대적 조건이란 생각이다. 그러나 이제 동식은 자신의 그런 생각 역시 교육의 그것처럼 민족정체성 교육의 본질을 모르는 행위임을 깨닫는다.

말이 사고와 사상을 담는 그릇인데 그걸 간과한 채 단순히 외양만 중시한 것은 무지의 소치였다는 것이다. 문화의 단순한 형식적 전승은 민족정체의 본질이 아닌 껍데기다. 따라서 동포 2세에게 한복선물이 민족성 교육이라는 식의 사고는 조총련 학교가 그런 생각으로 그들의 2세에게 한복을 교복으로 입혔지만 그 결과는 애초의 목적과 달랐던 것과 같다. 그렇다면 자기도 엉터리 민족주의자였다는 자책이다. 친구의 딸이 설사 조총련 학교에서 공산주의 교육을 받더라도 한국어를 배우도록 조언을 하는 게 옳았다는 의미다. 상태 딸의 경우, 그 책임은 전적으로 자기 잘못에 있다는 판단이다. 동식이 거듭 '내가 뭔데…사상이 뭔데…' 라며 통한에 빠지는 것은 이런 이유 때문이다.

「치우」는 소설의 구성면에서도 돋보이는 작품이다. 이 소설의 결말은 비극이다. 우리는 보통 '고생 끝에 낙이 온다', '초년 고생은 돈으로 산다'가 인간행로의 끝으로 알기에 「치우」가 해피엔딩이 될 것으로 기대했다. 그러나 「치우」는 우리의 이런 기대를 배반했다. 물론 어떤 소설의 스토리가 일반성을 벗어나지 못한다면 그 작품은 등외로 밀려나겠지만 「치우」의 경우는 그 스토리의 반전이 색다르다. 주인공 상태는 어릴 때부터 많은 고생을 하며 성실하게 살았기에 독자들은 그의 노년이 당연히 감래(甘來)일 것이라고 믿었다. 그래서 언제 그런 결말이 터질까 마음을 졸이며 스토리 라인을 따라가던 고비에, 술에 취한 상태가 동식에게 천상병의 시 「귀천」을 읊는 사건을 만난다.

> 나 하늘로 돌아가리라
> 아름다운 이 세상 소풍 끝내는 날
> 가서, 아름다웠더라고 말하리라……
>
> —「치우」, 32쪽

우리는 이 사건에서 묘하고 신선한 충격을 받는다. 인간은 결국 빈손으로 죽는다는 말 같기도 하고, 나는 「귀천」처럼 살다가 간다는 뜻 같기도 하고, 타국에서 오래 살다 고향에 와 보니 삶은 이렇게 소풍 나온 것과 같다는 말로도 들리는 까닭이다. 그리고 상태는 두 달 후 죽는다. 이 예상 밖의 결말에 우리는 크게 놀란다. 그러면서 그때야 비로소 그 「귀천」이 상태가 자신의 죽음을 알리는 행동이었음을 깨닫는다. 눈치 없는 독자도 그때야 상태가 동식을 향해

"니는 인자 나가리다. 친구도 나가리다"라고 중얼거린 말의 뜻을 알고 한숨을 쉰다. 우리는 이 중첩되는 비극 앞에 누선이 젖어 오는 것을 금치 못한다. 그러나 상태의 그런 죽음이 인생의 끝을 슬프고도 아름답게 마감한 것이기에 심리가 한결 고양되는 숭고의 감정을 체험한다. 상태의 죽음은 가족에 대한 희생과 깊은 우애, 그리고 삶의 향기를 「귀천」처럼 남겼기 때문이다.

「귀천」의 시적 화자는 저승에서 이승으로 소풍을 나온 존재다. 그의 고향은 하늘나라이고, 잠시 이승에 소풍 나왔다가 다시 고향에 돌아간다. 「귀천」의 시인 천상병의 일생이 가난의 연속이었듯이 임상태도 평생 가난했다. 겉으로는 돈 많은 재일교포였지만 실제의 그는 민단과 조총련 틈새에서 삶을 도모하느라 늘 갈등 속에 살았고, 동생들이 번갈아 와서 돈을 뜯어 가기에 언제나 쪼들렸다. 그런 그가 고해의 이 이승을 행복한 곳이라 말하고 있다. 죽기 전 죽마고우를 만나 마지막 헤어지면서 낭송한 「귀천」, 슬프지만 아름다운 시가 자신의 일생을 행복했던 삶으로 규정했기 때문이다. 상태가 일본에 간 후의 삶은 그런대로 사람다운 삶이긴 했다. 그렇더라도 이건 역설(paradox)이다. 가난과 긴장이 일생 동안 상태의 뒷덜미를 놓지 않고 따라다닌 사실과 반대인 까닭이다.

따라서 상태가 자신의 삶이 행복했다고 말하는 것은 공론을 배제하는 언술행위고, 자신의 삶에 대한 바른 평가가 아니다. 동식이 그때 상태의 말뜻을 몰랐던 것은 이 때문이다. 상태가 '친구도 나가리다'라 말할 때도, 그와 술을 마시고 호텔로 돌아오면서 잡은 손에 점점 더 힘을 줄 때도, 승강기를 타며 우는 건지 웃는 건지 모를 묘한 표정을 지을 때도 상태의 신체에 일어나고 있는 마지막 징조를 그래서 눈치채지 못했다. 동식이 헤어질 때 '임상태, 잘 자라. 아니 한 잔 더 하고 자라. 그라고 하늘로 돌아갈 때 가더라도 건강하게 잘 살아야 한데이'라는 말 역시 그렇다. 그리워하던 친구를 10년 만에 만나 회포를 풀었으니 기분이 한없이 좋고, 건강하니 행복하고, 아직 살 날이 소털같이 많으니 죽을 때 죽더라도 술을 한 잔 더 마시라는 말은 분명 덕담이다. 그런데 상태는 이 말대로 술 한 잔 더 하고 진짜로 하늘나라로 돌아가 버렸다. 이 말도 역설이다. 덕담이 악담이 된 까닭이다. 술 한 잔 더 마시고 잘 자라는 이 말의 속뜻과는 달리 말 그대로 되어 버렸다. 관포지교의 우의 속에 살아온 동식과 상태 앞에 저승사자가 깔깔 웃고 있는 것을 모르고 동식도 공론 배제의 언술로 그렇게 맞받아쳤는데 그게 친구와의 영원한 작별 인사가 되었다.

역설은 모순적인 것처럼 보이지만 해석을 바로 했을 때 의미가 바르게 전달될 수 있는 진술이다. 예기치 못한 방법으로 진실을 말하는 수법이 역설이다. 그렇다면 동식과 상태가 마지막 주고받은 이 말은 역설의 역설이다. 이런 언술 끝에 우리는 악마, 췌장암에게 뒤통수를 맞고 퍽 꺼꾸러지는 상태를 보기 때문이다. 예기치 못한 반전(反轉), 아니 악전(惡轉)이다. '이 세상의 삶은 한갓 소풍행위, 가난도 한순간, 저 하늘나라 행복한 세상으로 돌아가면 다 끝나는 것'이란 의미를 생각하기 전에, 우리는 너무나 잔인한 상태의 운명 앞에 연민의 정을 금치 못한다. 그런 농담을 우의에 찬 덕담으로 독해하고 웃어넘긴 행위에 얼굴을 감싼다. 결말의 이런 반전 속에 비극으로 마감하는 한 인간의 일생이 우리의 현재 자리를 다시 살펴보게 한다.

2. 순교, 혹은 이름 없는 성인들의 사목

「희망의 땅」은 작품의 배경이며 서사가 모두 낯설다. 공간적 배경은 캄보디아이고, 중심 서사를 이루는 것은 무료봉사활동 문제이다. 한국이 선진국 반열에 서고, 세계 10대 경제대국이 되면서 크게 달라진 국민정서의 하나가 사회봉사 참여 의식의 증대이다. 이런 일은 대개 개인, 민간단체, 종교계에서 자발적으로 하지만 그중 종교단체에서 베푸는 무료봉사활동이 주류를 이루는 추세이다. 특히 기독교계(가톨릭)에서 벌이는 해외난민 구원 사업이 주목을 받고 있다. 이규정의 이번 소설집 『치우』에 수록된 「희망의 땅」, 「죽음 앞에서」, 「작은 촛불 하나」가 이런 가톨릭적 종교문제를 모티프로 삼고 있다.

「희망의 땅」은 캄보디아의 오지, 가톨릭 수녀회에서 봉사를 하다가 떠난 한 남자를 가톨릭 신자인 동생이 아들처럼 키운 조카의 유언에 따라 찾아 나선 이야기다. 여러 종교가 사람들에게 천국의 도래를 예보하며 덕행을 베풀지만 그것은 대개 국내에서 이루어진다. 그런데 이 작품은 좀 다르다. 범인류애적 종교행위가 아시아 최빈국 캄보디아에서 이루어지고 있고, 문제적 주인공은 봉사의 흔적만 남기고 계속 다른 곳으로 떠남으로써 그 묘연함이 궁금증을 유발한다. 그뿐 아니라 끝까지 얼굴을 드러내지 않아 그것이 독자의 호기심을 자극한다. 가톨릭 신자가 가톨릭 기관을 찾아가 형을 찾는 이 소설은 결국 종교적 담론이 될 수밖에 없어 사실 좀 지루하다. 그러나 주인공의 이런 행적은 인물면에서 호기심을 호출할 뿐 아니라 자칫 따분할 스토리에 가독성을 높이는 역할을 한다.

이 소설의 화자 '나'의 이복형 '얼굴 없는 주인공 김명곤'은 베트남전 참전 용사다. 결혼하여 잘 살았는데 형수가 아들을 낳고 곧 죽자 그 아이를 '나'의 어머니에게 맡기고 생모를 찾겠다며 전국을 헤매고 다녔다. 그렇게 가산을 탕진하더니 베트남으로 떠났고, 거기서 다시 캄보디아로 갔다. 그 후 30년째 소식이 없다.

이 소설에 등장하는 인물, 사건은 모두 가톨릭 문제로 수렴된다. 형이 처음 봉사활동을 시작한 곳은 성녀 마더 데레사가 세운 빈민 구제 목적의 수녀회고, '나'도 가톨릭 신자며, '나'가 안내 겸 운전기사로 쓰는 캄보디아인은 프랑스에서 가톨릭 신학 공부를 하다가 서품 받기 직전에 환속한 인물이다. 그리고 그의 아버지는 예수의 십자고상(十字苦像)을 벽에 걸어두었다가 크메르 루즈군에 발견되어 그것이 죽음을 당한 주요 원인이 되었다.

이 소설은 다섯 개의 에피소드로 구성되어 있다. 제1에피소드는 '나'가 형을 찾아 '사랑의 선교회'에 갔다가 형은 못 찾고, 형이 봉사활동을 한 병원을 둘러보며 캄보디아의 비참한 현실과 전쟁의 잔인성에 통분하는 것이고, 제2에피소드는 형이 돈을 벌어야 봉사활동을 다시 할 수 있다며 취직을 한 '고려식당' 방문이다. 제3에피소드는 돈벌이가 더 좋다는 말을 듣고 형이 또 옮긴 일터, 퍼시픽호텔에 가서 형을 찾는 사건이며, 제4에피소드는 바탐방에서 장애인을 15년째 돌보는 스페인 출신 주교를 만나 형을 찾았으나 거기서도 흔적만 보고, 소문 따라 다시 떠나는 것이다. 제5에피소드는 바탐방에서 한국 원불교가 운영하는 병원으로 형을 찾아갔으나 역시 허행을 하고 돌아서는 사건이다.

사정이 이러하니 소설의 중심 서사도 그 밑바닥에 자연히 가톨릭적 종교문제, 곧 종교적 지성 문제가 깔린다. 그중 '사랑의 선교회'를 중심으로 일어나는 사건과 서사가 그 한 가운데에 선다.

> We are not doing a big business, but are just doing unnoted thing with God's love.
> 우리는 큰일을 하는 것이 아니라, 다만 신의 사랑으로 작은 일을 하고 있는 것이다.
> ―「희망의 땅」, 111쪽, 135쪽

발단(exposition)단계에 나왔다가 결말(catastrophe)에 다시 등장하는 이 에피타프 조의 헌사가 이 작품의 중심 담론으로 발전한다. 형식적으로 발단과 결말에서 작품을 액자처럼 묶을 뿐만 아니라 내용으로도 그렇다. 액자소설(Rahmennovelle)에서는 내부 이야기가 외부 이야기에 종속되어 있지만 보통 내부 이야기가 사건의 핵심 역할을 한다. 그렇다면 사랑의 선교회에서 환자를 간병하는 수녀와 자원봉사자들, 전쟁으로 팔다리가 없는 사람을 돌보는 스페인 출신의 주교, 수없이 몰려오는 환자를 열악한 조건 속에서 치료하는 원불교병원의 의사와 여 교무, 이런 사람들의 이야기가 이 소설의 중심이 되는 것이다.

특히 이 소설의 얼굴 없는 주인공 '나'의 형의 삶이 그러하다. 애초부터 형의 캄보디아행은 자신의 기구한 운명은 물론 생모를 버린 아버지의 죄까지 떠안는 속죄행위에 다름 아니었다. 그는 유엔평화유지군이란 이름으로 캄보디아에 온 군인들이 퍼뜨린 에이즈에 감염된 여자가 낳은 어린이들을 돕는 선교회에서 봉사를 시작했고, 그 '사랑의 선교회'를 떠난 이유도 돈이 떨어져 돈을 벌어야 다시 봉사활동을 할 수 있다는 판단에서였다. 그렇다면 그의 종적 없음은 순교행위라 할 수 있다. 본 사람은 여럿인데 어디에도 종적이 없다면 그는 봉사활동에 필요한 돈을 벌기 위해 나섰다가 이름 없는 곳에서, 혼자 죽은 것이 되기 때문이다. 이 소설의 어디에도 형의 죽음을 알리는 사건은커녕 그런 암시도 없다. 그렇지만 '나'는 형을 끝내 못 찾는다. 가는 곳마다 형의 흔적만 보고 돌아선다. 형의 첫 일터에서 본 "우리는 큰일을 하는 것이 아니라, 다만 신의 사랑으로 작은 일을 하고 있다"는 말이 형을 못 찾고 돌아서는 마지막 순간 '나'의 눈앞에 다시 나타난다. 이것은 '나'의 형이 신의 사랑으로 작은 일을 하는 바로 그 사람이란 의미가 아닐까. 결국 이 소설의 주제는 '형의 종적 없음 = 순교'이다. 종교적 지성의 담론이 자칫 가독성을 방해할 수 있기에 주제를 이면 깊숙이 숨겼을 것이다.

> 나는 이곳 베트남에서 캄보디아로 가기로 했다. 나같이 기구한 운명의 주인공은 한국에서 살 수 없다는 생각이다. 어머니를 찾아 헤맸지만 찾지 못한 나는 그게 한스럽다. 그렇다고 어머니를 쫓아낸 아버지를 원망하고 싶지는 않다. 오히려 아버지의 허물까지 내가 대신 짊어지고 유형이라도 떠나고 싶다. 그 유형의 땅으로 캄보디아를 택한 것뿐이다.
>
> ―「희망의 땅」, 108쪽

형이 베트남에서 캄보디아로 떠나며 나에게 보낸 편지의 이 내용은 자신의 기구한 운명에 대한 죗값을 치르겠다는 말이다. 생모가 미숙녀였다는 이유로 내쫓고 처녀장가를 든 아버지가 형의 입장에서 보면 저주의 대상이고, 아버지라기보다 원수 같은 인물이다. 그런데 그 아버지의 '허물'까지 자신이 안고 가겠다는 것은 모든 인간을 위해 십자가를 진 예수의 행동을 닮았다. '원수를 사랑하라'는 예수의 말씀을 실천한 까닭이다. 우리는 이 형의 행동에서 아시아 최빈국, 부패왕국 캄보디아가, 아이러니컬하게도 학살박물관을 세워놓고 비참한 과거를 증언케 하면서도, 빈민지대에 불을 질러 사람들을 내쫓고, 그 자리에 고급호텔을 짓는 그 부패의 땅이 어째서 '희망의 땅'이 되는가를 깨닫는다.

운전기사가 천삼백만 캄보디아 인구 중 반 이상이 20세 이하라 자기 나라가 희망의 땅이라 했을 때 '나'는 그 말이 장애인과 노인은 다 죽인 독재의 결과라 말문이 막혔지만, 다만 마음속으로만 '캄보디아가 희망의 땅, 미래가 밝은 나라임'을 믿으려 했다. 그런데 이제 '나'는 그 성한 곳 하나 없이 썩고 병들어 신도 버린 캄보디아가 실제로 '희망의 땅'임을 깨닫는다. 그것은 젊은이가 많아서가 아니라, 형과 같은 이름 없는 성인들이 목숨을 바치며 봉사활동을 함으로써 장차 하느님의 뜻이 하늘에서와 같이 그 땅에도 이뤄질 수 있다고 믿기 때문이다.

이런 점에서 「희망의 땅」은 많은 가톨릭적 담론이 뒤로 숨은, 종교적 지성이 주제가 된 예가 드문 소설이다.

3. 매듭 많은 역사 속의 삶과 그 복원

「폭설」은 주인공 화자 나병석이 고모의 부음을 받고, 부산에서 광주로, 거기서 다시 자신의 은인이었던 오세광 옹의 장례식에 참석하기 위해 마산으로 가는 이틀간의 사건이다. 폭설 속에 아내와 광주로 길을 떠나는 것이 발단이고, 폭설로 버스길이 끊겨 완행열차를 타고 다시 부산으로 가다가 부산 가기를 포기하고 마산에서 내리는 것이 결말이다. 전형적인 여로형 소설로서 이 과정에 소설의 시간이 과거와 현재로 바뀌는 에피소드를 통해 병석과 그의 고모 2대의 가족사가 진행된다.

「폭설」 안에는 세 개의 에피소드가 들어 있다. 제1에피소드는 병석의 고종사촌 일호가 다른 여자와 정분이 나 아들 둘을 낳은 조강지처를 버리고, 광주로 야반도주 한 사건이고, 제2에피소드는 병석의 아버지 나원국이 해방을 앞두고 일본에서 고향 함안으로 귀환, 갈밭골에서 농사를 짓다가 지리산에 입산, 빨치산으로 활동하다가 생포된 후 보도연맹에 가입, 6·25를 만나 고모부와 골로 가는(골짜기로 끌려가 죽임을 당한다는 뜻. 당시에 유행한 은어) 내용이다. 제3에피소드는 전쟁 통에 아버지까지 잃고 천애고아가 된 병석이 어머니 같은 고모 밑에서 초등학교를 졸업하고 농사를 짓다가 마산으로 가출, 오세광을 만나 그의 긴 도움으로 대학교수가 되는 서사다.

이 세 에피소드 속에는 해방전후의 소용돌이에 풍비박산이 되는 가족사, 보도연맹 가입자와 그 학살, 6·25 등 인간의 실존자체가 어려운 삶의 현장에서 살아남기 위해 발버둥치는 여러 유형의 인간상이 검은 모자이크처럼 박혀 있다.

첫째는 제1에피소드 속의 일호라는 인물이다. 이 인물은 자기 아버지가 보도연맹에 가입했다는 그 이유만으로 억울하게 총살당하고, 홀어머니 밑에서 어렵게 자란 독자지만 여자 때문에, 그것도 11촌 숙모, 거기에 나이 세 살이나 많은 여자와 정분이 나 출분했기에 아버지의 신원(伸冤), 노모에 대한 효도는커녕 애비 노릇도 못하는 인간말종이다. 둘째 마누라소생 딸 둘은 대학까지 공부를 시키지만, 본처 아들 셋은 낳고는 내팽개쳐 버렸다. 사정이 이렇지만 이 인물은 버린 본처와 자식에 대해서는 끝까지 오불관언이다. 식당을 해서 얻은 수입 전부를 현재 처가 몽땅 움켜쥐니 어쩔 수 없다고는 하겠지만 그런 자신의 행동에 대한 뉘우침도, 미안한 마음도 없다.

이런 짐승 같은 인물 창조가 작가의 소설기법의 어떤 한계라 할 수도 있다. 그러나 이런 비인간, 혹은 수성적(獸性的) 생리로 일생을 보내던 인간은 한 세대 전, 그러니까 한국사회가 아직 농경시대에 머물러 있던 때 우리 주변에서 흔히 볼 수 있었다는 사실에서 그런 문제와는 무관하다. 실존했던 우리들의 한 '야만(野蠻)'을 거짓 없이 드러내 보인다는 점에서 오히려 성격 창조가 리얼하다.

둘째는 빨치산 나원국이다. 해방과 6·25를 겪으며 산 이 인물의 일생은 한국현대사의 압축이라 할 만하다. 일본서 잡은 한 밑천으로 고향에 전답을 마련하여 뿌리를 내렸지만 이 인물은 어설프게 사회주의 사상에 물이 들어 요시찰의 대상이 되고, 드디어 입산, 빨치산으로 활동하다가 경찰에 생포되어 보도연맹에 가입, 급기야 '나'의 고모부까지 끌어들여 함께 골로 간다. 1950~60년대 농촌의 경우, 이런 인물은 거의 한 집 건너 한 집 꼴로 존재하던 터라, 지금도 그 흔적은 소리 없이 또 보이지도 않게, 한 마을에 기일

(忌日)이 겹치고 여럿인, 잔인한 인간문제로 남아 있다. 한국현대사의 한 상장(喪章)이다. 지리산 빨치산으로 대표되는 이 역사의 상장은 문학에도 그 특이한 소재의 개성 있는 형상화 때문에 뚜렷한 작품적 성취를 이루고 있다. 김원일의 『노을』, 김주영의 『천둥소리』, 이병주의 『지리산』, 조정래의 『태백산맥』 등이 대표작이고, 그 밖에 유기수의 「덕유산 바람」 외 여러 단편, 현길언의 「귀향」, 현기영의 「순이 삼촌」 등 아주 많다. 「폭설」도 한국현대사가 이데올로기란 역병(疫病)에 의해 분단된 고통을 문제로 삼고 있고, 생살을 찢는 동족상잔의 비극을 증언하고 있다는 점에서 이런 '빨치산 문학'의 한 예가 된다.

작가 이규정과 같은 연배에게는 아직도 "돌아오네 돌아오네 고국산천 찾아서/얼마나 그렸던가 무궁화 꽃을…"로 시작되는 그 시대의 유행가 「귀국선」이며, "어둡고 괴로워라 밤이 길더니/삼천리 이 강산에 먼동이 텄네/동무야 자리차고 일어나거라/산 넘어 바다 넘어 태평양 넘어/아 아 자유의 종이 울린다."는 찬가며, "한숨아 너 가거라 현해탄 건너/섧움아 눈물아 너와도 하직/동무야 두 손 들어 만세 부르자/아득한 시베리아 넓은 벌판에/아 아 해방의, 해방의 깃발 날린다."는 박태원 작사 김성태 작곡의 「독립행진곡」과 같은 해방감격의 노래 속에 급하게 돌아가던 당시의 한국사회가 지금도 눈앞에 생생할 것이다. 「폭설」에도 이런 해방전후의 현실이 바탕에 깔려 있다는 점에서 우리의 관심에 값한다.

셋째는 일본귀한 동포 출신에, 조실부모한 고아에, 사환에 야간학교만 다닌 나병석이란 인물이 대학교수가 되는 문제다. 작가의 자전적 생애가 가미된 느낌이 드는 이 인물은 한 세대 전 '개천에

용났다'는 덕담의 전형이다. 지금이야 야간학교도, 소년 사환도 없는 사회라 이 인물의 그러한 입신양명에 개연성이 없다고 말할지 모르지만 한국의 70~80대 연령층은 「폭설」의 주인공이 그런 역경 속에서 자기 꿈을 실현한 것에 대해 의문을 제기하는 사람은 아무도 없을 것이다. 그 시대는 국가의 운명이 사람들을 그렇게 살게 만들었고, 모든 사람들이 목숨을 보존하는 것 자체에 생명을 걸었으니, 대부분의 사람들이 나병석과 유사한 삶의 과정을 밟았다고 해도 지나친 말은 아니다. 다만 나병석은 유달리 적빈한 계층이라 좀 예외긴 하다. 그러니 개천에 난 용이다. 우리는 해방기 일본 귀환 동포 아들에, 야간학교를 다닌 인물이 대통령이 되는 개천의 용을 현실에서 보았다. 그의 출신성분이며 성장과정이 「폭설」의 나병석과 크게 다르지 않다.

이렇게 「폭설」은 한국현대사를 뚫고 나오는 실물과 많이 닮은 인간상을 창조하고 있다. 이규정의 이 소설집이 한 시대를 복원한다는 의미는 이런 점 때문이다.

작가의 말

문단에 얼굴을 내민 지가 금년으로 37년이 된다. 등단 후 부지런히 써서 소설집만 이번으로 9권째이지만 내 마음에 썩 드는 작품은 별로 없다. 이번 소설집은 수록 작품이 가장 적다. 이 앞의 소설집 『멀고도 먼 길』을 낸 후 7년 만에 내는 것이고, 그동안 10여 편의 단편을 발표했지만 추리다 보니 7편이어서 그렇게 됐다. 안타까운 것은 어느덧 더 쓰지도 못할 나이에 이르고 만 일이다. 하지만 아직도 써야 할 이야기는 많고, 쓰고 싶은 의욕도 변함이 없다. 마무리하지 못한 장편들도 있어, 어찌 하든지 이것들은 완성해야 할 텐데 건강이 걱정스럽다.

학교에 나갈 때도 항상 조심하면서 살았지만 지금은 어떻게 하면 남에게 체면 잃지 않고, 손가락질 받지 않고 사느냐가 일상의 가장 큰 과제다. 자신의 이익을 위해서 지조와 양심을 저버린 일은 없었는지, 사회 정의와 진실을 위해에 오롯이 살았는지를 되돌아본다. 살다 보면 여러 가지로, 나도 모르게 남에게 못 할 말, 안 할 짓을 한 때도 있었을 것이다. 이런 일들을 반성하면서 혹시 나로부터 서운한 대접을 받았거나 상처를 받은 분들께 죄스럽다는 말씀을 드린다.

 늘 만나는 동지랄까 친구들, 또 나에게 여러 가지 유익한 전자 통신을 보내 주시는 분들의 우정에도 깊이 감사한다. 나는 아직 한 번도 남에게 좋은 내용의 전자 통신을 제공한 적이 없다. 그것은, 나는 지금껏 겨우 글 쓰고, 보내고, 받고, 편지 써 보내는 것밖에 할 줄 모르기 때문이다. 그 외의 여러 가지 기술은 아예 배울 생각을 하지 않고 있다. 이런 나를 좋게 봐 주시는 모든 분들께 다시 한 번 감사한다.

 내가 믿는 신을 우러러 부끄러움 없이 살려고 노력했고, 영세 후 줄곧 세상의 복음화에 힘써 왔다. 복음화는 신앙인의 지상 과제이기 때문이다. 그러나 항상 사회적 약자, 소외 계층의 고통에 동참하기보다는 기득권층을 옹호하면서 불의에 침묵하고 동조하는 것을 교회가 가르치는 순종이라고 착각하고 있는 사람들이 많음을 안타깝게 생각한다. 강자의 대변자로 살아 가는 가진자일수록 교회의 세속화를 견인하고 있다. 이런 현실이 안타까움을 넘어 개탄케 한다.

 종교가 현실을 외면할 수 없듯이 소설도 현실과 유리된 것을 나는 경원한다. 소설은 기성복 가게의 옷처럼 유행을 타는 것이 아니다. 무라카미 하루키가 잘 팔리고 그런 풍의 소설이 유행처럼 읽히는 것이 서글프다. 또 소설은, 세상 사람들이 허무맹랑한 거짓말을 빗대어서 쓰는 말인 '소설 쓰고 있네'의 그런 소설이어서는 안 된다. 외국에서도 소설을 이렇게 비하하는 일이 있는지 모르겠다. 소설이 어쩌다 이렇게 부정적인 말로 전락했을까. 작가의 한 사람으로서 무거운 책임감을 느낀다.

졸작들을 읽고 해설을 써 주신 오양호 교수, 또 높은 연세, 바쁘신 중에도 단평을 써 주신 이호철, 구중서 선생님께 깊은 감사의 인사를 드린다. 그리고 책을 내어 준 산지니 출판사 강수걸 사장과 출판사의 모든 분들의 수고에 감사한다. 특히 꼼꼼하게 편집하고 교정을 맡아준 권경옥, 윤은미 님에게는 더욱 고맙다는 인사를 전한다.

2013년 가을
흰샘서재에서 저자 이규정 삼가 씀

작가 약력

이규정(李圭正)

경남 함안 출생. 경북대학교 사범대학 국어과 졸업, 동아대학교 대학원 국문과 석사과정 수료.

학교경력

1963-1978 마산고, 부산남여상, 경남상고, 부산여고, 부산상고 교사
1979-1982 동원공업전문대학(현 동명대학교) 조교수
1983-2002 신라대학교 사범대학 국어교육과 조교수, 부교수, 교수(학보사 주간, 교무처장, 교수평의원회 의장, 사범대학장 등 역임)

문단경력

1977년 단편「부처님의 멀미」를 월간『시문학』에 발표하면서 작품 활동 시작
1979년 계간『문예중앙』에 의해 '80년대의 한국 신예작가 10인'에 선정됨
1979-2011 한국작가회의 회원, 자문위원, 고문 역임
1993-1997 부산가톨릭문인협회 회장, 현 고문
1994-1998 부산소설가협회 회장, 현 고문
1986-2005 부산일보·국제신문 신춘문예 소설부문 심사위원 역임
2003-2013 요산문학상 운영위원 및 심사위원

저서

소설집	『부처님의 멀미』(1979, 서울 시문학사)
	『들러리 만세』(1984, 부산 지평)
	『아겔다마』(1988, 부산 지평)
	『첫째와 꼴찌』(1993, 부산 해성)
	『아버지의 적삼』(1997, 부산 해성)
	『퇴출시대』(2000, 부산 지평)
	『당신 손에 맡긴 영혼』(2002, 서울 박이정)
	『멀고도 먼 길』(2006, 부산 해성)
짧은 소설집	『아버지의 브래지어』(2001, 부산 해성)
중편집	『패자의 고백』(1990, 서울 고려원)
신앙소설선집	『쏟아지는 빛다발』(1994, 서울 황석두 루까서원)
전작장편	『돌아눕는 자의 행복』(1980, 서울 유림사)
대하소설	『먼 땅 가까운 하늘』 전 3권(1996, 서울 동천사)
동화	『눈 오는 날』(2005, 서울 자유지성사)
이론서	『현대소설의 이론과 기법』(1998, 서울 박이정)
	『현대작문의 이론과 기법』(1999, 서울 박이정)
산문집	『우리들의 가면무도회』(2009, 부산 푸른별)
신앙칼럼집	『아름다운 누룩』(2009, 부산 푸른별) 외 공저 2권(『소설, 이렇게 쓰라』, 『한국현대문학사』)이 있음

사회활동

1990년-1992 부산참여자치시민연대 초대공동대표, 현 고문
1991년-1995 민주주의민족통일전국연합 부산본부 지도위원 역임
1993년-현재 (사)우리물산장려운동 부산본부 이사

1994년-2010 자주평화통일민족회의 부산본부 공동의장

2000년-2006 (사)부산민주항쟁기념사업회 이사

2006년-2010 (사)부산민주항쟁기념사업회 이사장

2004년-2013 아름다운가게 부산울산 공동대표, 현 고문

2005년-2010 (사)지역경영연구소 이사장

2006년-2010 (사)민주화운동기념사업회(서울) 부이사장

2006년-2010 과거사정리위원회(서울) 자문위원

2011년-현재 민족의 길 민족광장 공동의장

종교활동

1999-2001 천주교 부산교구 평신도사도직협의회장, 현 고문(성지성당, 망미성당 회장 역임)

2001-2003 천주교 부산교구 꾸르실료 사무국 주간, 현 고문

수상

1986 일봉문학상(수상작 단편「아무데나 봐 형님」)

1988 부산시문화상 문학부문

2001 한국가톨릭문학상(수상 소설집『퇴출시대』)

2002 존경받는 인물상(부산흥사단 제정)

2002 신라학술상(수상 저서『현대소설의 이론과 기법』)

2002 정부로부터 홍조근정훈장

2002 요산문학상(수상 소설집『당신 손에 맡긴 영혼』)

2003 PSB(현 KNN) 부산방송 문화대상 문화예술부문

2003 가톨릭대상 문화부문(천주교 한국평협 제정)

2005 부산가톨릭문학상(수상작 단편「멀고도 먼 길」)